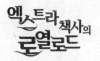

엑스트라 책사의 로열로드 6

2022년 12월 16일 초판 1쇄 인쇄
2022년 12월 21일 초판 1쇄 발행

지은이 mensol
발행인 김정수 강준규

기획 이기헌 왕소현 박경무 강민구 조익현
책임편집 이정규
마케팅지원 이원선

발행처 (주)로크미디어
출판등록 2003년 3월 24일
주소 서울시 마포구 마포대로 45 일진빌딩 6층
Tel (02)3273-5135 Fax (02)3273-5134
홈페이지 rokmedia.com **E-mail** rokmedia@empas.com

ⓒ mensol, 2022

값 9,000원

ISBN 979-11-408-0306-4 (6권)
ISBN 979-11-354-8160-4 04810 (세트)

엑스트라 책사의 로열로드

mensol 퓨전 판타지 장편소설

Contents

1장

내 쪽을 향해 다가오는 적의 병력. 규모는 6천 정도로 보였다.

나는 전술적인 의미를 머리로 생각해 보려 했지만, 마땅히 떠오르는 게 없었다.

이건 전술적으로는 악수였다.

다만 본능적으로 느끼고 있었다. 적은 뚜렷한 목적을 가지고 움직이고 있다는 걸.

"당황하지 말고 대응해라!"

가장 먼저 그 병력을 마주한 것은 4장군 펠라이니였다.

"멍청하게 치고 나오다니! 이 자리에서 모조리 묻어 주마!"

그는 기세 좋게 적을 맞이했다. 수적으론 명백하게 아군의 우위. 그러니 차근차근 적의 숫자를 줄이다 보면 이길 수 있을 거라 판단했다.

그러나 적의 파괴력을 계산하지 못했다.

"흐아아앗!"

콰득! 콰득! 콰득! 주인공이 검을 휘두를 때마다 병사들이 조각조각 썰려 나갔다.

개인 무력 97. 게임에서도 손꼽히는 강자가 주인공이었다. 캐릭터 등급은 SSR이지만 아카데미 졸업 시점엔 최고 등급인 UR이 된다.

그런 그의 뒤를 측근들이 뒤따르고 있었다.

먼저 리세르 할드라스.

날렵한 형태의 폴암을 사용하는 그는 폴암 특유의 사정거리를 이용해 병사들의 접근을 일절 허용하지 않으며 주인공의 곁을 지켰다.

이쪽도 개인 무력 93의 강자. 캐릭터 등급은 SSR이다.

그뿐만이 아니었다.

"저도 돕겠어요!"

"앞서 나가지 마요, 카시우스!"

테나와 리나라는 이름의 쌍둥이 여성들이었다.

주인공의 소꿉친구 포지션으로, 사용하는 무기는 한쪽은 검과 방패, 다른 한쪽은 레이피어다.

레이피어를 사용하는 테나가 동생으로, 무력 85의 등급 SR.

검과 방패를 사용하는 리나가 언니, 무력 87의 등급은 SSR 이다.

게임 캐릭터들의 대홍수.

여기에 더불어 정체불명의 거한이 있었다.

'저자는……!'

과거 엘드릭 왕자와 만났을 때 그를 지키던 남자였다.

'이름은…… 크란스라고 했던가?'

나치고는 용케도 기억해 냈다.

"적장을 치겠어! 다들 나를 따라와 줘! 크란스 씨! 당신은 표적을 향한 길을 만들어 주세요!"

"알겠다."

우리 진영을 휘젓기 시작하는 주인공 무리.

'이런……!'

내 입장에선 허를 찔린 격이었다.

이 상황에선 내가 할 수 있는 게 없었다.

이 우익의 실질적인 지휘는 4장군 펠라이니가 하고 있었으니까.

'이건 위험하다!'

적의 기세가 심상치 않았다.

나는 내가 할 수 있는 최대한의 대처를 해 놓기로 했다.

"올라프! 적을 맞받아칠 준비를 해요! 퍼지 형님! 군의 뒤를 받쳐 주세요!"

그러나 미세하게 늦고 말았다.

나는 오늘의 전투에서 공격하는 입장은 우리라고 생각했다. 그렇기에 이런 상황에 대한 대비를 딱히 해 놓지 않았다.

심지어 상대가 전술적인 악수를 둬 가면서까지 이런 짓을 할 줄은 꿈에도 생각지 못했다.

하지만 상대의 수가 악수이건 아니건 이제는 큰 의미가 없었다.

"커헉!?"

4장군 펠라이니가 주인공에게 죽은 시점에선 말이다.

펠라이니도 나와 마찬가지로 공격하는 입장에 있는 건 우리들이라고 생각했다.

그 탓에 불필요하게 전방에 위치해 있었다.

그것이 화근이 되어 버렸다.

"장군님!"

"이놈들······!"

분기하는 병사들. 카시우스는 장군의 죽음으로 병사들의 사기가 떨어지길 기대한 모양이지만 펠라이니는 능력은 부족해도 덕장으로 명망이 높은 장군이었다.

병사들은 오히려 분노하며 주인공 무리를 죽이려 들었다.

"쳇! 이곳은 내가 막을게! 크란스 씨! 그리고 모두! 표적을 노려 줘!”

카시우스가 자리에 남으며 다른 병사들의 발을 묶는 사이. 적 장교들의 모든 시선이 내게 몰려들었다.

'표적은 나였나!'

어째서 나를 노리는가에 대해선 짐작 가는 바가 얼마 없었다.

'크리스티안 펠츠의 복수를 위해서인가?'

펠츠가 주인공 무리와 밀접한 관계를 가지고 있던 자라면 그럴 수도 있겠다 싶었다.

'아니면 엘드릭 왕자가 나를 기억하고서?'

뭐가 됐든 적이 나를 노리는 이상 대처를 해야 했다.

“도로시, 당장 중앙군으로 가서 지원을 불러 줘.”

“으, 응!”

나는 전투에 도움이 안 되는 도로시를 전령으로 보낸 뒤 적들을 맞이했다.

“하아아앗!”

타타타탁! 번개가 튀는 것 같은 소리.

테나의 레이피어가 병사들의 머리를 꿰뚫는 소리였다.

“리나 언니!”

“응, 맡겨 줘!”

테나의 뒤에 있던 언니 리나가 접근해 온 병사들의 머리를 대방패로 후려치자 병사들이 고통에 신음하며 바닥에 주저앉았다.

그렇게 무력화된 병사들을 달모어 스팅이 차근차근 처리해 나갔다.

"휘유! 테리나! 너무 열 내지 말라고! 정신이 없잖아!"

"후훗, 달모어 당신은 평소처럼 우리 뒷바라지나 하면 되는 거예요."

"나 참. 너희 둘은 정말이지 못 말리겠구만."

그들 외에도 리세르 할드라스와 크란스가 위압적인 무위를 뽐내며 파고 들어왔다.

'이대론 피해가 너무 커지겠어!'

이렇게 된 이상 어쩔 수 없었다.

"전력으로 맞받아치겠어! 간다!"

주인공의 가신들과 내 가신들의 맞대결.

게임 클라이맥스에나 발생할 법한 사건이 벌어진 것이다.

격돌하게 된 알스의 가신들과 주인공의 가신들.

먼저 날뛰고 있던 테나와 리나, 달모어에겐 애거트와 가스파르, 그리고 리시테아가 붙었다.

"으라라라랏!"

캉! 애거트는 테나의 레이피어를 거칠게 쳐 냈다. 그 거력에는 테나도 뒤로 엉거주춤 물러나는 수밖에 없었다.

"드디어 핵심 전력이 나타났군요……!"

"헤헷, 무슨 소리 하는 거야, 아줌마. 나는 그냥 신세를 지고 있는 몸이라고. 핵심 전력 따위가 아냐."

"아줌마!? 건방진 소리를……!"

"뭘, 나보다 나이 많으면 다 아저씨, 아줌마지."

"기, 기세는 좋군요! 어디 내 레이피어 맛을 보고도 그런 말이 나올지 보겠습니다!"

"그래, 덤벼 봐!"

그 지근거리에선 가스파르가 리나와 대치하고 있었다.

가스파르는 눈매를 지그시 좁혔다.

"대방패와 검이라니. 네년, 설마 우드모어의 자식이냐?"

"아버지를 알고 있습니까."

"알다마다. 지독할 정도로 고지식한 놈이었지. 그놈의 부인이 분명 레이피어 사용자였던가?"

"어머니까지……!? 당신은 혹시……!"

"뭘 그런 눈을 하고 있는 거냐. 설마 내가 우드모어의 친구쯤 될 거라 생각한 거냐? 그렇다면 오산이다. 나는 우드모어 자식이랑은 사이가 좋지 않았으니까!"

쾅! 대방패를 두드리는 가스파르의 대검.

리나는 주르륵 뒤로 밀려 났다.

달모어와 리시테아 사이에선 가벼운 분위기가 흘렀다.

"헉! 내 취향의 누님이!? 부, 부디 투구를 벗어 봐 주시지 않겠습니까!?"

"뭡니까 당신은."

"아하하, 그렇게 물으시면 뭐라 대답할 거리가……. 단순한 잡졸입니다. 그냥 지나쳐 가시면 됩니다요."

이에 테나와 리나가 '제대로 해요!'라며 역정을 내자 달모어는 어쩔 수 없다는 듯 검을 들어 리시테아를 겨누었다.

리시테아는 고개를 절레절레 흔들며 마찬가지로 무기를 겨눈다.

발이 붙잡힌 리나, 테나의 무리.

리세르 할드라스에 대해선 에오니아가 맡았다.

"뭐냐, 네년은."

"……."

에오니아는 라니아라는 이름을 밝히며 알스의 충직한 가신이라 크게 외치고 싶었지만, 지난 전투 이후 그 부분에 대해 꾸지람을 들었기에 꾹 참았다.

"알 필요 없다. 네놈은 곧 내 창에 죽을 테니까."

"핫! 좋아, 어디 실력을 보여 주실까!"

둘의 대결은 호각.

마지막으로 크란스에 대해선 유미르와 알스가 나섰다.

"도련님은 뒤로 물러나 계십시오!"

"그럴 수야 없지."

나는 찌릿한 감각을 느끼고 있었다.

크란스라는 자에게서 느껴지는 위압감이 생각보다 훨씬 컸기 때문이다.

'이자, 피셔 파르틴 이상이다!'

미루어 보건대 안톤보다는 아래 있을지 몰라도 일리야 스승과 비교하면 동급이거나 그보다 미세하게 우위에 있는 것 같았다.

추정 무력치는 96. 자칫하다간 그대로 목숨을 잃어버릴 수도 있었던 만큼 나는 초장부터 검과 창을 동시에 들어야 했다.

"체스터류인가. 구데리안 녀석. 아무 데나 무예를 뿌리고 다니다니."

역시 엘드릭의 수하라 그런 것일까. 서방의 사정에 대해서도 능통한 것 같았다.

"당신, 엘드릭 왕자의 경호원이었죠 아마?"

"훗, 기억하는 거냐. 뭐, 나도 네놈은 기억하고 있었다. 감히 왕자님에게 건방진 소리를 지껄였던 애송이……!"

부웅! 마치 거대한 철근이 휘둘러지는 것 같았다.

"웃!?"

녀석이 휘두른 할버드가 내 목을 노렸다.

나는 창과 검을 교차하며 일월합을 사용해 무기를 뺏어 보려 했지만 녀석도 체스터류에 대해선 알고 있는지 무기를 비껴 치며 빠져나왔다.

"유미르, 섣불리 덤비지 마. 버티기만 해도 우리가 유리해 지니까."

"예, 도련님."

버티면 이쪽의 승리. 버티고 있으면 중앙군으로 향한 도로시가 지원군을 이끌고 온다.

그 시간은 길어 봐야 30분.

녀석들도 그걸 알고 있는지 시간이 지날수록 조급한 기색이 강해졌다.

이대로라면 어느 한쪽에서 승부가 날 것 같은 상황이었다.

애거트와 리시테아는 뚜렷한 우위를 점하지 못했지만 가스파르가 노련함으로 말미암아 상대를 몰아붙이고 있었다.

공격을 받고 있는 리나의 대방패는 군데군데 파손되어 있었다.

수세에 몰리는 주인공 무리.

그러던 중이었다.

"모두 꺾이지 마!"

리시테아와 겨루고 있던 달모어였다.

녀석은 사기를 진작시키려는지 고함을 쳤다.

"이곳은 우리가 죽을 자리가 아니야! 모두가 힘을 합치면, 한마음이 되어 적을 상대하면 어떤 절체절명의 상황도 반드시 극복할 수 있어! 자기 자신을 믿어! 카시우스를 믿어! 우리를, 동료를 믿어!"

소년 만화에서나 나올 법한 외침이었다.

"형제들을 위하여 싸우자!"

"우오오오!"

함성을 내지르는 뷜랑의 병사들.

주인공 무리는 쓴웃음을 지으면서도 힘을 얻었는지 더욱 기세를 올렸다.

달모어는 부대에서 그런 존재였다.

경박하지만 의지할 만한 남자. 의리 하나만큼은 타의 추종을 불허하는 남자. 그는 부대의 활력소 같은 자였다.

'달모어 스팅······.'

나는 순간 그쪽으로 한눈을 팔고 말았다.

"어딜 보고 있는 거냐."

"······!?"

캉! 상대의 힘을 제대로 받아 내지 못한 나는 바닥을 굴러야 했다.

연이어 내 머리 위로 떨어지는 할버드.

나는 창대와 검을 사선으로 세워 그 공격을 흘려 내며 튕겨 오르듯 자세를 고쳐 세웠다.

'위험해······.'

피셔 파르틴과의 대결이 없었다면 나는 진작에 죽었을지도 몰랐다. 그만큼 눈앞의 상대는 막강했다.

유미르가 붙어 있음에도 이 정도였으니 혼자 상대했다면 순살을 당했겠지.

'그래도 내 쪽은 버틸 만한데…….'

문제는 다른 쪽이었다.

조금 전 달모어의 사기 진작으로 인해 형세가 맞춰졌다. 몰아붙이고 있던 가스파르도 반격을 당하며 주춤했다.

통한의 사고가 일어날지도 모른다.

나는 그런 불안감에 사로잡혀 있었다.

그때였다.

"크윽!"

쓰러져 있던 장교가 죽기 직전 사력을 다해 단검으로 에오의 종아리를 찌른 것이다. 이로 인해 밸런스를 잃은 에오는 급격하게 밀리기 시작했다.

나는 여유가 있는 리시테아를 향해 외쳤다.

"안 돼……! 리아! 그녀를 도우러 가요!"

"알겠어요!"

리시테아는 달모어를 차 내 거리를 만들고는 곧장 에오가 있는 곳으로 향했다.

"어이쿠! 그렇게 둘 줄 알고?"

달모어는 끈질기게 리시테아를 추격. 리시테아는 에오를 도우려던 직전 발이 묶이며 멈춰 서고 만다.

그사이 에오는 리세르의 절묘한 공격에 창까지 놓쳐 버리며 급하게 허리에 차고 있던 검을 꺼내 들었다.

그녀는 검도 잘 다룰 수 있는 실력자였지만 아무리 그래도 주무기인 창에 비할 바는 아니었다.

비등한 상대인 리세르를 상대로 검으로 버틸 수는 없는 노릇이었다.

"끝이다. 여자. 네놈의 목을 쳐서 그 얼굴을 확인해 주지."

"크읔!"

리세르는 끝장을 내겠다는 듯 에오를 향해 천천히 다가갔다.

에오는 죽음을 직감한 듯 내 쪽을 슬쩍 곁눈질했다.

그 눈빛에 무엇이 담겨 있는지는 너무나도 명백했다.

지금껏 모실 수 있어서 기뻤다. 그리고 죄송하다.

"덤벼라!!"

에오는 죽는 순간에도 조금이나마 도움이 되고자 하는지 맞받아칠 태세를 하고 있었다. 자신의 목이 베이는 순간 적에게 생채기만이라도 만들 생각이다.

'에오가 죽는다고……? 그럴 순 없어!'

에오가 죽는 건 상상조차 하기 싫었다.

그녀를 구하기 위해서라면 나는 어떤 짓이라도 할 수 있었다.

나는 이를 악물고 소리쳤다.

"……말벌! 숨겨 둔 독침을 꺼내라!"

나와 마주하고 있던 크란스는 눈살을 찌푸렸다.

"말벌? 그게 무슨 헛소리냐."

"……보면 알아."

"……?"

내 외침은 공허해 보였다.

바로 눈앞에 있던 크란스 외에는 누구도 귀에 담지 않았다. 워낙 급박한 상황이었으니까.

리세르 할드라스 또한 내 외침을 한 귀로 흘려 버린 듯했다. 그는 일절 망설이지 않고 에오를 향해 폴암을 휘둘렀다.

에오가 죽음을 불사하고 맞받아칠 태세를 하고 있다는 걸 눈치챘는지 들고 있던 검을 먼저 쳐 낸다.

팅! 뒤로 날아가 땅에 박히는 검.

"이제 끝이다. 적어도 고통 없이 보내 주마!"

폴암을 치켜드는 리세르. 에오는 죽음을 각오하고 의연하게 받아들인다.

그 순간이었다.

푹! 그의 가슴을 뚫고 나오는 검.

"크헉……!?"

그와 등을 진 채 리시테아를 견제하고 있던 달모어.

그가 리세르의 등을 찌른 것이다.

이 충격적인 광경에 주인공의 가신들 모두가 형언하기 힘든 표정을 지었다. 마치 외계인이라도 본 것 같은 그런. 현실에서 일어날 수 없는 광경을 목격한 얼굴.

"달모어……! 어째서 나를……!?"

"……."

콰득! 달모어는 말없이 검을 비틀었다. 그러고는 확인 사살까지 하는지 품에 있던 단검을 꺼내 리세르의 목을 찢어발겼다.

그 손 속은 마치 전문 업자가 가축을 도축하는 것같이 자연스러웠다.

"꺄아아아아ㅡㅡ!!"

"이게 대체!?"

비명을 지르는 테나와 공황 상태에 빠진 리나.

애거트는 상황을 받아들이지 못하고 어리둥절해했지만 가스파르는 달랐다.

"크하하핫, 애송이가 독하게 손을 썼군. 그래, 자고로 전쟁이란 이래야지! 으라앗!"

"꺄악!?"

가스파르의 공격에 기세를 이기지 못한 리나는 대방패를 놓치며 하염없이 뒷걸음질 쳤다. 가스파르는 그런 틈을 놓쳐줄 정도로 어수룩하지 않았다. 곧장 쫓아 들어가 대검을 내리쳤다.

푸확! 솟구치는 피.

"언니ㅡㅡ!!"

동생 테나는 절규했다. 사실 이때 애거트가 테나를 쳤다면 테나까지 죽었을 가능성이 높았지만 애거트는 어리둥절하여 움직이지 않고 있었다.

"내가…… 죽어……?"

믿기지 않는다며 중얼거리는 리나에게 가스파르가 조소한다.

"당연하지! 뭐 여자라고, 어리다고 봐줄 줄 알았냐? 크하하하핫! 전쟁터에 그딴 로망은 없어!"

콱! 가차 없이 리나의 목을 쳐 낸 가스파르는 곧장 내 쪽으로 시선을 돌렸다. 그 또한 크란스가 적 전력의 핵심이라는 걸 알았던 것이다.

'역시 가스파르야!'

냉정함의 차원이 달랐다. 아니 저걸 냉정함이라 부를 수 있을까.

가스파르는 그저 전장의 광기에 몸을 맡기고 있는 것처럼 보였다.

'이 기회를 놓칠 수 없지.'

나도 곧장 소리쳤다.

"라니아! 말벌! 이쪽으로 합류해라!"

내 표적은 크란스였다.

이 위험한 놈은 여기서 죽인다.

사실 할 수만 있었으면 이왕 이렇게 된 거 주인공을 죽일까 했지만 주인공은 4장군 펠라이니를 처치한 시점에서 발이 묶이며 내가 있는 곳까지는 오지 않았다.

그러니 꿩 대신 닭이라고, 이 크란스라는 놈을 처리하기로 했다.

"이, 이놈······!"

상황이 어떻게 돌아가는지 파악한 크란스의 표정이 절박해졌다. 나는 가볍게 웃어 줬다.

"그러니까 보면 안다고 했잖아."

"첩자를 심어 두다니······! 대체 어떻게······!?"

멘탈이 흔들렸는지 그는 합류한 가스파르의 일격을 받고서 비틀거렸다.

가스파르가 조소한다.

"왜 그러지? 휘청거리고 있잖냐! 아까 그 위세는 어디 간 거냐! 크하하핫!"

"크윽!"

나, 유미르, 가스파르, 게다가 달모어까지. 넷의 합공을 받기 시작한 녀석은 가망이 없다 판단했는지 도주로를 물색했다.

곧 무언가를 포착하더니 할버드를 크게 휘둘러 주변 모두를 후려친다.

이 공격을 나는 비껴 내며 흘려 냈고, 달모어와 유미르는 뒤로 물러나며 회피. 가스파르는 자세를 낮추며 피했다.

그러나 에오는 그러지 못했다.

급하게 주워 든 검을 들고 있던 에오는 공격을 비껴 흘리려 했지만 상처 입은 다리가 제대로 움직이지 않는지 흘려내지 못하고 힘을 정면으로 받으며 우당탕 튕겨 나갔다.

틈이 생긴 포위망.

녀석은 탈출 기회는 지금뿐이라 확신했는지 피해를 보는 한이 있더라도 도주를 하려 했다.

"쳇!"

나는 녀석을 쫓고 싶었지만 하필 에오가 튕겨 나간 곳에 적병이 있었기에 에오를 지키기 위해 뛰었다. 나를 대신하여 유미르가 투척한 단검이 녀석의 등에 박히긴 했지만 치명상은 아니었다.

다만 노련한 가스파르는 녀석을 놓치지 않았다.

한번 문 상대는 절대 놓치지 않겠다는 집요함.

애초에 자세를 낮추며 할버드를 피한 것도 크란스의 도주 심리를 읽었기에 그런 것이었다.

자세를 낮춤과 동시에 대검을 아래로 내렸던 그는 몸을 일으키는 도약력과 함께 대검을 위로 휘둘렀다.

"이 몸에게서 도망칠 수 있을 줄 알았나! 으라아아앗!"

부웅! 서걱! 떨어져 나가는 팔. 할버드를 쥐고 있던 오른팔이 떨어져 나간 것이다.

크란스는 고통에 신음할 경황조차 없이 계속 달렸다.

"크하하하하하핫! 그래, 어서 도망가라! 도망가! 추하게!

더럽게! 강자의 자존심까지 버려 가면서! 참을 수 없군. 바로 이거야! 이걸 원했다고……!!"

그 얼굴은 이미 광기에 찌들어 있었다.

정신을 반쯤 놓는지 유미르가 보고 있음에도 개의치 않고 미친 듯이 웃으며 크란스를 쫓았다.

광견 가스파르. 나는 새삼 그 별명이 떠올랐다.

만약 유미르의 아버지라는 특수한 사정이 있는 게 아니었다면 나는 그를 길들일 수 있었을까 하는 생각이 들었다.

"이 빌어먹을 놈이……!"

지근거리까지 쫓아온 가스파르에게 목숨의 위협을 느꼈는지 크란스는 바닥에 뒹굴고 있던 검을 집어 뒤로 휘둘렀다.

주로 사용하는 손이 아니긴 했지만 오러가 잔뜩 실린 공격인 만큼 가스파르도 무시할 순 없었다.

"우옷!?"

탕! 힘을 이겨 내지 못하고 튕겨져 나가는 가스파르의 대검.

크란스는 그걸 호기로 여겼는지 오히려 가스파르를 죽이기 위해 재차 검을 휘둘렀다.

"외팔이 주제에 어림도 없으시지!"

가스파르는 그 검격을 가까스로 피하고 오른손의 손톱을 바짝 세워 크란스의 목을 찢으려 들었다.

한 팔이 없던 크란스는 이 공격을 막기가 어려웠다. 서걱! 베이고 마는 목덜미. 그래도 깊지 않았다.

가스파르는 이번엔 왼손의 손톱으로 눈을 노렸다.

휙! 고개를 옆으로 돌려 가까스로 피해 내는 크란스.

그리고 그 순간이었다.

"……!?"

쐐애애액! 가스파르와 크란스의 사이를 가로지르는 창.

그제야 병사들의 방위선을 돌파한 카시우스가 난입한 것이다. 창을 던져 가스파르의 추가 공격을 막아 낸 그는 험악한 얼굴로 달려들었다.

"어이쿠! 위험한 놈이 나타났군."

가스파르는 미련을 두지 않고 크게 물러났다.

난입한 카시우스는 리나의 시체와 배신한 달모어를 번갈아 바라본 뒤 이를 악물었다.

"네놈들……! 절대 용서하지 않겠다!"

그런 카시우스를 크란스가 만류했다.

"지금은 물러날 때다 카시우스! 테나! 너도 물러나라!"

부관들에게 호위를 받으며 물러난 테나는 반쯤 정신을 놓은 채 오열했다.

"카시우스! 언니가, 언니가……!!"

"테나…….."

카시우스는 테나의 상대였던 애거트를 죽일 듯이 노려봤지만 애거트는 겸연쩍게 뒷머리를 긁적일 뿐이다.

그때 좌측에서 함성 소리가 들려왔다.

도로시가 중앙에서 지원군을 받아 구원을 온 것이다. 크란스가 소리친다.

"어서 빠져나가야 한다! 더 지체됐다간 개죽음을 당할 거야! 리세르와 리나의 복수를 위해서라도 어서!"

"크란스 씨……! 알겠습니다! 모두 물러난다!"

후퇴를 시작하는 빌랑의 군대.

우리 우익을 습격한 그들은 4장군 펠라이니를 처치하는 큰 전과를 올렸지만 장교였던 리나, 리세르를 잃는 피해를 입었다.

객관적인 피해 상황은 대등.

카시우스와 테나는 이글거리는 눈으로 지휘관인 내 쪽을 노려본다.

그들을 대표하듯 크란스가 으르렁거린다.

"이 빚은 반드시 갚아 주마. 나 크란스 아이브게이드! 네놈들의 얼굴을 꿈에서조차 잊지 않겠도다!"

오른팔을 잃었음에도 그 투지는 죽지 않은 상태였다. 나는 본능으로 느꼈다.

저 남자는 언젠가 다시 내 앞에 나타날 거라고. 그리고 내 최대의 난적이 되리라고.

"근데."

가스파르였다.

그는 고개를 갸웃하며 고한다.

"내가 널 살려 보내 준다고 말한 적이 있었냐?"

"……뭐라고?"

가스파르를 지원하기 위해 그에게 향하고 있던 나는 보았다.

그의 손에 투명한 무언가가 연결돼 있다는 걸. 그것이 크란스의 목으로 이어져 있다는 걸 말이다.

그건 용병들이 주로 사용하는 다용도의 얇은 줄이었다.

낚싯줄에 사용하거나 긴급하게 상처를 꿰맬 때 사용하는 줄이다. 실보단 조금 두껍고, 끈보단 얇은 투명한 줄.

그 강도가 제법 강해서 어지간한 힘으로는 끊어지지 않는다고 들었다.

물론 그렇다 해도 사람을 죽일 수 있을 정도의 강도는 아니다.

설령 저걸로 사람을 공격한다고 한들 피부가 베이는 것에 그칠 뿐, 뼈와 근육을 절단을 하기는 어렵겠지.

다만 가스파르는 그 줄을 다루는 것에 특별한 요령이 있는 것 같았다. 투명한 줄에 가스파르가 흘린 오러가 흐르고 있었다.

그 오러의 빛으로 인해 투명했던 줄이 조금씩 모습을 드러냈다.

상대는 목에 입은 상처 때문에 위화감을 느끼고 있지 못했지만, 오러가 흐르자 그제야 눈치를 챘다.

"이런!?"

그는 재빨리 목에 손을 가져갔지만 가스파르가 한발 빨랐다.

"잘 가."

가스파르는 손바닥을 꽉 쥐어 줄을 움켜쥐더니 끊어 내듯 팔을 양쪽으로 크게 펼쳤다.

서걱! 목을 베어 내는 줄. 역시 뼈를 절단하지는 못했지만 피부와 근육을 잘라 내며 경추를 제외한 목 전부를 절단했다.

"쿠허허허헉……!"

피거품을 토하며 사망하는 크란스.

"꺄아아아아아──!!"

그 모습을 지근거리에서 목도한 테나는 비명을 지르며 혼절했다.

카시우스도 무너지는 크란스의 몸을 망연히 바라보고 있었다.

"크하하하하핫!"

광소하는 가스파르.

"내가 한번 문 상대를 놓쳐 줄 줄 알았냐? 앙!?"

빌랑의 병사들은 가스파르의 광기에 위압되어 있었다. 벌벌 떨며 오줌을 지리는 병사들도 있었다.

용기를 짓밟는 공포. 가스파르는 그것을 적에게 선사했다.

뭔가 아까부터 내 쪽이 악역인 것 같은 느낌이 팍팍 든다. 아니, 악역 맞나?

급기야는 카시우스가 핏발이 선 눈으로 소리친다.

"이……! 네놈들은 악귀다! 세상에 존재해선 안 되는 악!"

내게 있어선 상징적인 발언이었다. 주인공의 적대 선언. 메인 빌런을 확정한 순간이다. 바로 나를.

"정의가 네놈들을 심판할 거다! 내가 심판해 주겠다!"

나는 얌전히 다물고 있을 생각이었지만, 이 위선 그 자체인 말은 도저히 참을 수가 없었다.

나도 모르게 주인공을 쏘아붙였다.

"뭐야, 이거 순 멍청한 놈이었잖아."

"뭐라고……?"

"친한 사람 몇 명 죽었다고 심판? 정의? 웃기지 마라. 그럴 거였으면 병사들이 죽었을 때도 그렇게 말해 보지 그랬냐? 생판 모르는 병사들이 죽은 건 아무렇지도 않은 거고, 친한 애들이 죽은 건 안 되는 건가? 애초에 전쟁에 정의 같은 건 없어. 각자가 자기 이득을 위해 하는 것뿐이야. 그런 단순한 것에 정의가 있을 리가. 그러니 그딴 헛소리 말고 그냥 속 시원하게 말해. 복수하고 싶다고."

"큭……!"

"게다가……. 쳐들어온 건 너희잖아. 그런 너희들이 정의를 운운할 자격이 있는 거냐? 근 며칠간 유격 작전을 벌이며 민간인을 약탈해 왔던 너희가!"

정곡이었는지 카시우스는 뭐라 대꾸하지 못했다.

그는 이를 갈며 나를 잠시 노려보더니 몸을 돌렸다.

"……물러난다!"

후퇴하는 카시우스.

그렇게 주인공과의 첫 번째 대결이 막을 내렸다.

카시우스의 공격에 의해 4장군 펠라이니가 당한 탓에 우익의 총지휘는 내가 맡게 되었다.

"퍼지 형님, 보병대를 이끌고 횡대로 방진을 세워 주세요."

"알겠다."

퍼지 형의 보병대가 방진을 세운 뒤에는 부상병들을 수습했다.

중앙군이 깊숙이 밀고 들어갔다면 우리도 억지로나마 적진으로 파고들어 가야 했겠지만 애초에 보여 주기식 공격이었던 만큼 알티오르 장군은 무리하지 않고 있었다.

그 덕에 부상병을 수습할 여유를 얻을 수 있었다.

"에오, 이리로 와."

"예? 예!"

에오가 절뚝이며 내게 오려 했기에 내가 직접 그녀에게 다가갔다.

나는 에오를 근처 바위에 앉히고 다리의 상처를 확인했다.

"제법 상처가 깊네."

"이 정도는 괜찮습니다! 아직 할 수 있어요!"

"무슨 바보 같은 소리야."

나는 의무관에게서 응급처치 도구를 받아 직접 처치했다. 치유 마법의 효과가 사기적이라고는 하지만 정도가 있다.

치료 시기가 늦거나, 응급처치를 제때 해 두지 못했을 경우 치료가 불가능한 경우가 생긴다.

신관에게 치료를 받기 전까지는 상처를 관리해 줘야 했다.

나는 상처 주변을 정성스럽게 닦아 낸 뒤 알코올로 소독한 붕대를 감았다.

그때 줄곧 시무룩한 표정을 짓고 있던 에오가 나직이 말한다.

"……제게 실망하셨나요?"

"뭐?"

"일리야나 안톤이었다면 이런 일이 벌어지지 않았을 거라 생각하시진 않으셨나요."

"아니, 너에겐 실망하지 않았어. 다만……. 조금 안일했다고는 생각해."

크란스 정도의 강자가 등장했을 때를 대비하지 않았다.

내가 더 철저했더라면 일리야 스승이나 안톤 둘 중 하나는 꼭 데려왔을 것이다.

좋게 말하면 다른 가신들을 너무 믿은 것이고, 나쁘게 말하면 아직 인재 풀이 얕다는 거겠지.

에오가 말하고자 하는 건 전자였다. 자신의 능력 부족으로 인해 내게 폐를 끼쳤다고 생각한 거다.

"전……. 더 강해지겠습니다. 일리야나 안톤보다도 더. 머지않아 알스 님의 최고가 되겠습니다. 지휘에서도, 전투에서도! 그러니 제게서 기대를 거두지 말아 주세요……."

"그러니까 무슨 소리야. 나는 누구에게도 실망하지 않았어. 그리고 누누이 말하지만 너는 그런 의욕이 안 좋은 방향으로 가니까. 오히려 지금보다 여유를 가져 줬으면 좋겠는데."

"그, 그치만……."

"자, 됐다. 나머지는 다음에 얘기하자. 도로시! 부상자들을 후방으로 이동시켜 줘."

나는 그 참에 치료를 받을 수 있게끔 에오도 함께 후방으로 보냈다.

그리고 잠깐 여유가 생겼을 때.

그 남자가 다가왔다.

달모어 스팅. 그가 주변 눈치를 보며 말한다.

"처음 뵙겠습니다. 웨이드 님. 저는 특무대 16번 장교 보웰이라고 합니다."

"……내 정체에 대해선 누구에게 전해 들은 겁니까?"

"쥬라스 님의 연락이 있었습니다. 마지막 암구호를 알고 있는 건 자신과 웨이드뿐이라고요."

보웰도 아마 깜짝 놀랐을 것이다.

뜬금없이 캘리퍼의 장군이 마지막 암구호를 외쳤으니까.

"그리고 웨이드가 그 암구호를 사용하면 주저하지 말고 최종 임무를 수행하라고 하셨습니다."

그 최종 임무가 무엇인지는 쉽게 짐작이 갔다.

주인공 일행을 배신하는 것. 아마 최상의 시나리오는 주인공 카시우스와 엘드릭 왕자를 죽이는 거였겠지.

"그런 거라면 나 때문에 임무가 망가진 것 아닙니까?"

"그럴지도 모릅니다만 쥬라스 님은 당신에게 저의 마지막 암구호를 알려 준 시점에 이런 결과도 어느 정도 예상하셨을 겁니다."

"……."

쥬라스 놈이라면 정말 그럴 수도 있을 것 같았다.

보웰은 희미하게 미소 지어 보였다.

"게다가 덕분에 저도 목숨을 보전할 수 있었다고 생각합니다. 그러니 어렵게 생각하지 마십시오."

"아……."

만약 주인공과 엘드릭 왕자를 살해하는 임무를 수행했다면 그 또한 목숨을 잃을 가능성이 높았을 것이다. 그 둘을 살해하고 난 뒤에 도망갈 수 있는 가능성은 높지 않을 테니까.

첩자들이라고 하면 피도 눈물도 없는 인상이지만 그들 또

한 인간이라는 것이다.

보웰은 목숨을 보전한 채 임무를 수행했다는 것에 안도감을 느끼고 있었다.

"당신은 이제부터 어떻게 되는 겁니까?"

"특무대로 돌아가 새로운 임무를 배속받게 될 겁니다. 첩자 임무는 이제 불가능하니 아마 첩보 쪽으로 가게 되겠지요."

"지금껏 고생했습니다. ……쥬라스에게는 내가 잘 말해두죠."

혹시라도 토사구팽이 되지 않게끔.

보웰은 내 말의 의미를 알았는지 감사 표시를 하고는 떠나갔다.

교전에 들어간 양측이 소강상태에 접어든 건 내가 부상병과 사망자의 시체를 수습하고 재차 지휘에 돌아왔을 때였다.

알티오르 장군은 일단 군을 물리며 적과 거리를 두었다.

교전의 피해는 양측 모두 경미.

우리 군의 피해가 3천 정도였고, 적은 4천 정도였다.

대부분 우리 우익에서 나온 사상자였다.

"일라인 장군님, 병력을 더 뒤로 물리라는 지시입니다!"

"……그런 거로군요. 알겠습니다."

알티오르도 격전이 벌어진 곳이 우익인 점은 충분히 인지하고 있었다.

그렇기에 그걸 전투의 끝으로 삼으려는 생각이다.

우리가 병력을 뒤로 물리자 빌랑에서 시체를 수습하기 시작했다.

거리가 있긴 했지만 그 절규는 내게도 들려왔다.

"언니––!"

언니 리나의 머리를 부둥켜안은 채 울고 있는 테나의 울음소리였다. 그 외에 리세르의 시체도 주인공에 의해 수습되고 있었다.

시체를 전부 수습한 빌랑은 천천히 후퇴 준비에 들어갔다.

서방과 스벤너가 공격해 들어온 이상 그들은 지체할 틈이 없었다.

그렇게 그들이 후퇴를 시작하자 우리 군은 느긋하게 그 뒤를 쫓으며 빌랑에게 내줬던 영토를 수복하기 시작했다.

'제법인걸.'

알티오르는 듀난에 비해 확실히 노련미가 있었다.

상황을 이해하고 활용하는 능력이 있다고 할까. 그렇기에 이런 식으로 전황을 주도할 수 있는 것이다.

행군의 종점은 남서부 국경 부근에 위치한 소도시 울칸이었다.

울칸을 수복한 우리들은 시민들의 환호를 받으며 도시에

진입했다.

병사들의 주둔을 완료한 나는 측근들에게 휴식을 준 뒤 긴급 군부회의가 열리고 있는 올칸의 행정청사로 향했다.

군부회의장에선 앞으로의 일에 대한 이야기가 나오고 있었다.

한 장교가 진언한다.

"뷜랑은 현재 뒤가 급한 상황입니다. 계속 뒤를 쫓는다면 국경선 부근의 영토까지는 빼앗을 수 있지 않겠습니까."

"으음."

알티오르는 일리가 있다 생각했는지 고개를 끄덕이며 신음했다. 그러더니 헬리안 공작을 바라본다.

"레그나트, 이 부분은 외교적인 문제가 될 테지?"

"그렇습니다. 적국의 영토로 진군하게 되는 거니까요. 단순히 뷜랑과 우리 사이의 문제가 아니게 됩니다. 아마도……
알바드 왕국이 반발을 하겠지요."

현재 알바드 왕국은 서방과 스벤너의 침공을 규탄하며 에우로페를 경유해 스벤너로 진군을 시작한 상태다.

뷜랑과 이해관계가 일치한다는 뜻.

"자칫 뷜랑과 알바드가 동맹이라도 맺게 된다면 골치 아픈 상황이 벌어질 겁니다. 현재 알바드는 에우로페와도 동맹을 맺으려 하고 있으니 말입니다."

그 경우 대륙의 판도는 세 개의 세력으로 좁아진다.

서방, 스벤너, 툰카이의 서부 동맹. 알바드, 빌랑, 에우로페의 중부 동맹.

그리고 베카비아, 캘리퍼, 크로싱의 동부 동맹이다.

"일라인, 자네는 어떻게 생각하지?"

알티오르가 내게 화살을 돌렸다.

피곤했기에 나는 없는 사람 취급해 줬으면 했지만…… 아무래도 나는 이번 전쟁을 통해 요주의 인물이 된 모양이었다.

"헬리안 공작님의 말씀대로, 중부 동맹은 우리에게 해가 됩니다."

"그 뜻은?"

"추후 서부 동맹과 중부 동맹이 휴전 협정을 맺었다고 가정했을 때, 중부 동맹은 힘을 합쳐 우리 동부를 노릴 가능성이 농후합니다. 그 경우 제법 난감해지겠죠. 우리 동맹에 속한 베카비아의 전투력은 사실상 없는 거나 다름없으니까요."

만약 중부 동맹이 성사된다면 전력의 추는 중부〉서부〉동부 순이 된다.

"그러니 중부 동맹이 성사된 시점에서 서부 동맹 측은 휴전 협정을 맺으며 발을 빼려 할 겁니다."

"그 후 중부 동맹이 우릴 노릴 수도 있다는 거로군."

"예, 그러니 가능한 한 동맹의 빌미를 주지 않는 게 좋다고 생각합니다."

"흠. 다들 같은 생각인 건가?"

알티오르는 고개를 끄덕이곤 선언했다.

"외교의 방향이 정해지기 전까지 우리 군은 당분간 이곳에 머물도록 하겠다! 언제 출진 명령이 떨어질지 알 수 없으니 모두 긴장을 늦추지 말도록!"

—예, 장군님!

상황을 지켜보기로 결정된 군부회의.

난 곧장 돌아가서 쉬려고 했으나 알티오르가 붙잡았다.

"일라인, 잠깐 이야기를 하지 않겠나?"

"이야기라고 하시면⋯⋯."

"아, 심각하게 생각할 필요 없어. 그냥 사담을 하고 싶을 뿐이니까. 그래, 내 손녀와는 지금도 사이가 좋다지?"

역시 그 길버트 살레온의 부친이라고 할까. 이쪽도 정치적 수완이 만만치 않은 듯했다.

다만 길버트보다는 계산적인 면모가 덜한 것 같았다.

"운명적이로군. 그때 손녀를 지켜 줬던 남작가의 아이가 이젠 장군이라니 말이야. 그래, 언제 결혼을 하는 건가? 나도 죽기 전엔 증손주를 보고 싶단 말이네."

"하하⋯⋯."

너무나 노골적이었기에 나도 모르게 웃음이 나왔다.

반면 헬리안 공작은 그 노골적인 말이 거슬렸던 모양이다.

"알티오르 공작님, 죄송하지만 일라인 장군과는 제 쪽에서 선약이 있었습니다."

"……."

둘은 지그시 눈을 마주했다.

곧 알티오르가 말한다.

"레그나르트 자네, 결혼 적령기가 된 딸이 있었던가?"

"……없습니다."

"훗, 그런가. 알겠네. 선약이 있다면야 어쩔 수 없지."

자신의 가문이 훨씬 유리한 입장에 있다는 걸 확인하곤 여유롭게 웃는 알티오르.

하여간 다들 뭐만 하면 혼담, 혼담이다.

나도 슬슬 진절머리가 쳐졌다.

군부회의를 끝낸 나는 배정받은 숙소로 이동했다.

내 숙소는 전쟁을 피해 도피를 한 귀족의 저택이었다.

그곳에 내 측근들이 전부 모여 있었다.

저택에 돌아가니 에오가 저녁을 준비했는지 맛있는 냄새가 풍겨 왔다.

"돌아오셨습니까!"

에오가 앞치마를 두른 채 나를 마중 나왔다. 내게 걸려 있는 추적 마법 때문인지 에오는 언제나 가장 첫 번째로 마중을 나오곤 했다.

"맛있는 냄새네."

"예! 알스 님이 좋아하시는 고기 스튜를 하는 중이었습니다. 조금만 기다려 주세요."

"응, 난 방에서 잠시 쉬고 있을 테니 다 되면 불러 줘."

에오가 기운을 차린 것 같아 다행이다. 나는 2층의 내 방으로 향했다.

방에선 유미르가 배드 메이킹을 하는 중이었다.

"도련님, 오셨군요."

"……"

마침 잘됐다는 생각이었다.

"유미르, 잠깐 괜찮을까?"

"예……?"

나는 유미르를 침대에 걸터앉히고 침대에 누워 그 무릎에 머리를 얹었다.

"휴우! 이제야 살겠네."

"후훗."

유미르는 부드럽게 미소 지으며 내 머리카락을 어루만져 준다.

이건 뭘까. 내가 아니라 내 기억에 있는 알스의 버릇 같은 것이었다.

꼬맹이 적의 알스는 언제나 유미르의 뒤를 쫓으며 놀았다.

유미르는 포근하게 미소 지으며 어서 잡아 보라는 듯 꼬리를 살랑이고, 알스는 유미르의 꼬리를 잡으려고 저택 여기저기 뛰어다녔다.

그러다가 지치면 지금처럼 유미르의 무릎을 베고 잠에 들었었다.

그 알스의 경험은 지금의 나에게도 남아 있었다.

내가 알스의 몸에 들어온 열두 살 이후에는 낯간지러워서 잘하지는 않았지만 오늘처럼 피곤하고 머리가 아픈 날에는 알스의 기억이 나를 졸라 왔던 탓에 종종 신세를 지고 있었다.

"후우……!"

이렇게 유미르의 무릎을 베고 있자면 마음이 편안해졌다. 지끈거렸던 두통도 어느새 사라져 있었다.

나는 몸을 돌려 유미르의 배 방향으로 얼굴을 묻었다. 그녀가 입고 있는 옷의 감촉이 기분 좋게 얼굴을 간질였다.

나는 자연스럽게 오른손을 유미르의 꼬리로 가져갔다. 이것도 알스가 자주 하던 행동이다.

텁! 내가 손바닥으로 꼬리를 덮으면.

살랑! 유미르가 꼬리를 빼서 다시 내 손등에 얹는다.

텁! 내가 또 꼬리 위에 손바닥을 올리면 살랑! 유미르가 또 빼내 내 손등에 얹는다.

그런 무의미하고 낯간지러운 행위가 계속 반복된다.

"오늘은 많이 피곤하셨나 봐요."

"조금."

나는 잠시 망설이다 그 얘기를 꺼내 보기로 했다.

"유미르, 기억나? 내게 정의니 심판이니 말했던 그 녀석."

"거리가 있어 자세히는 보지 못했지만 어렴풋이는 기억하고 있습니다."

"그 녀석이 아리오스 알메인이야."

"……"

유미르는 침묵하더니.

"……정말인가요?"

"맞아. 쥬라스 녀석이 그렇게 말했어."

게임에서의 내 지식도 있고 말이다.

"넌 알아보지 못했어?"

"예, 제가 알고 있는 건 세 살 적의 아리오스 도련님이었으니까요. 자세히 관찰을 한다면 그때의 편린을 볼 수는 있겠지만……"

"하긴, 알아보기 힘들 수밖에 없겠네."

"얘기를 나눈다고 해도 세 살밖에 되지 않으셨으니 저 같은 건 기억하지 못할 겁니다. 저도 리즈나 님을 모시는 입장이었던지라 유페미아 님과 아리오스 도련님에 대해선 그다지 접촉할 기회가 많지 않았고요."

이왕 이야기를 꺼낸 거, 나는 물어보지 않을 수 없었다.

"있잖아, 유미르. 만약에, 만약에 말이야. 아리오스가 나를 죽이려 한다면 어떻게 할 거야?"

"제가 아리오스 도련님을 먼저 죽일 겁니다."

즉답이었다.

"그렇구나."

역시 게임에서 벌어졌던 유미르의 주인공 암살 미수 사건
은 그런 맥락에서 일어났다고 보는 편이 자연스럽겠지.

그 이후로는 말없이 꼬리잡기를 계속했다.

그러길 20분.

노크 소리와 함께 에오가 얼굴을 내밀었다.

"알스 님, 저녁 식사가 준비…… 헛!?"

에오는 입을 떡 벌린 채 무릎베개를 하고 있는 우리를 바
라본다.

"응, 벌써 됐구나. 스튜라기에 오래 걸리는 줄 알았더니.
어잇챠!"

몸을 일으켜 방문으로 향했다. 에오는 멍한 표정 그대로다.

"아, 알스 님, 이, 이건 무슨……?"

"뭐가?"

"아, 아뇨. 유미르와 그게, 그런……."

"그러고 보니 처음 보나 보구나. 피곤할 땐 가끔 이러거
든. 하하, 남사스러운 모습을 보여 줬네."

"그런 거라면 저, 저, 저, 저도……."

"응?"

"아무것도 아닙니다!"

도망치듯 후다닥 내려가는 에오.

유미르는 흐트러진 침대를 다시 정리하고 온다고 했기에
나는 혼자 식당으로 향해야 했다.

한편 바쁘게 후퇴를 하고 있던 빌랑의 군영.

그때가 돼서야 세부 보고를 받고 있던 엘드릭 왕자의 얼굴
은 새하얗게 질려 있었다.

"달모어가 배신을……?"

현실을 받아들이지 못하는 엘드릭. 이윽고는 몸을 가누지
못하고 낙마하여 쓰러졌다.

"왕자님!"

"어, 어서 의무관을……!"

엘드릭은 이를 악물었다. 그러고는 지옥에서 끌어온 것 같
은 목소리로 절규한다.

"네 이놈……. 네 이놈 쥬라스! 네놈은 언제까지고 나
를……!!"

그는 이번 일이 쥬라스의 사주라 믿어 의심치 않았다.

이건 쥬라스 특유의 수법이었다.

자신의 목적을 위해 세상 모든 것을 이용하고, 이용 가치
가 없어지면 버려 버린다. 대를 위해 소를 희생하는 것에 주

저항이 없다.

첩자를 침투시키는 수법은 쥬라스의 주특기 중의 주특기였다.

섬뜩한 점은 그 첩자를 도저히 색출하기가 힘들다는 점이었다. 그만큼 쥬라스의 수법은 교묘했다.

엘드릭은 달모어가 첩자라고는 꿈에서조차 생각지 못했다.

카시우스와는 달리 아주 어릴 적부터 함께하지도 않았고, 서방 출신도 아니었지만 믿을 만한 녀석이라 생각했다.

그의 됨됨이를 분명하게 파악하고 있다 생각했다. 그런데도.

"꺼, 꺼져라! 전부 꺼져!"

공황 상태에 빠진 엘드릭의 눈엔 주변 사람들 모두가 쥬라스의 첩자로 느껴졌다.

광란하여 몸부림치는 엘드릭.

"진정하십시오!"

짝! 카시우스가 손바닥으로 엘드릭의 양뺨을 찰싹 때렸다. 그 불경한 행동에 주변인들이 눈을 부릅뜬다.

엘드릭은 그 충격 요법으로 진정이 됐는지 흔들리던 동공의 초점이 맞춰졌다.

"아아……. 카시우스."

"진정하셨습니까?"

"그래. 후우……! 볼썽사나운 모습을 보였구나."

부축을 받아 일어난 엘드릭에게 카시우스가 말한다.

"슬프지만 딛고 일어서야 합니다. 달모어의 배신은……. 일찌감치 발각했다고 생각하면 되는 거예요. 저는 오히려 녀석이 왕자님을 노리지 못한 것을 다행이라 생각합니다."

"리나와 리세르의 죽음은……. 크란스마저 죽었다!"

"언젠가 그들의 원한을 갚아 주면 됩니다. 왕자님, 대의는 우리에게 있습니다! 정의는 지지 않아요! 심판하는 건 우리들입니다! 모두가 한마음으로 힘을 합친다면 반드시 승리할 수 있습니다!"

이글이글 타오르는 눈빛.

그 눈빛을 마주한 엘드릭은 고양감을 느꼈다.

"그래, 네 말이 맞다. 아직 끝나지 않았어. 이제 시작이다! 악을 무너뜨리고 우리의 국가를 세운다! 반드시!"

알스라면 위선의 극치라 비아냥거렸을 발언.

엘드릭은 자신들이야말로 정의라 믿어 의심치 않았다.

그도 그럴 게 진정한 악. 쥬라스가 적수였으니까.

악이 상대이니 자신은 정의다. 그런 결론에 이르렀다.

카시우스의 덕에 냉정을 되찾은 엘드릭은 차근차근 상황을 정리했다.

"달모어를 배신하게 한 자. 틀림없이 그 장군. 알스 일라인이라고 했지."

"테나가 그렇게 말했습니다. 그가 이상한 암구호를 외치니 달모어가 배신을 했다 했습니다."

"그놈이 쥬라스의 첩자를 이용했다는 건 그놈 또한 크로싱의 끄나풀이라는 뜻이 된다."

이는 첩자가 크로싱 출신이라는 전제가 있어야 성사되는 것이었지만 엘드릭은 그 부분에 대해선 이미 의심하지 않았다.

"예? 캘리퍼의 왕가 직속 장군이 크로싱의 끄나풀이란 말입니까……? 제가 알기로 그는 독립 작전권까지 가지고 있다고 합니다."

"쥬라스 놈이 작정하고 조치를 취했다면 어려운 일도 아니지. 놈은 자신의 수족을 캘리퍼 군부 핵심에 집어넣은 것이다."

그렇게 생각하면 캘리퍼가 갑자기 사관생을 2장군에 임명한 것도 납득이 갔다.

"쥬라스 놈이 손을 써 놓은 거다. 분명해!"

이 부분은 헛짚은 것이긴 했지만 그는 이 가짜 정보를 바탕으로 생각지도 못한 진실에 다가서게 된다.

카시우스가 고개를 끄덕이며 말한다.

"그렇군요. 쥬라스 파밀리온이 직접 교육하여 키운 첩자라고 하면 그런 능력을 가지고 있는 것도 납득이 갑니다. 이번 전투도 그렇고……. 지난번 전투에서도 크리스티안 펠츠 군장을 처치했다고 하니까요."

"……아-?"

아연하게 신음하는 엘드릭.

교육이라는 말에 그는 또 하나의 사실을 떠올렸다.

자신이 당시 알스를 만날 때.

알스는 쥬라스에게 교육을 받기는커녕 살레온 공작가에서 집사 교육을 받고 있었다.

크로싱의 주요 첩자가 굳이 살레온 공작가에서 집사 교육을 받을까?

살레온 공작가를 노리기 위해서라고 하면 이상하지도 않았지만 첩자를 침투시킬 거라면 배후 검증이 철저한 집사보단 다른 방법이 더 안정적이고, 효율적이었다.

'당시 도적을 사주해 살레온 가문의 영애를 납치하려 했던 것도 전부 다 짜고 친 계획이었다던가? 아니, 그랬다면 녀석이 억지를 부려서라도 그 영애를 약혼자로 달라고 했겠지. 혹은 집사로 삼아 달라고 했던가.'

그러지 않고 돈을 사례로 받았다. 그건 즉, 그러한 행동들에 다른 목적은 없었다는 뜻. 순수하게 집사 교육을 받으러 왔다는 뜻이다.

엘드릭은 알스의 행적에 대해 진득한 위화감을 느꼈다. 단순 첩자라고 보기엔 이상한 부분이 많았다.

'게다가 녀석이 직접 달모어를 배신하게 했다고 했지.'

첩자가 결정적인 배신을 하는 건 대부분 마지막 단계에서이다. 알스는 그 마지막 단계를 발동시켰다.

다시 말해, 쥬라스에게서 그만한 권한을 받았다는 거다.

일개 끄나풀에게 쥬라스가 그만한 권한을 줄지에 대해선

회의적이었다.

못해도 알스가 쥬라스의 부하 중에선 손에 꼽는 영향력과 능력을 가지고 있다는 거다.

'잠깐.'

그렇게 생각하니 엘드릭의 뇌리에 스쳐 가는 인물이 있었다.

어떤 때는 크로싱의 군에서, 또 어떤 때는 캘리퍼군에서 활약한 괴장.

만약 그자가 알스라고 한다면? 이번 상황도 전부 납득이 간다.

크리스티안 펠츠를 박살 내며 북부 집결지의 군을 괴멸시킨 것도.

리나와 리세르, 크란스를 한꺼번에 상대할 만한 능력 있는 부하를 데리고 있는 것도. 달모어의 최종 암구호를 사용한 것까지도.

"……그놈이다."

"예?"

엘드릭은 부들부들 떨며 소리쳤다.

"그놈이 바로 용병 웨이드다!"

2장

전황은 서서히 정리되기 시작했다.

우리 영토 내부로 들어온 빌랑의 군대는 전부 퇴각.

우리가 논의했던 것처럼 중부 동맹의 결성을 우려한 왕가는 더 이상의 전투를 금하라 명령했다.

며칠만 있으면 철군 명령이 떨어질 상황이었다.

나는 숙소의 방에서 쥬라스가 보내 준 첩보 정보를 종합하고 있었다.

곳곳에서 벌어지고 있는 전쟁.

먼저 에우로페와 툰카이의 대결에선 별다른 소득 없이 대치전이 이뤄지고 있다고 한다.

남부에 속한 이곳과 달리 툰카이와 에우로페가 위치한 북부는 겨울이 혹독하기 때문에 초겨울인 지금에도 한파가 몰아닥친다.

하여 툰카이는 주요 거점지에서 농성을 하는 방식으로 에우로페가 제풀에 지치게 하는 전략을 취하고 있었다.

의외로 전과는 베카비아 쪽에서 나왔다.

발리 오스틴을 총대장으로 한 베카비아의 3만 군대는 툰카이의 동부 지역을 침공. 도시 2개와 성채 2개를 기습적으로 떨어뜨리며 국경선 부근의 영토를 뺏어 낸다.

툰카이는 베카비아 따위에게 당했다는 것에 수치를 느끼는 상황이었지만 에우로페와의 대치 때문에 어쩔 수 없이 지켜봐야만 했다.

'북부의 전쟁은 아마 이걸로 끝.'

역시 날씨 때문에 적극적인 전쟁은 힘들었다.

불꽃이 튄 건 남부였다.

첫 번째는 툰카이를 지원하겠다며 에우로페의 뒤를 공격한 스벤너군이다.

스벤너는 제3장군 라이언벨이 이끄는 6만 군대로 에우로페의 남부를 침공. 그 숫자가 얼마 되지 않는다고 판단한 에우로페는 급히 징병한 병사 3만과 정규병 3만으로 맞받아쳤다.

이 과정에서 사상자가 1만이 넘게 나왔다고 한다.

그래도 이 정도는 귀여웠다.

문제는 뷜랑을 공격한 서방과 스벤너였다.

그들은 테토라 아니스트리가 이끄는 서방의 병력 8만과 스벤너의 제2장군이자 제무토의 오른팔이라 불리는 참모장 하시쿠란이 이끄는 7만 군대. 총 15만으로 뷜랑의 서부를 침공했다.

남부는 초겨울인 지금에도 기온이 영상 7~10도에 머무르기 때문에 전쟁을 치르기에 적합한 상황이었다.

'테토라 아니스트리……. 구데리안이 주의하라고 한 여자였지.'

과연 어떤 전쟁 능력을 가지고 있는가에 대해선 나도 궁금했다.

하여 이 전장을 최우선으로 해서 정보를 수집하고 있었다.

'마지막으로 알바드가 에우로페를 경유하여 스벤너를 침공한 건데…….'

이 부분은 어째서인지 전혀 정보가 없었다. 마치 한순간에 전멸이라도 한 것처럼 알바드의 군대가 스벤너의 영토에 진입한 시점에서 정보가 끊긴 것이다.

난장판이 벌어진 대륙의 정세.

이렇게 되자 칼자루는 크로싱이 쥐게 되었다.

크로싱이 어느 편에서 개입하느냐에 따라 정세가 격변할 게 뻔하기 때문이다.

툰카이를 공격할 수도 있고, 알바드와 에우로페를 공격할 수도 있다. 혹은 빌랑을 공격해도 된다.

'설마 쥬라스 녀석. 이 상황을 설계한 건 아니겠지?'

아무리 그놈이라도 여기까지 설계하진 않았을 것이다.

그렇게 믿고 싶었다.

그러던 이틀 뒤의 일이었다.

충격적인 보고가 들어오게 된다.

알바드의 배신. 그리고 서방 민족의 민간인 대학살에 관한 것이었다.

충격적인 소식에 곧장 군부회의가 소집된 건 당연한 수순이었다.

회의장은 더없이 소란스러웠다. 헬리안 공작이 전후 처리 문제로 수도로 돌아가 있던 탓에 아이언하트 장군이 대신해서 회의를 주도했다.

"들으신 바와 같습니다. 에우로페를 도와 스벤너를 침공하는 듯했던 알바드가 돌연 에우로페를 배반. 스벤너의 영토에 진입했던 군대는 진군 경로를 바꿔 에우로페를 침공했다고 합니다. 더불어 알바드 본토에서도 사략의 카이엔이 이끄는 6만의 군대가 준동. 머지않아 에우로페를 침공할 것 같다고 합니다."

웅성이는 회의장.

알티오르가 말한다.

"이렇게 되면 중부 동맹은 불발되었다고 봐야 되겠군."

"그렇습니다. 뷜랑-에우로페-알바드의 삼자 동맹은 당분간 생각하지 않아도 될 겁니다."

이 경우 우리가 다시 움직일 수 있게 된다.

중부 동맹의 우려가 사라졌으니 뷜랑의 영토를 마음껏 찌를 수 있게 된 것.

"하지만 알바드는 도대체 왜 그런 선택을……? 스벤너를 돕는다고 해도 그 어떤 이득이 없을 터인데……."

나는 게임 속 지식으로 말미암아 그 이유를 알고 있었다.

그리고 그 이유를 알자 섬뜩해졌다.

왜냐하면 이 이유가 드러나는 건 꼬리 전쟁보다도 한참 뒤의 일이었으니까.

그것이 꼬리 전쟁과 나란히 일어났다. 그 꼬리 전쟁조차 8개월 정도 일찍 벌어진 것인데도 말이다.

'게임의 스토리가 빠르게 밀려들어 오고 있어.'

마치 둑에 구멍이 뚫린 것처럼. 걷잡을 수 없는 격류가 되어 단번에 몰아치려 하고 있었다.

"……일라인? 자네, 뭔가 짚이는 거라도 있나? 있다면 말해 보도록."

알티오르가 깊은 눈으로 재촉했다.

나는 말해야 하나 망설였지만 알바드의 의도는 어차피 머지않아 밝혀진다.

"아마도이지만……. 발라스를 흡수하기 위해서가 아닐까 싶습니다."

"발라스를!? 그 중립국을 어떻게 흡수한단 말인가?"

발라스는 절대적인 중립국으로 펜실론 제국 멸망 이후 단한 번도 전쟁을 치르지 않은 국가였다. 펜실론 아카데미가 있는 대도시 플라톤이 위치한 곳이기도 했다.

"알바드는 호시탐탐 발라스를 노리고 있었을 겁니다. 다만 외교적인 문제 때문에 발라스를 공격할 수가 없었을 뿐이죠."

"그야 당연하지. 발라스를 공격했다간 다른 국가들에게 집중포화를 맞을 테니까."

"예, 그렇기에 각국의 이해관계가 복잡하게 얽힌 지금이 기회라고 생각한 겁니다."

"그렇군……!"

스벤너와 툰카이가 묵인한다면 발라스를 멸망시키는 것도 어려운 일은 아니었다. 뷜랑도 집안일이 벅찬 상태이며 베카비아는 힘이 없다.

"그런 만큼 이 부분은 크로싱이 어떻게 나오느냐가 가장 중요해졌습니다. 그렇게 생각하고 당장은 넘어가도 괜찮겠지요."

"음······."

다음 문제.

바로 서방 민족의 민간인 대학살의 건이다.

뷜랑의 서부 영토를 공격해 들어온 서방의 군대는 점령한 영토의 민간인을 포로로 잡는 것이 아니라 모조리 참수해 버렸다.

그 숫자가 20만. 어지간한 지역 하나가 전멸한 것이다.

"야만인 놈들! 경우를 모르는 건 알고 있었으나 이 정도일 줄이야!"

"어떻게 이런 일이 일어날 수 있단 말인가!"

적국의 민간인을 학살하여 힘을 잃게 하는 건 역사적으로도 흔히 있던 일이다.

진나라 백기의 장평 대학살이 대표적인 예다.

무려 40만에 달하는 포로를 처형했다.

기록상 40만 모두 군인이라고는 하지만 기록상일 뿐, 그 시절에 40만이 전부 군인일 리 만무했다.

민간인도 분명히 포함되어 있었을 거다.

그런 의미에서 이번 서방의 대학살은 의미가 다르긴 했다.

20만 모두 민간인이었으니까.

뷜랑도 이번 전쟁에서 유격군을 편성해 민간인들을 약탈하긴 했지만 무분별한 참수는 하지 않았다.

약탈로 인한 식량 부족으로 발생할 아사자, 병사자까지 합치면 잠재적인 민간인 피해는 대략 10만 정도.

이것도 상당히 많은 편이었지만 서방은 단순 학살로 20만을 죽이며 남다른 클라스를 선보였다.

빠득! 알티오르가 이를 갈았다.

"그 학살. 수인들이 했겠지."

"목격 증언에 따르면 수인들이 많았다고 합니다."

"역시……! 짐승 놈들!"

알티오르는 수인에 대한 노골적인 적대감을 드러냈다.

'그러고 보니 전에 헬리안 공작이 말했지. 알티오르 공작은 서방과 관련된 아픈 기억을 가지고 있다고.'

그게 수인들의 부락인 디엘럼과 관련된 것은 아니었을까.

"그놈들은 상종할 수 없는 놈들이다. 사람조차 아니지. 역겨운 짐승들일 뿐. 어찌 보면 당연한 일이다."

알티오르의 적개심은 이미 빌랑이 아닌 서방으로 향해 있었다.

그의 눈빛에서 묘한 의도를 읽은 나는 반사적으로 말했다.

"빌랑과의 동맹은 악수입니다."

"……!"

생각을 읽힌 알티오르는 눈을 크게 뜨더니, 곧 피식하며 말한다.

"어째서지? 알바드가 스벤너와 서방과 손을 잡은 지금. 우리가 빌랑과 손을 잡으면 가장 커다란 동맹이 만들어진다.

그 힘을 이용해 알바드와 스벤너를 쓸어버리면 우리가 대국을 쥐게 되는 것 아닌가."

"그렇게 단순한 얘기가 아닙니다. 그렇게 되면 빌랑도 덩달아 패권을 쥐게 되어 더 골치 아픈 상황이 만들어집니다."

내부가 혼란한 상태인 빌랑이 급격하게 세력을 불린다면 그 내부가 분열할 시 수십 개의 국가로 쪼개질지도 몰랐다.

정세가 더더욱 혼란해지는 것이다.

"게다가 애초에 크로싱은 그런 제안에 응하지 않을 겁니다."

"여기도 칼자루는 크로싱이 쥐었다는 건가……."

알티오르는 마음에 들지 않는다며 고개를 절레절레 흔들었다.

크로싱이 어떻게 나오는가는 우리만의 관심사가 아니었다.

모든 국가가 크로싱. 정확히는 쥬라스의 행보를 주시하고 있는 상황이었다.

마침내 쥬라스는 때가 무르익었다는 듯, 외교관을 통해 각국에 전한다.

'멈춰라.'라고.

그러자 각지에서 벌어지고 있던 전쟁들이 거짓말처럼 소강상태에 접어들었다.

크로싱은 개입이 아닌 중재를 선언했다.

각국에 전쟁을 멈출 것을 요구한 뒤 정전을 위한 공동 협상을 제안한 것이다.

이에 스벤너는 미온적인 태도를 보였으나 침공을 받고 있던 툰카이가 선뜻 승낙을 했고, 에우로페도 마지못해 수락. 이미 이득을 본 베카비아도, 크로싱의 동맹국인 우리 캘리퍼도 승낙을 했다.

그렇게 되자 뷜랑과 스벤너, 알바드도 어쩔 수 없이 받아들여야 했다.

협상 날짜로 정해진 건 5일 뒤.

협상 장소는 중립국 발라스였다.

당장은 휴전이 된 상황이었기에 우리 군은 일단 철수하여 알펜서드로 돌아왔다.

왕가에선 이미 협상에 나설 외교단을 꾸리고 있었다.

공동 대표자로 길버트 살레온과 헬리안 공작이 선출됐고, 그 이하 외교단이 조직되었다.

그리고 이 과정에서 나를 추천한 사람이 있었던 모양이다.

나는 그걸 완곡히 거절했다. 협상에는 참가할 생각이었으나 알스로서는 아니었다.

알바드의 장군인 길리아스 멜번이 협상 장소에 올 수 있기 때문이다. 내 얼굴을 알고 있는 그로 인해 정체가 만천하에 탄로 나 버릴 테다.

그러니 협상엔 쥬라스와 함께 웨이드의 신분으로 가기로 했다.

한번 레인폴에 돌아온 나는 안톤을 대동한 채 카르텐으로 향했다.

쥬라스 녀석은 홀로 나를 기다리고 있었다.

"왜 혼자 그러고 있어요? 외교단은요?"

내 물음에 쥬라스는 무슨 바보 같은 소리냐며 웃는다.

"거기 당신이 있잖습니까."

"내가 외교단이라는 겁니까. 하여간……."

혹시 모르니 크로싱의 군부에서 실력 있는 자를 백 명 정도 차출해 호위병으로 함께 데리고 갔다.

그렇게 협상 장소인 발라스 왕국으로 향하는 마차에서 나는 쥬라스에게 물었다.

"이번 일련의 사건들……. 당신이 설계한 겁니까?"

내심 쥬라스가 부정해 줬으면 했지만 녀석은 애매하게 고개를 끄덕였다.

"근본적인 부분이라면 그렇고, 세부적인 부분을 말하는 거라면 아닙니다."

"근본적인 부분?"

"이 일련의 흐름 자체는 내가 의도한 게 맞아요. 하지만 그렇다 해도 전개가 너무 빠릅니다."

"……!"

나와 똑같은 생각을 하고 있던 것이다.

나는 앞으로 있을 스토리가 너무 빨리 진행되고 있다고 생각했고. 쥬라스는 자신이 그린 설계가 예상보다 빠르게 전개되고 있다고 한다.

마치 게임의 스토리 전부에 쥬라스가 개입됐다는 것처럼 느껴졌기에 뭔가 오싹했다.

"그래서 제동을 건 겁니다. 이대로 가다간 무질서의 혼란이 생길 뿐이니까요."

"어느 한쪽에 개입하여 패권을 쥐어 보는 건……. 불가능했겠네요."

스벤너 쪽과 손을 잡을 수도 없고, 그렇다고 대륙 통일의 장애가 되는 빌랑과 손을 잡을 수도 없다.

그나마 선택지가 있다면 에우로페와 손을 잡는 것 정도인데, 이건 그렇게 큰 효과가 없다.

쿵! 덜컹거리는 마차.

곧 쥬라스가 말한다.

"그보다도……. 말벌을 사용했더군요."

"사용하라면서요."

"그렇긴 합니다만. 너무 심심하게 써먹은 것 같아서 말입니다. 말벌은 제가 심어 놓은 첩자 중에서도 제법 중추에 침투한 녀석이었으니까요. 말벌이 한 말을 듣자 하니…… 부하를 살리기 위해 사용했더군요."

쥬라스는 의미심장하게 나를 응시해 왔다.

그 시선은 마치 나를 조롱하는 것 같았다.

고작 부하 하나를 구하려고 그 중요한 장기 말을 버렸냐고 말하는 것처럼.

"알스, 당신은 체스를 할 때 어떻게 했습니까? 승리를 위해 그 어떤 기물이라도 과감하게 버리곤 하지 않았습니까?"

"만약 거기서 사용하지 않았다면 전황이 연쇄적으로 무너질 수도 있다고 판단한 겁니다. 저까지 죽을 수도 있었죠. 제 상대인 크란스란 녀석의 무예가 무척 뛰어났어요."

"그것도 안톤을 데려가지 않은 당신의 탓이죠."

"……"

그렇게 말하니 반박할 말은 없었다.

"그런 식으로 할 거라면 부하들에겐 내정 따위나 맡기는 게 좋을 겁니다. 내가 능력 있는 장교를, 쓰다 버릴 수 있는 장교들을 부하로 붙여 줄 테니 그들을 사용하세요. 그러면 적어도 이번 같은 일은 없을 겁니다."

"부하 관리에 대해선 내가 알아서 하겠습니다. 신경 꺼요."

조금 신경질적으로 말했나 싶었지만 쥬라스는 오히려 웃었다.

"훗, 뭐 좋습니다. 어쩌면 이게 당신과 저의 이상적인 관계일지도 모르겠군요."

"이상적인 관계라뇨?"

"당신은 빛. 그리고 나는 그 그림자인 거죠. 최종적으로는 당신의 국가가 통일을 할 테니 당신이 그 역할을 맡는 게 이치상 맞습니다."

"당신이 자청해서 그림자 역할을 맡겠다고 할 줄은 몰랐는데요."

"저는 그런 인간입니다, 알스. 나는 이미 빛을 마주 볼 수는 없게 됐어요. 그랬다간 내 뒤의 그림자가 너무나도 짙어져 나는 물론이고 당신까지 삼켜 버릴 테니까."

"······."

"반면 당신은 다르죠. 아직 빛을 마주 볼 수 있습니다. 정의나 대의 따위를 말하는 게 아니에요. 정복한 국가의 국민들을 납득시킬 명분이 있는 왕. 뒤가 구리지 않은 왕이 되라는 겁니다."

뒤가 구린 일은 전부 자신이 해 주겠다. 쥬라스는 그렇게 말하고 있는 것이다.

'말만 들으면 감동적이지만······.'

이 녀석이 하는 말이니만큼 도무지 믿음이 가질 않았다.

정전 협상은 발라스에 상주해 있던 외교관들이 서로에게 삿대질하며 막을 올렸다.

다만 이건 일종의 전채요리 같은 것.

진짜 협상은 각국의 중진들이 참여하는 5일 차였다.

나는 그 5일 차에 참여하기로 되어 있었다.

거리상으론 여유가 있었지만 크로싱에서 발라스로 직행하기 위해선 알바드를 통해야 하는 점이 문제였다.

쥬라스와 나를 눈엣가시로 여기는 알바드가 도중에 어떤 짓을 해 올지 모르는 상황이었기에 안전을 기해 베카비아와 에우로페를 경유하여 발라스에 입국하기로 했다.

하여 5일 차에 있던 중진 회의에는 다소 늦고 말았다.

"쯧. 그래서 내가 하루 정도 빨리 가자고 했던 거라고요."

나는 언짢은 기분이었지만 쥬라스는 오히려 잘됐다며 말한다.

"괜찮습니다. 자고로 주역은 마지막에 등장하는 법이니까."

그렇게 말한 쥬라스는 예정 시간보다 4시간이나 늦었음에도 뻔뻔한 얼굴로 회의장의 문을 열어젖혔다.

"크로싱의 재상 쥬라스 파밀리온 님이 입장하십니다!"

문지기가 호명하자 협상장이 쥐 죽은 듯 조용해졌다.

모두가 쥬라스를 관찰하기 바빴다. 녀석에겐 그만한 존재
감이 있었다.

덩치가 눈에 띄게 크다거나, 외모가 특출하다거나, 그런
이유는 아니었다.

그저 불길하다.

나야 지금은 조금 익숙해졌지만 이놈은 뭔가 생리적으로
꺼려지는 게 있다.

가까이 있기만 해도 소름이 돋고 오한이 느껴진다고 할까.

"……훗."

그가 의미심장하게 웃자 부르르! 수많은 사람들이 몸을 떨
었다.

협상의 진행을 맡고 있던 발라스의 재상 디알루는 마른침
을 삼키며 말한다.

"늦으셨소만……."

"피치 못할 사정이 있어 늦고 말았습니다. 양해해 주시
길."

"그런데……. 그 옆에 투구를 착용하고 있는 자는……?"

"이 자리에 그를 모르는 사람은 없을 거라 생각합니다만."

내게 모이는 시선. 그 시선도 쥬라스를 보는 것 못지않았
다.

나는 슬쩍 협상장의 인물들을 둘러보았다.

'대단한걸.'

이번 협상의 중요성을 방증하는 듯한 면면이었다.

총출동한 국왕들. 쥬라스가 온 크로싱과 즉위가 아직 이뤄지지 않은 빌랑을 제외한 모든 국가의 국왕들이 자리했다.

이를 두고 알바드의 국왕은 대놓고 꼽을 줬다.

"이봐, 형님께선 오시지 않은 건가?"

알바드의 개국왕 아이작 멜버드. 본래 이름은 아이작 말로른으로 파라인 국왕의 친동생이었다.

그는 눈매를 좁히며 쥬라스를 노려보았다.

쥬라스는 부드럽게 웃으며 답한다.

"대부님께선 제게 전권을 위임하셨습니다. 국왕이 없다는 이유로 협상에 문제가 생길 일은 없을 테니 걱정 마시길."

"그런 걸 묻는 게 아니다. 기본을 갖추란 거다, 기본을! 노령인 가레스 국왕마저 자리에 왔거늘. 늦은 걸로도 모자라 국왕조차 오지 않다니. 크로싱은 이번 일을 뭐라고 생각하는 건가!"

그 아이작 국왕의 뒤에선 길리아스 멜번이 굳은 표정으로 서 있었다. 대장군 카이엔은 보이지 않았다.

"하하! 아이작 형님, 그쯤 하시죠."

베카비아의 국왕인 로렌츠 베론이다. 이쪽도 형인 파라인 국왕과는 사이가 좋지 않다고 들었지만 지금은 동맹 관계이니만큼 실드를 쳐 주는 모양이다.

찡긋! 그 옆에 앉아 있던 소피아 베론이 내게 윙크를 보낸다.

나는 자리에 앉은 쥬라스의 뒤에 섰다.

진행자가 한숨을 쉬며 말한다.

"모두 모인 것 같으니 본격적으로 논의를 해 보고 싶소. 이번 난세를 어떻게 헤쳐 나갈 것인지를."

이번 협상에서 칼자루를 쥐고 있는 건 크로싱이긴 하지만 그것과 별개로 먼저 해야만 하는 이야기가 있었다.

누가 더 잘못했는가를 따지는 것이다.

우리가 오기 전부터 그 이야기를 하고 있었는지 열을 내며 목소리를 높이기 시작한다.

"뷜랑에게 묻겠소!"

캘리퍼의 대표 중 하나인 헬리안 공작이 전면에 나서며 외친다.

"귀국의 명분 없는 침공이 대륙을 혼란스럽게 했소! 그 부분에 대해서 해명을 원하는 바이오!"

뷜랑 측에선 주요 3세력을 대표하는 왕자들이 참석해 있었다.

1왕자 오스카가 대표해서 말한다.

"그 부분에 대해선 지금은 말을 아끼고 싶군. 우리도 확인을 하는 중이다."

"확인을 하는 중이라고요?"

헬리안 공작이 눈을 부라리며 호통친다.

"그렇담 귀국은 제대로 확인되지 않은 걸 명분으로 전쟁을 일으킨 겁니까!"

웅성이는 회의장.

헬리안 공작이 지적한 게 사실이었기에 빌랑 측은 말을 잃었다.

오스카의 말문이 막히자 2왕자 바리온이 대신 말을 받았다.

"이런 말을 하긴 부끄럽지만 최근 우리 빌랑은 상실의 아픔을 겪었습니다. 선왕의 공백은 국가의 단합을 해치고 소통의 혼란을 불러오고 말았지요. 이번 일은 그 혼란으로 일어난 슬픈 사고였습니다. 그 혼란을 자초한 담당자를 처형하고, 혹여나 제3의 세력이 개입한 정황이 있나 확인 중에 있으니 이번 일은 관대히 넘어가 주지 않겠습니까?"

"웃기는 소리! 그런다고 귀국의 침공으로 인해 받은 피해가 없어지는 게 아니오!"

빌랑을 몰아붙이는 캘리퍼.

이에 대한 다른 국가의 의견은 이미 들었는지 진행자는 쥬라스에게 시선을 돌렸다.

"파밀리온 재상께선 이번 일에 대해 어떻게 생각하시오? 캘리퍼의 우방으로서 의견을 들려주었으면 하오만."

"흠. 이 부분은 간단히 정리를 해 드리죠."

쥬라스는 태연한 표정으로 폭탄을 투척했다.

"빌랑의 국왕 윌프리드 슈바르쳐의 암살을 지시한 건 바로 저입니다."

쥐 죽은 듯 조용해지는 회의장. 곧 찢어지는 듯한 아우성이 울려 퍼진다.

"그건 물론이고 빌랑이 캘리퍼를 침공하도록 부추긴 것도 저였습니다."

나도 얼이 빠져 쥬라스 녀석을 멍하니 바라볼 뿐이었다.

"네, 네 이놈! 네놈이 정말로……!"

"저놈을 당장 포박해 주십시오!"

벌떡 일어나 살기를 내뿜는 빌랑의 인물들.

본래 국왕 암살을 사주한 건 스벤너나 서방이라고 생각하는 사람들이 많긴 했지만 그에 만만치 않게 크로싱을 의심하는 쪽도 있었다.

그런 상황에서 쥬라스가 자백을 해 버리니 이런 반응이 나올 수밖에.

쥬라스는 그들을 향해 씨익 웃어 보였다.

"물론 농담입니다만. 뭘 그렇게 진지하게 반응하십니까?"

"뭐라……?"

"한번 빌랑의 행태를 비꼬아 본 것뿐입니다. 이번에 빌랑이 벌인 짓은 그런 것이었습니다. 어떤 곳이든, 누구에게든 누명을 씌울 수 있었습니다. 캘리퍼가 표적이 된 것도 자기들 입맛대로 정한 것이죠. 그런 국가를 과연 신뢰할 수 있겠습니까? 우리 크로싱은 빌랑을 강력하게 규탄하는 바입니다."

크로싱의 비난 선언. 빌랑 측은 입맛을 다셨다.

쥬라스는 회의를 적극적으로 주도하기 시작했다.

"애초에 빌랑은 그 행태가 비열한 곳이었습니다. 위기에 빠진 국가들을 유혹해 자신들의 연합에 반강제적으로 끌어들이며 힘을 불렸습니다. 다른 이의 불행을 먹고산 국가가 바로 빌랑의 실체란 말입니다. 그런 국가가 이번엔 명분 없는 전쟁까지 했어요. 과연 이 국가에 올바른 미래가 있겠습니까?"

"하고 싶은 말이 무엇이오?"

진행자의 물음에 쥬라스가 선언한다.

"빌랑 연합의 해체를 건의하는 바입니다. 독립을 원하는 세력에 대해 빌랑 연합이 제재를 가하지 못하게끔 조약을 맺도록 하지요."

"개소리!"

빌랑의 인물들 모두가 반발했다.

그도 당연했다. 쥬라스의 말대로 해 버리면 빌랑은 사실상 멸망해 버리니까.

쥬라스를 향한 온갖 욕설이 들려올 정도로 빌랑의 인물들은 흥분하고 있었다.

반면 다른 국가들은 바쁘게 주판을 굴리고 있다.

지금 쥬라스의 발언은 사실상 반뷜랑 연합을 만들자고 하는 것과 똑같았다. 그에 대한 손익 계산을 하고 나니 모두가 긍정적인 반응을 보였다.

특히 호시탐탐 뷜랑을 노리던 스벤너는 당장이라도 그렇게 하자는 입장이었다.

하지만 이 순간. 쥬라스가 교묘한 혀를 날름거린다.

"진정하십시오. 저는 연합의 해체를 원할 뿐. 지휘 세력을 바꾸자고 말한 게 아닙니다. 괜히 남부의 지배권이 다른 국가로 갔다간 더 큰 혼란을 초래할 뿐이니 남부의 지배는 지금까지처럼 뷜랑의 세력이 하는 게 옳겠지요."

"그건 무슨 뜻입니까?"

"다시 말해 뷜랑이 옳은 형태로 재건되길 기다려 주자는 겁니다. 앞으로 5년. 모든 국가는 현 뷜랑 지역에 대한 침공을 엄금합니다. 이걸 어긴 국가에 대해선 커다란 불이익이 가게끔 조치를 취하자는 겁니다."

뷜랑 한정 불가침조약. 이걸 모든 국가가 맺자는 것이었다.

"외세의 침략 없이 그 정도의 시간이 주어진다면 뷜랑은 다시금 굳건해질 수 있겠지요. 틀립니까?"

이 말에 뷜랑 측은 귀를 쫑긋했다.

가뜩이나 내전을 준비하고 있는 뷜랑의 입장에서 쥬라스의 제안은 더할 나위 없는 것이었다.

당장 내전을 벌이지 않고 있던 것도 그 틈을 노리고 다른 국가가 침공하지 않을까 우려했기 때문이다.

　쥬라스는 그 우려를 없애 주었다.

　빌랑에게 너무나도 좋은 협상 조건. 쥬라스는 때가 무르익었다는 듯 말한다.

　"분위기를 보니 협상의 무게추가 빌랑에게 넘어간 모양이군요. 그럼 그 무게추의 평형을 이루기 위해 추가 제안을 하겠습니다."

　그러면서 쥬라스는 빌랑에게 이번 캘리퍼 침공에 대한 막대한 배상금과 스벤너의 침공과 서방 민족의 민간인 학살을 문제 삼지 말 것을 요구했다.

　"이러면 조건이 대등하지 않겠습니까?"

　쥬라스는 전쟁 중재인으로서의 역할을 완벽하게 수행하고 있었다.

　다른 국가들도 고개를 끄덕였다.

　애초에 대부분은 빌랑에 대해 별생각이 없었다.

　그저 스벤너가 빌랑을 정복해 힘을 불리지 않길 바랄 뿐이다.

　이 조약으로 말미암아 스벤너가 빌랑을 차지하지 못하게끔 막을 수 있다. 마다할 이유가 없었던 것.

　문제는 스벤너였다.

　"흠……."

스벤너의 국왕 스칼로는 복잡한 시선으로 쥬라스를 바라보았다.

상황이 묘하게 되어 있었다.

여기서 스벤너가 거부를 한다는 건 즉, 어떻게 해서든 뷜랑을 정복하고 싶다는 야욕을 공개적으로 드러내는 것이기 때문이다.

그 경우 외교적인 여론이 나빠질 게 뻔했다.

가뜩이나 서방 민족이 저지른 민간인 학살로 인해 입장이 난처한 상황이었던 만큼 외교적인 여론까지 악화됐다간 무슨 일이 벌어질지 알 수 없었다.

다른 국가들이 반스벤너 연합을 주창해도 이상하지 않았다.

외교관들과 이야기를 나눈 스칼로는 이윽고 고개를 끄덕였다.

"이의는…… 없네."

그들은 뷜랑을 당분간 놔둬도 괜찮다고 판단했다.

뷜랑의 주요 세력 중엔 서방과 연관된 세력도 있으니 그들이 내전에서 승리한다면 뷜랑을 자연스럽게 먹어 버릴 수 있다.

그러니 스벤너의 입장에서도 뷜랑의 내전에 다른 국가가 관여하지 않는 편이 바람직하다.

"이야기가 정리된 것 같군요. 그럼 그 방향으로 가도 되겠지요."

모두가 무언의 긍정을 표했다. 회의의 진행자는 곧 조약의 초안을 작성하기 시작했다.

쥬라스는 이 조약에 서방 민족까지 참여할 것을 요구했다.

이에 스벤너 측에서 어떻게든 서방을 설득하겠다며 동의를 표했다.

대륙의 모든 국가가 서명하는 이번 조약.

나는 소름이 돋았다.

'이 능구렁이 자식.'

쥬라스가 노리는 건 뷜랑의 재건 따위가 아니었다.

이번 조약은 훗날 내가 건국하는 국가가 뷜랑을 정복하기 쉽도록 조치를 취한 것이었다.

내가 세울 국가는 당연히 이 조약에 서명하지 않았으니 내전을 벌이고 있는 뷜랑을 침공해도 문제가 되지 않는다. 반면 조약에 서명한 다른 국가는 뷜랑에 개입할 수 없다.

이건 그런 설계가 있는 조약이었던 것이다.

각국의 중진들은 그런 것도 모른 채 조약에 서명을 하려 들고 있었다.

그런 상황에서 그가 나섰다.

"잠깐 괜찮겠습니까?"

뷜랑의 3왕자 엘드릭 슈바르쳐.

"엘드릭 왕자, 무슨 일입니까? 혹시 조약에 불만이라도?"

"조약에 대한 불만은 없습니다만 그 전에 근본적인 문제를 제기하고 싶습니다. 이번 일이 대체 누구 때문에 벌어진 것인가에 관한 것을."

"그게 무슨……?"

"저는 이번 사건들의 배후엔 크로싱이 있었다고 주장하겠습니다."

회의장에 의미심장한 침묵이 흘러갔다.

"선왕 윌프리드 슈바르쳐 국왕의 암살을 누가 했는가는 알 수 없으나 적어도 캘리퍼 침공을 부추긴 제3의 세력은 크로싱이라 확신합니다."

진행자가 묻는다.

"근거는 있습니까?"

"물증은 없습니다만 심증이 있습니다. 그리고 그 심증을 뒷받침할 또 다른 심증이 있지요."

"심증입니까……."

이런 자리에서 심증만으로 이야기를 하는 건 말도 안 되는 일이었지만 쥬라스 녀석에 대한 이미지가 얼마나 흉흉하면 다들 일단 들어 보자는 입장이었다.

엘드릭 왕자가 말한다.

"크로싱은 이번 뷜랑과 캘리퍼의 전쟁에서 흉계를 꾸미고 있었습니다. 그 흉계를 통해 우리를 함정에 빠뜨리고 추후 뷜랑의 영토를 위협할 생각이었겠지요. 그것이 에우로페가 툰카이를 침공하고 다른 국가들이 연달아 전쟁을 일으킴으로 인해 전황이 크게 바뀌어 하지 못했을 뿐입니다. 만약 전황이 바뀌지 않았다면 크로싱은 캘리퍼와 함께 우리 뷜랑을 위협했을 겁니다. 그런 인과관계를 생각한다면 우리가 캘리퍼를 침공하게끔 한 것도 크로싱의 사주가 있었다고 생각할 수 있습니다. 우리가 캘리퍼를 침공하기 위해 명분을 만들었다지만, 이는 반대로 말해 크로싱이 뷜랑을 침공하기 위한 명분을 만들었다고 봐도 이상하진 않습니다."

"실상은 크로싱이 뷜랑을 침공하기 위한 설계였다?"

여러모로 빈틈이 많은 주장이었지만 일단 앞뒤는 맞았다. 엘드릭 왕자의 말대로 상황이 그렇게 될 경우 크로싱은 뷜랑 침공의 명분을 얻을 수 있다.

쥬라스는 그럴 생각이 추호도 없었지만 그걸 다른 사람들은 알 수 없다.

쥬라스 녀석은 어디 끝까지 지껄여 보라며 여유롭게 듣고 있다.

진행자가 묻는다.

"그렇지만 크로싱은 이번 전쟁에 전혀 개입하지 않았다고 들었습니다만."

"그게 그렇지가 않았다면 어떻습니까?"

"그게 무슨……?"

이에 캘리퍼 측에서도 의문부호를 드러냈다. 크로싱이 언제 자신들을 도와줬냐며 고개를 갸웃한다.

엘드릭 왕자는 우리 쪽을, 정확히는 내 쪽을 가리키며 외쳤다.

"그도 그럴 게 지금 저기 크로싱 측에 앉아 있는 용병 웨이드가 캘리퍼 측에서 참전을 했으니 말입니다!"

"하지만 웨이드가 참전했다는 이야기도 듣지 못했습니다."

"저자는 투구를 벗고 있었습니다. 웨이드가 아닌 진짜 신분으로 전쟁에 참가한 겁니다."

"그건……! 저자의 정체를 알아냈다고 말하는 겁니까?"

"그렇습니다."

그는 굳이 뜸을 들이지 않았다.

"저자의 정체는 현재 캘리퍼의 2장군이자 왕가 직속 장군의 위치에 있는 알스 일라인이라고 하는 자입니다!"

엘드릭 왕자의 폭로.

그로 인해 정전 협상은 묘한 방향으로 가게 된다.

회의장의 소란이 그치질 않았다.

대부분이 알스 일라인이 누구냐며 쑥덕이고 있었다.

사정을 알고 있는 캘리퍼 측의 혼란은 더욱 컸다.

헬리안 공작은 왜 들킨 거냐며 표정을 구기고 있었고, 가레스 국왕은 미간을 좁힌 채 내 쪽을 지그시 바라보고 있다.

반면 길버트 살레온은 입을 떡 벌린 채 다물지를 못하고 있었다.

그가 반사적으로 묻는다.

"엘드릭 왕자님, 그게 정녕 사실입니까? 웨이드의 정체가 일라인 장군이라니……."

"틀림없습니다."

확신을 가지고 답하는 엘드릭.

'역시 그 상황에서 달모어를 이용한 게 문제가 됐나.'

어쩌면 이렇게 될 수도 있다고 생각은 했다. 각오를 한 일이었다.

그렇기에 미리 보험을 들어 놓은 것이기도 하고.

다만 보험이 있다곤 해도 순순히 인정할 생각은 없었다.

"내 정체가 뭐라고?"

나는 가볍게 비웃으며 말했다.

"웃기지도 않는군. 내가 그 일라인인지 뭔지 하는 녀석이라는 증거는 있습니까?"

물증 따위 있을 리가 없다.

녀석이 말하는 건 오직 심증뿐.

그러나 엘드릭은 뻔뻔하게도 말한다.

"증거는 있다."

"오호, 그거 궁금하네요. 말해 주겠습니까? 그 증거라는 걸."

"이번 전쟁에서 알스 일라인이 크로싱의 첩자를 이용했다는 부분이지."

"크로싱의 첩자?"

"달모어 스팅이라는 자였다. 내 휘하에 있던 자였지. 그가 일라인의 신호를 받고 변절을 했다! 크로싱의 첩자가 캘리퍼의 인물의 신호를 받고 변절을 한다? 그 캘리퍼의 인물이 크로싱과 깊은 관련이 있다고 봐야겠지. 그리고 캘리퍼와 크로싱 모두와 연관된 인물. 그건 웨이드밖에 없다!"

"그래서? 그 달모어라는 자가 크로싱의 첩자라는 증거는? 캘리퍼와 크로싱 모두와 연관된 인물이 웨이드뿐이라는 증거는?"

"그건……."

"전제 자체가 심증 아닙니까. 그러면서 잘도 지껄여 주는군요."

엘드릭은 시선을 캘리퍼 쪽으로 돌렸다.

"이건 캘리퍼 측이 확인을 해 주면 되는 거다. 레그나트 헬리안 공작! 당신에게 묻겠습니다. 달모어 스팅이라는 첩자를 알고 있습니까? 캘리퍼가 침투시킨 첩자입니까?"

"국가의 기밀을 좋다고 대답해 줄 것 같습니까."

헬리안이 싸늘하게 답하자 엘드릭은 이를 악물었다.

"이건 귀국에 있어서도 중대한 사안입니다. 알스 일라인이 웨이드라고 한다면 귀국은 크로싱에 속고 있는 거란 말입니다! 독립 작전권을 쥐고 있는 왕가 직속 장군! 그건 다시 말해 언제든 반란을 일으킬 수 있다는 뜻! 만약 알스 일라인이 크로싱의 사주를 받고 반란을 일으켜 캘리퍼의 수도를 점령하고 체계를 전복시킨다면 캘리퍼는 그대로 크로싱에 흡수를 당할 겁니다! 아직도 모르겠습니까!"

"……."

헬리안도 그 부분에 대해선 우려를 하고 있었던 모양이다.

길버트 살레온의 경우엔 경악하고 있었다.

"설마 정말로……!?"

길버트가 혼란하자 엘드릭은 파고들 틈을 발견한 듯이 닦달한다.

"길버트 살레온. 당신은 어떻습니까. 달모어 스팅이라는 첩자에 대해 알고 있는 게 있습니까?"

"어, 없습니다. 그런 첩자가 있다고는……."

그러자 '입 닥쳐라 길버트!'라며 헬리안이 일갈했지만 길버트는 고개를 흔들며 반박한다.

"레그나트, 엘드릭 왕자의 말이 옳다. 정말로 일라인이 웨이드라고 하면 이건 큰 문제란 말이다! 크로싱이 우리 군의 독립 작전권을 쥐고 있다는 것과 다르지 않아! 아…… 아앗!"

길버트는 그제야 무언가를 깨달은 듯 중얼거린다.

"그, 그렇군! 이번 전쟁이 크로싱이 사주했다는 그 주장은……!"

엘드릭 왕자가 옳다구나 말을 받는다.

"그렇습니다! 웨이드가 캘리퍼의 작전권을 쥐고 있으니 크로싱은 언제 어디서든 마음껏 개입할 수 있었던 겁니다! 비열한 크로싱은 그런 식으로 귀국을 이용해 이득을 취하려 했던 겁니다!"

나와 쥬라스에게 그럴 의도는 없었지만 마음만 먹으면 그런 짓이 가능했던 것도 사실이었다.

그렇기에 엘드릭 왕자의 주장은 설득력이 있었다.

협정의 진행자인 발라스의 재상이 조심스럽게 말한다.

"이렇게 된 이상 웨이드가 투구를 벗는 게 가장 깔끔하다고 생각하는데. 어떻겠습니까."

이걸 다른 국가가 반대할 리 만무했다.

쥬라스가 엄포를 놓지 않았다면 말이다.

"어디 그렇게 해 보시지요. 우리는 빌랑의 억지 주장에 어울려 주고 싶은 생각이 없습니다만?"

쥬라스가 위협을 가하자 스벤너를 제외한 모두가 깨갱했다.

빌랑조차도 그랬다.

당장 빌랑에 유리한 조약이 성사되려 하는 마당에 그 발안자이자 중재자인 쥬라스를 자극해 봐야 좋을 게 없었기 때문이다.

"엘드릭! 그만해라!"

"심증만으로 몰아붙이는 건 옳지 않다!"

1왕자와 2왕자가 엘드릭을 만류한다.

이에 엘드릭은 더욱 크게 반발했다.

"이대로 넘어갈 수는 없습니다. 쥬라스 파밀리온. 저자는 위험합니다! 자신의 목적을 이루기 위해선 어떤 짓이라도 할 수 있는 자란 말입니다! 그런 자가 우리에게 유리한 조건의 조약을 제안한다니, 분명 어떤 흉계가 있는 겁니다!"

정답이다. 엘드릭 왕자는 쥬라스 녀석에 대해 잘 알고 있는 듯했다.

'듣기론 펜실론 아카데미 동기라고 했었지.'

둘 사이에 어떤 관계가 있는지는 모르겠지만 엘드릭은 쥬라스를 극도로 경계하고 있었다.

다만 공허한 외침에 불과했다.

이미 쥬라스가 내놓은 중재안을 모든 국가가 납득하고 있는 모양새다. 그런 상황에서 엘드릭 왕자의 의혹 제기는 모두를 곤란하게 만들 뿐이었다.

이대로라면 무마가 가능해 보였다.

그러나 그때였다.

"잠깐 괜찮겠습니까."

길리아스 멜번이었다.

알바드 측에서 잠자코 이야기를 듣고 있던 그가 한 발자국 앞으로 나서며 말한다.

"저는 웨이드가 처음 등장한 폴딕 산지 전투에서 그와 대결을 펼친 적이 있습니다. 그때 우연히 그 투구에 숨겨져 있는 민낯을 볼 수가 있었죠."

다시금 웅성이는 회의장.

"현재 그 알스 일라인이라는 자의 인상착의에 대해선 이야기가 나오지 않았습니다. 그러니 제 발언이 의미가 있을 거라고 생각합니다. 그는 짙은 금발을 하고 있는 소년이었습니다. 더불어 순간 시선을 뺏길 정도로 수려한 외모를 가지고 있었죠. 순간적으로 왼손의 검을 사용한 것과, 그가 일리야 안페이와 함께 있었다는 것을 감안하여 체스터류를 사용한다고 추측했습니다. 그것이 제가 알고 있는 웨이드의 모습이었습니다만. 어떻습니까. 알스 일라인이라는 자와 공통된 부분이 있습니까?"

캘리퍼에 모여지는 시선.

길버트의 얼굴은 창백해졌다. 헬리안 공작도 반박할 말이 부족한지 잠시 머뭇거리고는 외친다.

"그런 정보 따위는 일라인이 장군에 임명된 시점에 정보원을 통해 얼마든지 알아낼 수 있던 것이오! 근거가 될 순 없소!"

그러나 이걸로 심증은 확실해졌다.

모두가 내 정체를 알스라 확신하기 시작한 것이다.

마침내 잠자코 있던 발라스의 국왕이 일어선다.

"웨이드! 당장 그 투구를 벗어라! 응하지 않는다 하면 의장의 권한으로 말미암아 너는 물론이고 크로싱의 사절단 전부를 이번 협정에서 추방하겠다!"

그러자.

쥬라스가 본색을 드러냈다.

"한번 해보자는 거냐. 네놈들."

피어오르는 음울한 오러. 쥬라스는 웃는 건지, 화내는 건지 모를 얼굴로 위협을 가했다.

"나를 자극하고도 무사할 거라 생각한다면 큰 오산이다. 이번 일은 나 나름대로 전쟁을 끝내기 위해 제동을 걸어 준 것뿐이야. 네놈들이 끝까지 가고 싶다고 하면 좋아. 어디 한번 끝까지 가 보도록 하자고."

허세가 아니라는 것쯤은 모두가 알았다.

일촉즉발의 상황.

나는 결심을 굳히고 말했다.

"알겠습니다. 벗도록 하죠."

"웨이드……!"

쥬라스가 만류했지만 괜찮다는 신호를 보낸 뒤 투구의 조임쇠를 풀고 얼굴을 드러냈다.

이젠 목소리를 변조할 필요가 없었기에 본래 목소리로 말했다.

"이제 됐습니까?"

모두의 시선이 캘리퍼. 그리고 길리아스 멜번에게 쏠렸다. 그들의 표정만 봐도 명백했다.

"저, 정말로······!"

길버트는 만나고 싶어 미칠 지경이었던 웨이드가 지근거리에 있었다는 사실에 경악하고 있는 듯했다.

발라스의 국왕 율리시스는 고개를 끄덕이며 말한다.

"아무래도 엘드릭 왕자의 주장이 옳았던 것 같군."

엘드릭 왕자는 기세등등하여 소리를 높였다.

"보십시오! 제가 뭐라고 했습니까! 크로싱은 캘리퍼에 첩자를 심어 군부를 장악하고 그걸 통해 흉계를 꾸민 겁니다. 이번 전쟁의 발단이 바로 그것이었던 겁니다!"

그러나 그때였다.

"······윌프리드의 아이야. 네 녀석은 지금 나를 능멸하려는 것이냐?"

가레스 국왕이었다. 그가 엘드릭 왕자를 매서운 눈으로 노려보고 있었다.

"무슨······ 뜻이십니까?"

"내가 크로싱의 첩자를 왕가 직속 장군으로 삼았다. 정녕 그렇게 생각하는 거냐 말이다."

"그, 그거야 실제로······."

"웃기지 마라——!"

회의장을 쩌렁쩌렁 울리는 목소리. 가레스 국왕이 소리친다.

"그가 웨이드였다는 사실쯤은 처음부터 알고 있었느니라!"

"뭣……!?"

이것이 내가 들어 둔 보험이었다. 가레스 국왕의 지지.

이것만 있다면 내가 웨이드이건 뭐건 아무런 문제가 없어진다.

그렇기에 혹여나 누군가가 내 정체를 간파할 것을 예측해 헬리안 공작을 통해 국왕에게 정체를 알려 두라 전해 두었다. 국왕은 처음엔 믿기 힘들어했던 모양이지만 오늘 돌아가는 상황을 보며 납득을 한 모양이다.

"알고 있었다는 겁니까……?"

"물론이다. 그렇지 않고서야 독립 작전권을 줬을 리가 없지! 내가 그 정도로 멍청하게 보이는 것이냐!"

"그, 그렇지만……!"

"듣기 싫다! 그 이상은 캘리퍼에 대한 모욕으로 치부하겠다! 애당초 빌랑 네놈들은 어찌 그렇게 뻔뻔한 것이냐! 설령 이번 침공이 크로싱의 사주였다고 해도 이때다 하며 침공하여 우리의 영토를 약탈한 건 네놈들이다! 그런데도 그렇게 입을 놀릴 수 있다니 발칙하기 짝이 없군!"

백번 옳은 말이었다.

"웨이드는 캘리퍼와 크로싱의 공조를 위해 존재하는 장군이다. 그가 크로싱의 첩자를 사용하건, 크로싱의 군을 이끌어 전쟁을 치르건. 아무런 문제가 없단 말이다! 그런데도 네놈은 그걸 문제 삼으려는 것이냐!"

"윽……!"

엘드릭은 이것도 쥬라스의 조작이라 생각했는지 그를 노려봤지만 이번 건에 대해선 녀석도 모르는 일이었다.

쥬라스는 피식 웃으며 나만 들리게끔 작게 중얼거린다.

"제법이군요, 알스."

"뭐, 저도 나름대로 지지 기반이 생겼거든요."

이걸로 엘드릭 왕자의 의혹 제기는 완전히 힘을 잃어버렸다.

뷜랑 측은 엘드릭 왕자를 뒷전으로 내리고는 연신 사과의 뜻을 표했다.

그러고는 어떻게든 조약을 성사시키려 애를 쓰기 시작했다.

정전 협정은 순조롭게 진행됐다.

먼저 뜨거운 감자였던 뷜랑이 모든 국가와 5년에 달하는 불가침조약을 맺었다.

이로써 뷜랑은 내전을 벌이기에 최적의 상황이 됐다. 못해도 2년 정도 뒤에는 커다란 혼란이 벌어지겠지. 나는 그즈음 국가를 세워 그 내전을 정리하고 뷜랑의 영토를 정복하면 된다.

다음 에우로페를 비롯한 중부, 북부 국가들의 대립에 관한 건 미봉책으로 끝났다.

일단 이번 겨울엔 전쟁을 하지 않는 것으로 어중간한 휴전협정이 맺어진 것이다.

이는 어쩔 수 없는 노릇이었다.

뷜랑을 노릴 수 없게 된 스벤너와 서방 민족이 중부를 노리게 된 건 자연스러운 흐름이었으니까.

아마 휴전협정이 끝나면 곧장 전쟁이 발발할 가능성이 높았다.

그때가 되면 새로운 형태로 외교 판세가 만들어질지도 모를 일이다.

'어떻게든 일단락이 됐네.'

안도의 한숨이 절로 나왔다.

다사다난했지만 내 입장에서는 나쁘지 않은 결과였다.

웨이드의 정체가 밝혀지긴 했지만 그건 알스의 이름으로 활동할 수 있는 여건이 마련된 지금은 큰 문제가 아니었다.

가능하면 웨이드라는 신분을 더 이용하고 싶긴 했지만 에오니아의 목숨을 구하기 위해 사용한 것이라고 생각하니 아깝다는 생각은 들지 않았다.

오히려 긍정적인 부분도 있었다. 나도 가신들도 더 이상 가명을 사용하거나 얼굴을 가릴 필요가 없어졌다는 부분이다.

굳이 숨어서 경호할 필요도 없어졌다.

물론 그에 못지않게 위험성도 높아졌지만.

쥬라스와 남은 이야기를 나누고 레인폴로 돌아온 나는 곧장 가신들에게 소집령을 내렸다.

내 정체에 대한 소식은 이미 전해져 있었는지 가신들은 심각한 표정으로 나를 맞이했다.

"그렇게 어려운 표정 지을 거 없어요. 조금 귀찮아질 뿐인 이야기니까."

먼저 내 경호 인력을 늘려야 했다.

"음……. 안톤. 당신이 내 호위를 맡아 줘야겠어요."

"영광입니다!"

지난번 일의 교훈이었다. 괜히 방심하지 않는다.

내가 죽으면 모든 것이 끝이기도 한 만큼 호위 전력은 최선으로 갖춰 놓기로 했다.

"스승에게도 부탁드려도 될까요?"

"물론이다. 목숨을 걸어서라도 너를 지키겠다."

그렇게 내 경호에 대해선 스승 부부를 기용하기로 했다. 이 둘에 더불어 왕가 직속 장군에게 기본적으로 붙게 되는 10명의 경호 인력과 쥬라스가 붙여 준 20명의 경호 인력이 더

해져 내 주위엔 30명에 달하는 경호원이 따라다니게 되었다.

이들은 거미줄을 치듯 거리를 두고 주변을 감시하는 인력이었다.

"알스 님……! 저는……!"

본래 내 전속 호위였던 에오가 절박한 표정이 되었다.

"미안해. 이게 적절한 인선이라고 생각해."

"알겠……습니다."

납득은 하는 모양이었지만 실망한 건 어쩔 수 없는지 시무룩해하는 에오.

그때 의외로 안톤이 끼어들어 온다.

"알스 님. 저와 일리야는 거리를 두고 주변 호위 인력을 지휘하는 게 좋을 것 같습니다. 알스 님의 밀착 호위는 미라벨 님이 하는 게 좋다고 생각합니다만. 어떻게 생각하십니까."

"어째서죠?"

"알스 님께서 누구와 함께 있을 때 편하게 느끼시는지는 모두가 알고 있으니까요. 호위도 중요하긴 하지만 알스 님께서 불편함을 느낀다면 의미가 없습니다. 실력이 미달된다면 모를까 그런 것은 아니니 미라벨 님이 밀착 호위를 맡는 게 더 알맞은 인선이라고 생각합니다."

"음……. 하지만 호위 인력에 세 명이나 배치하는 건……."

"방심은 독입니다. 저는 오히려 부족하다고 느껴질 정도입니다."

방심하지 않겠다고 생각했지만 그마저도 방심이라는 건가.

"알겠습니다. 그럼 그렇게 하도록 하죠."

에오의 표정이 순식간에 밝아졌다. 그러곤 개미 기어가는 듯한 목소리로 안톤에게 감사를 표한다.

"그러면……. 올라프는 평소대로 해 주면 될 것 같고요. 나머지는 차차 조율해 가기로 하죠."

이제 곧 펜실론 아카데미 입학이 다가온다.

메인 스토리의 시기가 앞당겨지고 있는 지금, 제대로 아카데미에 다닐 수 있을지는 의문이었지만 그곳에서 얻을 수 있는 인재가 많았기에 위험 부담을 안고서라도 아카데미에는 가 보기로 했다.

"이걸로 전달할 얘기는 전부 했어요. 오늘은 해산해도 좋습니다."

그러나 가스파르가 이의를 제기했다.

"무슨 소리야 애송이, 공치사가 아직이잖아!"

"공치사요?"

"그래, 전쟁이 끝났으니까. 해야 하지 않겠어? 평소엔 항상 했으면서 왜 이번엔 그냥 넘어가려는 건데."

에오니아도 아니고. 가스파르가 이렇게 강하게 원할 줄이야.

그 말대로 공치사가 아직이기도 했기에 나는 간단하게 논공행상을 진행하기로 했다.

인원이 늘어남에 따라 논공행상에 대한 가신들의 자세도 달라져 있었다.

예전까진 반쯤 장난에 가까웠다면 이젠 다들 진지하다. 유미르나 일리야 스승처럼 시종일관 욕심이 없는 사람도 있었지만 그 외엔 가능한 한 높은 순위를 받고 싶어 했다.

그렇기에 곤란했다.

"일단 3위입니다만……."

후보는 넷이었다.

무난하게 군을 지휘해 준 올라프. 남부 영지 모브레이에서 피난 작업을 착실하게 수행한 루트거. 내 곁을 보좌하며 전투를 치렀던 에오니아. 번외로 현지 귀족과 연계하며 행정과 보급을 담당해 줬던 도로시까지.

다들 욕심이 없다면 나도 선택하는 데 부담이 없었겠지만 그렇지가 않았다.

내심 기대하는 눈치들이다.

"으음, 에오."

"예!?"

"그냥 불러 봤어."

"휴우우우……!"

이럴 때야말로 객관적인 평가를 해야만 했다.

"……올라프, 당신이 전공 3위입니다. 당신의 지휘를 받았던 병사들에게서 이야기를 들었습니다. 군더더기가 없더군요. 잘해 줬어요."

"하핫, 그래도 세 손가락에 들었구만."

"포상으로는 3일 치의 휴가 권리를 줄게요. 필요할 때 사용하세요."

"워우! 통이 크잖아!"

다른 가신들 사이에서도 탄성이 터져 나왔다. 현대에서나 이곳에서나 휴가에 대한 갈망은 똑같은 모양이다.

"다음 2위는……. 에오, 너야."

귀신같이 또 2위를 차지하는 에오니아. 무관의 제왕이라는 게 이런 것인가 싶었다.

"감사합니다!"

1위가 누구인가는 명백한 상황이었기에 에오는 시무룩해하지 않았다.

"넌 첫 교전에서 적장 크리스티안 펠츠에게 부상을 입히는 전과를 올려 줬으니까. 잘했어."

"옛!"

"포상은……. 조만간 준비할게."

"포, 포상 같은 건 괜찮습니다!"

말은 그렇게 하면서도 기대하는 눈치다.

전공에 들지 못한 루트거는 못내 아쉬워하고 있었다. 에스텔은 그런 아버지를 위로한다.

"1위는 가스파르. 전공에 대해선 딱히 설명할 필요도 없다고 생각해요."

"훗, 당연하지."

"대단한 포상은 준비하지 못했는데. 5일 치의 휴가권으로 괜찮겠습니까? 그도 아니면 고급 술이라도 줄까요?"

평소의 가스파르의 행실을 봤을 땐 옳다구나 응할 거라 생각했지만 그렇지 않았다.

그는 새삼 진지한 표정으로 말한다.

"아니, 이번 포상으로 네게 요구하고 싶은 게 하나 있다."

"제게 요구를요?"

"요구를 들어주지 않아도 상관은 없지만……. 가능하면 들어줬으면 좋겠어."

"무슨 일입니까?"

"단둘이 되면 얘기하지."

표정을 보니 작은 일은 아닌 것 같았다.

나는 그것이 서방과 수인들의 부락 디엘럼에 관한 일이라 지레짐작했다. 최근 디엘럼에 의한 민간인 대학살이 있기도 했으니까.

그러나 전혀 다른 얘기였다.

가신들이 전부 떠나고 둘이 남게 되자 가스파르가 어렵게 입을 뗀다.

"이건 남자 대 남자로서, 아버지로서의 부탁이다."

"아버지로서요……?"

"알스, 유미르를 부인으로 맞아 주지 않겠냐."

"……!?"

나는 순간 말문이 막혔다. 그만큼 예상치 못한 말이었다.

가스파르는 말한다.

"나는 걱정이다. 그 아이가 언제까지고 그렇게 살아간다는 게. 누군가에게 헌신한다는 건 그만큼 자신에 대해선 소홀해진다는 거니까."

"그건……."

유미르의 헌신에 대해선 나도 고마운 마음뿐이었다. 그 헌신에 보답할 방법을 찾고는 있었지만 마땅히 떠오르질 않았다.

그도 그럴 게 유미르는 내 행복이 자신의 행복이라 말하고 있었으니까.

가스파르도 그 부분을 알고 있는 것 같았다.

"나는 말이지. 그런 녀석들을 많이 봐 왔어. 누군가에게 헌신하는 것이 기쁨이라고 말하는 녀석들을 말이야. 뭐, 그런 삶의 방식을 부정할 생각은 없지만 그런 녀석들의 말로는 대부분 비참하더군. 마지막에 가서 그 본인에겐 아무것도 남아 있지 않았으니까. 그런데도 녀석들은 자신이 비참

한 줄을 몰라. 그것이 유일한 행복의 형태라고 믿고 자신이 어떻게 되든 죽을 때까지 주인만을 섬기지. 그게 숭고한 죽음이라고 하면 그럴지도 모르겠지만, 나는 내 딸이 그렇게 되는 건 싫다."

"그래서 제가 부인으로 맞이하라는 겁니까?"

"만약 유미르가 다른 놈과 결혼을 했다고 쳐 봐라. 그게 행복할 것 같냐? 녀석은 설령 다른 놈과 결혼을 한다고 해도 똑같이 너를 섬길 거야. 네가 최우선이지. 그런 건 유미르에게도, 남편이 될 남자에게도 불행한 일이 될 거다. 그 반면 너는 다르지. 그 녀석의 일이니 네 행복이 자신의 행복이라 생각하고 있을 테니까."

"그건…… 맞습니다."

"그렇지? 그러니 네가 유미르와 결혼해서 행복해진다면 일석이조 아니냐? 너도 행복하고, 유미르도 행복해질 수 있고. 어때, 반박할 말이 있냐?"

놀랍게도 없었다.

가스파르의 말을 듣자니 지금의 유미르가 행복해질 수 있는 길은 이것밖에 없는 것 같았다.

"네가 유미르를 가족으로서 바라보고 있는 건 알지만 부디 진지하게 생각해 봐 줬으면 좋겠다."

"……아뇨, 가족으로만 보고 있는 건 아닙니다만."

"정말이냐? 그거 다행인걸."

내 탓이었다.

만약 알스의 몸에 내가 들어오지 않았다면 알스는 유미르를 가족 그 이상으로 보진 않았을 것이다.

나는 달랐다. 유미르를 이성으로 보고 있었다.

그렇기에 유미르에 대한 감정은 복잡미묘했다.

한 가지 확실한 건 호의를 가지고 있다는 점이었다. 에스텔이나 에리나에게 느끼는 것보다도 훨씬 커다란 호의를.

"알겠습니다. 진지하게 생각해 보겠습니다."

"그래. 그거면 된 거야. 고맙다."

안도의 한숨을 내쉬는 가스파르.

말이 진지하게 생각해 보겠다고 한 거지. 내 결심은 이미 반쯤 굳어진 상태였다.

레인폴의 돌아온 다음 날엔 본가를 방문하기로 했다.

웨이드의 정체가 드러난 이상 가족들에게도 영향이 생기기 때문이다.

나는 유미르와 단둘이 본가로 향했다.

그 도중 은근슬쩍 물어보았다.

"유미르, 넌 혼약을 할 생각이 있어?"

"갑자기 그게 무슨……?"

"아니, 그냥. 이런 말을 하긴 뭐하지만 나이가 조금 많아지고 있잖아."

"도련님. 그런 말은 여성들의 앞에서 해선 안 됩니다."

유미르가 드물게도 질책을 한다.

그녀는 내년으로 서른 줄에 진입한다. 현대에서 서른이면 아직 한창때의 나이이지만 이 세계에선 혼기를 한참이나 지난 나이였다.

최근에 처음으로 가신들과 인사를 나눈 애거트가 유미르, 에오, 일리야 스승을 두고 괜히 아줌마들이라 부른 게 아니다.

이미 짝이 있는 일리야 스승은 '하하하! 아줌마가 맞긴 하지.'라며 관대하게 넘어갔지만 에오니아는 일그러진 표정을 감추지 못했다. 유미르도 움찔했던 걸로 기억한다.

"도련님이 정해 준 상대라면 응하겠습니다만, 그런 게 아니라면 전 생각이 없습니다. 도련님을 모시는 것만 해도 벅찬걸요."

"내가 정해 준 상대라니……."

나 이외에 누구와 맺어져도 불행해질 뿐이라고 했던 가스파르의 말이 새삼 떠오른다.

나는 나와의 혼담에 대해 말하려 했지만 일라인 저택이 보여 왔기에 일단은 말을 삼켰다.

마차를 세워 두고 저택에 들어가자 엘시와 첼시. 쌍둥이 아기들이 우다다다! 뛰어온다.

둘은 아직 걸음마가 익숙지 않은지 철푸덕 엎어지고는 엉엉 울음을 터뜨렸다.

어머니는 포근하게 미소 지으며 둘을 안아 들었다.

"둘 다. 어서 오렴."

"다녀왔습니다, 어머니. 지금 아버지와 형님께선……?"

"방에서 기다리고 있단다. 그래도 급한 건 아니니까. 이런 때라도 숨을 고르렴. 자, 자. 아이들이랑도 놀아 주고."

"하하……."

그렇게 애들이랑 놀아 준 뒤에는 기다리고 있던 아버지와 맥스 형에게 향했다. 분가에 대한 이야기와 펜실론 아카데미 입학에 대한 얘기를 하기 위해서였다.

웨이드의 정체가 드러난 이상 지금처럼 생활할 수는 없었다.

그 부분에 대한 상의를 끝내고 난 뒤. 나는 줄곧 궁금하던 것을 물어보기로 했다.

"아버지. 제 정혼자에 대해 말씀해 주셨으면 해요."

유미르와의 이야기가 나온 김에 이성 관계에 대해 깔끔하게 정리할 생각이었다. 그런 만큼 어머니가 말한 정혼자에 관한 것도 이제는 들을 필요가 있었다.

과연 정혼자는 누구인가. 나는 대답을 기다렸지만 아버지는 금시초문이라는 듯 눈을 휘둥그렇게 떴다.

"정혼자라니? 그게 무슨 소리냐."

"예? 어머니가 제게는 정해 둔 정혼자가 있다고 하셨는데……. 아버지는 모르고 계셨던 건가요? 맥스 형은요?"

맥스 형도 어깨를 으쓱인다.

"알스 네게 정혼자가 있었다니. 처음 듣는 이야기인데? 혹시 밀스틴가의 베릴 아니야?"

"아뇨, 베릴은 아니라고 들었어요."

"그럼 짐작 가는 애도 없는걸. 보나마나 어머니가 널 다른 가문에 보내고 싶지 않아서 둘러댄 말일 거야. 어머니가 널 얼마나 아끼는지는 잘 알잖냐. 뭐, 그것도 이젠 걱정이 없어졌으니 어머니도 사실대로 말하지 않을까 싶다. 뭐니 뭐니 해도 넌 웨이드이니까. 네가 데릴사위로 들어갈 일은 없어졌지."

"역시 그런 걸까요."

그렇다면 괜히 신경을 썼다.

그렇게 넘기려던 찰나였다.

"앗, 설마……!?"

아버지가 기성을 내지르며 표정을 일그러뜨렸다.

"아버지? 왜 그러세요?"

아버지는 한숨을 푹푹 내쉬더니 이내 말한다.

"알스, 오늘은 저녁을 먹고 가거라. 그 후에 클레어를 만나고 가."

"정혼자에 관해서 생각난 게 있으신 건가요?"

"그래. 생각났다. 하여간, 그걸 지금까지도 진지하게 고민하고 있었다니……. 정말이지 못 말리겠군."

고개를 절레절레 흔드는 아버지. 나로선 점점 더 의문이 가중되는 상황이었다.

저녁을 먹고 난 뒤. 나는 부모님의 방에 불려 갔다.

어머니는 수심이 가득한 얼굴로 앉아 있었다. 아버지는 없었다.

"왔니."

"예, 어머니. 그, 아버지께서 정혼자에 관해서 이야기를 들을 수 있을 거라고 말씀하셔서 왔습니다만."

"그래, 조금만 기다려 주겠니? 마침 그 애를 이곳으로 불렀으니까."

"불렀다니요?"

이렇게 빨리 부를 수 있다는 건 이 근방에 사는 사람이라는 건가? 그런 거라면 에스텔밖에 떠오르질 않았다. 아니, 그 정혼자의 이야기가 처음 나올 때 그녀도 함께 있었으니 에스텔은 아니겠지.

'누구지? 내가 레인폴에서 알고 지내던 여자애들 중 한 명인가?'

그런 거라면 너무 많아서 짐작조차 가질 않았다.

그러던 차. 노크 소리와 함께 유미르가 나타났다.

유미르가 손님을 안내한 거라고 생각했으나 유미르의 뒤에는 아무도 없었다.

"사모님, 부르셨습니까."

"그래. 이곳에 앉으렴."

나는 그제야 일의 전말이 보여 오기 시작했다.

어머니는 나를 한번 바라보고는 유미르와 눈을 마주하고 말한다.

"유미르. 네게 긴히 할 말이 있단다."

"뭐든 말씀하십시오."

"그런 딱딱한 말은 하지 마렴. 언제나 말하지 않니. 난 너를 딸처럼 생각하고 있단다."

"……."

유미르는 말없이 미소 지었다. 어머니의 본심은 그녀도 충분히 알고 있었으니까.

과거 부모님은 나는 물론이고 유미르까지 양자로 받아들이려 했었다.

귀족이 수인을 양자로 받아들일 경우 어떤 조롱을 당할지를 알면서도.

유미르는 우리 가문에 그런 민폐를 끼치고 싶지 않아 한사코 거절을 했다고 한다. 어머니는 그게 계속 마음에 걸렸던 것 같다.

"줄곧 생각했단다. 양자가 되길 거부하는 널 우리 가문에 받아들일 수 있는 방법을. 딸처럼 생각하는 것만이 아니라 정말 내 딸로 만들 수 있는 방법을."

"사모님……?"

유미르도 그제야 심상치 않은 분위기를 감지한 모양이었다.

어머니가 말을 이어 간다.

"처음엔 나이가 비슷한 밀러나 퍼지와 연결을 해 주려고 했단다. 하지만 금방 깨달았어. 너는 언제까지고 알스가 우선이라는 걸. 그러니 둘과 이어져도 불행할 뿐이란 걸. 그렇기에 널……. 알스의 정혼자로 삼은 거란다."

"예!?"

얼마나 놀랐는지, 이런 유미르의 표정은 나도 처음 보는 것이었다.

'어머니…….'

어머니는 유미르의, 딸의 행복을 진심으로 바라고 있었다. 그리고 가스파르와 같은 결론에 이른 것이다. 그녀가 진정으로 행복해질 수 있는 길은 하나밖에 없다고.

"그, 그런. 제, 제가 도련님과 호, 혼약이라니요."

당황하여 말을 더듬는 유미르. 나는 그 모습이 무척 귀엽게 느껴졌다.

"도, 도련님도 뭐라고 말씀을 해 주세요. 이런 일은…….."

어머니도 내 생각을 듣고 싶었는지 시선을 돌렸다.

내 대답은 정해져 있었다.

"유미르, 네가 싫지 않다면 난 꼭 그렇게 했으면 좋겠어."

"도련님!?"

"아니, 싫다고 해도 네가 좋다고 말할 때까지 매달릴 거야. 그러니까 쓸데없는 줄다리기는 하지 말자."

"으, 아……."

설마 내가 단박에 응할 줄은 몰랐는지 어머니도 놀란 듯했다.

유미르는 흥분했는지 거친 호흡으로 쏘아붙인다.

"도련님은 지금 가볍게 생각하고 계신 거예요! 저에 대해서는 어머니 같은……."

"물론 그런 감정이 없다면 거짓말이지만 제대로 이성으로 보고 있거든. 그러니 그 부분은 걱정하지 말고 네 생각을 말해 줘."

"저, 저는……."

"뭐, 무슨 대답을 하든 될 때까지 매달릴 거니까 상관없긴 한데."

"으……. 그런 건 에오니아에게나 해 주십시오……."

"갑자기 에오니아가 왜 나와."

"게, 게다가 에리나 님과 에스텔 님도 있지 않습니까."

"그 둘보다 너를 더 좋아해. 뭐, 그 둘에게도 조만간 말을 해야겠지."

따귀 몇 방 맞으면 될 거다. 에스텔은 솔직히 무섭지만…….

"조금 생각할 시간을 주시지 않겠습니까?"

"안 돼."

나는 유미르를 강하게 몰아붙였다. 괜히 여지를 줬다간 도망갈 것 같았으니까.

이참에 쐐기를 박아 놓기로 했다.

어머니는 '내 아들 잘한다!'라는 얼굴로 흥미진진하게 지켜보고 있다.

"일단 하나만 말해 줘. 나와 결혼하는 게 싫어?"

"그런 건…… 아닙니다."

"그러면 됐네. 말했잖아? 싫다고 해도 좋다고 할 때까지 매달릴 거라고. 싫은 것도 아니라면 결국 내 끈질김을 이기지 못하고 승낙을 하게 될 거야. 그러니 그냥 지금 승낙해 줘."

유미르는 도무지 말이 나오지 않는지 몇 번이나 입을 뻥끗거렸다.

그러곤 곧 입을 다물었다. 나와의 결혼 생활을 진지하게 상상하는지 얼굴이 점점 상기되며 붉어진다.

이윽고.

끄덕. 승낙의 표시를 해 주었다.

3장

근 한 달 만에 돌아온 아카데미.

겨울도 중순에 접어들어 교육과정은 거의 끝났지만 펜실론 아카데미 입학 및 사전 교육으로 인해 아카데미생들은 빠짐없이 등교를 해야만 했다.

그건 나도 예외는 아니었기에 요란한 호위를 대동한 채 아카데미 교실로 향했다.

"와, 왔어!"

"저 옆에 있는 건……."

이젠 굳이 얼굴을 숨기지 않아도 됐기에 에오도 내 곁에 붙어 있었다.

에오는 눈을 부라리며 불필요하게 주변을 경계하고 있

었다. 누가 다가오기라도 하면 당장이라도 창을 내지를 기세다.

"에오, 호들갑 떨지 말고 자리에 앉아."

"옛."

그러자 우오오! 하는 탄성이 울려 퍼졌다.

"진짜 에오니아 미라벨이야!"

"미, 믿기지 않아! 그 에오니아 미라벨을 저렇게 다루다니! 정말 웨이드가 맞는 거지!?"

예전에 케스퍼가 가짜 에오니아를 데려온 적이 있긴 했지만 이번엔 진퉁이다. 그 감동이 남다를 수밖에 없다.

무엇보다 에오에겐 돋보이는 미모도 미모지만 타의 추종을 불허하는 기품이 있다.

사관생들 모두 홀린 듯이 에오를 바라보고 있었다.

곧 도로시가 조심스럽게 다가온다.

"저기…… 알스……?"

"나 참. 그렇게 경계할 필요 없어. 예전의 나랑 달라진 점은 전혀 없으니까."

그런 거다.

다른 애들은 웨이드가 알스라는 가면을 끼고 있었다고 착각하고 있다.

실상은 알스가 웨이드라는 가면을 끼고 있던 것인데 말이다.

다른 애들은 어떻게 생각하든 상관없으나 도로시와 만큼

은 관계를 유지하고 싶었다.

"휴우! 그렇지? 갑자기 웨이드니 뭐니 해서……. 그래도 그렇구나. 역시 네가 웨이드였던 거였어……."

"역시라니? 눈치채고 있었어?"

"어렴풋이는. 웨이드가 처음 등장한 건 폴딕 산지 전투였잖아? 당시에 아이언하트 장군님은 우리 가문의 가신이었거든. 그분이 그 전쟁 이후 우리 아버지에게 보고를 하러 온 걸 조금 엿듣게 됐어."

"뭐라고 했는데?"

"웨이드의 정체가 사관생이라고. 그래서 처음엔 꼼짝없이 케스퍼가 웨이드라고 생각했지."

"아……."

그래서 도로시는 케스퍼를 웨이드라 믿고 있었던 건가.

"그런데 걔는 아무리 봐도 그럴 만한 사람이 아닌 것 같아서 긴가민가했거든. 그런 상황에서 알스 네 실력을 알게 되니까 내가 착각을 하고 있던 게 아닌가 하는 생각이 들더라."

여기저기서 케스퍼에 대한 조롱이 쏟아지고 있었다.

송충이 앞에서 주름을 잡았다느니, 우스운 광대였다느니.

이놈들이 몇 개월 전까지만 해도 케스퍼를 왕처럼 떠받들었다는 게 믿기지 않을 정도다.

"……도로시, 나중에 레인폴에 한번 와 줄래? 내 가신들을 소개시켜 줄게."

"그, 그 뜻은……."

"네가 생각하는 그게 맞아. 그러니까 올 거면 충분한 각오를 하고 오는 게 좋을 거야."

도로시는 마른침을 꼴깍 삼켰다.

"혹시 거기에 애거트도 있어?"

"응, 내 밑으로 들어오게 됐어. 아직은 가신이라 부르기엔 애매한 단계지만."

"……알겠어. 꼭 갈게."

좋아. 이걸로 도로시의 영입도 성공이다.

도로시는 농업, 군행정에 대해선 최고의 효율을 낼 수 있는 내정 인재였다. 그 외에도 기본 이상은 할 수 있으니 올라운더 내정 인재라 할 수 있었다.

나는 이참에 인재 영입에 박차를 가할 생각이었다.

점점 더 빨라지는 스토리 진행에 대비하기 위해서라도.

웨이드의 정체가 밝혀진 시점에 나를 바라보는 시선이 크게 바뀔 거라 생각은 했지만 예상 이상으로 심각했다.

나를 구경하기 위해 대귀족은 물론이고 왕족들까지 아카데미를 방문하기에 이른 것이다.

에오를 보러 온 사람들도 많았다.

아카데미 정원에 나와 있던 나는 그 시선에 고스란히 노출되어 있었다.

"어이쿠. 이대로는 제대로 이야기를 나누지 못할 것 같은데."

다시 약속을 잡을까 했으나 에리나는 약속 시간보다 30분이나 일찍 모습을 드러냈다.

그녀는 시종장 조안을 대동한 채 내가 있는 정원 테이블로 다가왔다.

"알스 님. 무사히 다시 만날 수 있어 기뻐요. 이번 전쟁에서도 좋은 활약을 펼치셨다 들었어요."

"그보단 다른 이유로 유명해졌지만 말이죠. 일단 앉아요. 조안 씨도 앉으시겠어요?"

조안의 표정은 뭐랄까. 아직도 믿기지 않는다는 눈치였다.

"일라인 님이 그 웨이드였다니……. 비범한 면모가 있다고 생각은 했지만……."

"하핫, 다들 왜 다른 사람 보듯이 보는지 모르겠네요."

나는 나인데 말이다.

이에 에리나가 그것도 당연하다며 말한다.

"그야 웨이드니까요. 십걸에 들어갈 수도 있다는 말이 나오는 그 지낭 웨이드! 아니죠. 이젠 지낭 알스라고 해야 하나요?"

"어휴. 지낭이라니. 거창한 것도 정도가 있지."

"거창하다뇨! 오히려 부족할 정도인데요?"

에리나는 웨이드라는 네임밸류가 가진 영향력을 역설하기 시작한다.

그 모습이 마치 연예인을 자랑하는 팬처럼 보여서 낯간지러워진다.

그녀도 마찬가지인지 멋쩍은 헛기침을 하더니 화제를 돌린다.

"그런데 알스 님. 이렇게 저와 허물없이 얘기를 하셔도 괜찮은 건가요? 주변의 시선이⋯⋯."

"괜찮아요. 이제는 내가 전부 책임을 질 수 있으니까."

"⋯⋯!"

헛숨을 들이켜는 에리나. 그 얼굴이 서서히 붉어져 간다.

"채, 책임이라고 하면⋯⋯!?"

"여러 가지로요."

일단 계파의 눈치를 볼 필요가 없어졌다.

난 가레스 국왕의 전폭적인 지지를 받게 됐으니까.

나는 지난 일을 계기로 가레스 국왕에게 천하이분지계에 대해 말하였다. 가레스 국왕이 내게 독립 작전권을 준 이유. 내가 크로싱과 연관이 있다는 걸 알면서도 보호해 준 이유에 대해 짐작 가는 부분이 있었기 때문이다.

내가 크로싱의 남부 영토에서 시작해 빌랑의 영토를 정복할 것을 말하자 가레스 국왕은 그 계획을 마음에 들어했다.

그리고는 곧장 헬리안 공작을 불러 크로싱과 발을 맞춰 대륙 통일에 나설 것을 지시했다.

헬리안 공작은 당연히 펄쩍 뛰었다.

─그게 무슨 말씀이십니까! 그랬다간 우리 왕국은······!

─내가 1대이자 마지막 왕으로서 사라지는 거지. 유구한 역사가 있는 것도 아니다. 내가 캘리퍼를 건국한 것도 그저 혼란한 정세를 최대한 다스려 보기 위해서였을 뿐, 그걸 이룰 통일의 기회가 왔는데 망설일 이유가 있겠나.

국왕이 왕국의 멸망을 지시하다니. 헬리안 공작은 받아들이기 힘들었을 수밖에.

그래도 그는 말이 통하는 유형이었다.

이윽고 국왕의 큰 뜻을 이해하고는 나를 지지하기로 결정을 해 주었다.

이젠 내가 마음만 먹으면 캘리퍼 왕국을 전복시키고 왕이 될 수 있는 상황이었다.

물론 그렇게 하진 않는다.

나는 귀족 제도를 비롯해 여러 비합리적인 제도를 철폐할 생각이었다. 반란을 일으키고 캘리퍼의 새로운 왕이 된다고 함은 그런 비합리적인 제도까지도 전부 이어받아야 한다는 뜻이었다.

억지로 그것들을 없애려다간 강력한 반대에 부딪히겠지.

대표적으론 귀족들의 반란이 있다.

그러니 일단 계획대로 남부에서 국가를 만들고 빌랑을 정복해 힘을 키운 다음 캘리퍼를 합병하는 편이 불협화음이 적었다.

"그러니 앞으론 눈치 보지 않고 만나도 괜찮아요."

"그렇군요."

에리나는 기대를 하는 듯이, 한편으론 부담스러워하는 듯이 웃었다.

"오늘 긴히 하고 싶다는 얘기는 이것이었군요."

"아뇨, 용건은 따로 있어요. 지금 건 그냥 전달할 말이었고요."

"용건이라고 하면……?"

이 부분에 대해선 나도 조금 망설여졌다. 그래도 이미 결정된 일이니 과감하게 말하기로 했다.

"저 결혼해요."

"……예-?"

"결혼한다고요. 며칠 전에 결정됐어요. 결혼식은 많이 나중에 하겠지만 일단 관계상으론 결혼을 하게 됐어요."

이에는 에오도 똑같은 반응을 보인다.

"아, 알스 님! 결혼이라니 대체……?"

"그러고 보니 너한테도 말을 안 했구나."

정신을 차린 에리나가 몸을 앞으로 내밀며 물어 온다.

"누구죠? 에스텔인가요!?"

"아뇨, 에스텔은 아니에요. 유미르라고, 제 사용인이에요."

"그 수인 아가씨 말인가요?"

"맞아요. 당신도 몇 번 본 적 있죠?"

"어째서……."

"여러 가지 사정이 있었지만 무엇보다 서로 좋아하니까요. 어떤 사정이 있건 그거면 충분하잖아요?"

에리나는 적잖은 충격을 받은 모양이었다.

그녀가 실망하여 관계를 끊는다고 해도 어쩔 수 없다는 생각이었다.

"에, 에스텔에게도 말했나요?"

"어젯밤에 말했어요."

"뭐라고 해요?"

"상관없다고 하더라고요."

그 부분은 나도 무척 의외였다.

에스텔은 담백하게 받아들여 주었다.

–르미유 씨는 괜찮아요. 그분은 제게 있어서도 은인이니까. 하지만 그 이상은 곤란하답니다?

–마, 만약 그 이상의 일이 발생한다면요?

–전 울어 버릴지도 몰라요.

말은 울어 버릴 거라고 했지만 에스텔의 눈엔 박력이 넘쳤다.

"에스텔이⋯⋯."

에리나는 복잡한 표정을 짓고는 근심에 차 말한다.

"저도 그 부분은 개의치 않아요. 다만 가문의 문제가 있어서요. 두 번째, 세 번째 부인으로 들어가는 것도 모자라 첫 번째 부인이 수인이라는 이야기가 나오면⋯⋯."

"무슨 이미 혼약을 하는 걸 전제로 말하네요?"

"예? 아⋯⋯! 아, 아니에요! 그, 그냥 예를 든 거지⋯⋯!"

"뭐, 그 부분에 대해선 머지않아 신경 쓸 필요 없어질 거예요."

내가 세울 나라에선 수인에 대한 차별도, 귀족들도 없어질 테니까.

아카데미에서의 일을 마치고 돌아오는 길.

마차 이동이 지루했던 나는 헬리안 공작이 넘겨준 캘리퍼 왕국의 기밀 정보들을 체크하고 있었다.

─빌랑 왕국에서 발견한 외팔이 남자의 사체는 케스퍼 밀리아스가 아니었음.

─에우로페 왕국의 툰카이 침공에는 다른 이유가 있는 것

같음.

　-발라스에서의 뒷공작이 활발함. 올해에만 모든 국가를 통틀어 60여 명의 첩자가 제거된 것으로 보임. 첩자를 적극적으로 제거하고 있는 세력이 있음.

　-베카비아에서 크로싱과의 병합을 추진하려는 세력이 있음. 미루어 보건대 쥬라스 파밀리온의 정치 공작인 듯함.

　-국왕 폐하의 지시하에 펜실론 재흥 세력에 다시 조사해 본바, 생존자의 존재 여부는 확인 불가능했지만 부근 마을 주민의 증언에 의하면 비슷한 시기에 어떤 소년 하나와 아이를 안고 있던 수인이 근방을 떠돌았다고 함. 다만 증언이 너무 오래됐고, 불확실한 부분이 많은지라 신빙성은 높지 않음.

　흥미로운 정보들이었다.

　먼저 케스퍼 녀석에 관한 것이다.

　'쥬라스 녀석이 한발 빨랐던 모양이네.'

　케스퍼 녀석이 죽었는지 살았는지는 모르겠지만 쥬라스가 손을 쓴 이상 어쩌면 죽는 것보다 더 고통스러운 말로가 기다릴지도 모른다.

　그에 대해선 이젠 신경을 끄기로 했다.

　그리고 마지막 정보.

　'국왕이 내 정보를 알아내기 위해 조사원을 파견한 거군.'

아이를 안고 있는 수인은 나와 유미르가 분명했다.

한 가지 마음에 걸리는 건 어떤 소년이라는 존재다.

'당시 카시우스는 세 살이라고 했었지.'

절대로 소년이 아니다. 혼자 떠돌아다닐 수 있는 나이도 아니다.

'뭐, 증언이 불확실하다고 하니.'

그 외에 다른 정보들은 크로싱 첩보부에서도 알 수 있었던 것이기에 별 관심은 없었다.

나는 서류를 갈무리하여 가방에 집어넣었다.

아직 레인폴에 도착하기까지는 30분 정도 시간이 남아 있었기에 책이라도 읽을 생각이었으나 해가 저물기 시작해 그것도 힘들었다.

나는 수다라도 떨 겸, 에오를 바라보았으나 그녀가 먼저 내게 말해 온다.

"······알스 님."

"응? 왜 그래? 그런 진지한 표정으로."

"묻고 싶은 게 있습니다. 유, 유미르와의 혼약은 어떤 경위로 성사된 것인가요?"

"아, 그건 말이지."

수다를 떨고 싶었던 나는 가스파르의 이야기부터 어머니의 이야기까지 전부 얘기했다.

에오는 납득했다는 듯 고개를 끄덕였다.

"가스파르가⋯⋯. 그런 경위였군요. 잘 알았습니다."

그녀는 무언가를 결심한 것처럼 주먹을 꽉 쥔다.

"저⋯⋯. 다음번엔 반드시 전공 1위를 차지하겠습니다."

"⋯⋯? 그래. 열심히 해."

"예, 그러니 기다려 주십시오!"

그 표정에서 심상치 않은 동기부여가 엿보였다.

좋은 게 좋은 거라고. 나는 그녀를 격려해 주었다.

레인폴에 돌아오자 어느덧 해가 완전히 저물어 어둠이 가라앉아 있었다.

한번 집무실에 돌아와 현황을 체크한 뒤에는 바로 저택으로 돌아와 쉬기로 했다.

유미르가 준비해 둔 목욕물로 몸을 씻은 뒤에는 옷을 갈아입고 방으로 돌아왔다.

그 뒤로 한동안 기다렸으나. 도무지 올 생각을 하지 않았기에 내가 직접 쳐들어가기로 했다.

"유미르, 뭐 하고 있어."

"도, 도련님!?"

유미르는 자기 방에서 안절부절못하고 있었다. 나는 쓰게 웃으며 말했다.

"오늘부터 한 방에서 지내기로 했잖아."

"하, 하지만 그, 그게⋯⋯."

"뭘 그렇게 긴장해. 내 방 청소는 언제나 잘하더니."

"그것과는 다른 이야기입니다……. 게다가 제가 함께 잠자리에 들었다간 도련님의 취침에 방해가 될 수도……."

"괜찮아. 침대도 큰 걸로 새로 놨으니까. 맥스 형님이 구해 와 줬어."

유미르는 어떻게 반응해야 좋을지 모르는 것 같았다. 안절부절못하기는 나도 마찬가지였지만 여기선 내가 리드를 해야 했기에 어떻게든 평정을 가장했다.

"자, 빨리 와."

나는 억지로 그녀를 이끌어 방으로 데려왔다.

유미르는 긴장한 채 따라온다.

그렇게 일단 유미르를 침대에 앉혔지만……. 여기서부턴 나도 조심스러워졌다.

일단 옆에 나란히 앉았다.

맞닿은 어깨를 통해 심장박동이 느껴진다.

언제나 냉정해 보이는 유미르가 이렇게나 긴장하고 있다고 생각하니 나라도 긴장을 하지 말자고 속으로 중얼거렸다.

잠시 흐르는 침묵. 그 침묵을 참기 힘들었는지 유미르가 미세한 떨림과 함께 말한다.

"무릎을…… 빌려드릴까요?"

그녀는 언제나 하던 것처럼 무릎베개를 해 주겠다 제안해 왔다. 매력적인 제안이었지만 거부하기로 했다.

"오늘은 그런 걸 하려는 게 아니야. 너도 알고 있잖아."

움찔! 유미르가 몸을 떨었다.

그러고는 가까스로 고개를 끄덕인다.

"……예. 와 주세요. 도련님."

나는 조심스럽게 입을 맞추었다.

유미르는 몸을 맡기듯 눈을 꼭 감았다. 나는 혀가 근질거려서 참기 힘들었지만 그래도 일단 입맞춤으로 끝내었다.

"……하, 하하. 뭐, 뭔가 새삼스럽네."

온몸이 미친 듯이 간지러웠다. 그래도 기분 나쁜 느낌은 아니었다.

나만 그런 건 아닌지 유미르의 꼬리가 막대기처럼 바짝 서 있다.

난 긴장을 풀어 주기 위해 그 꼬리를 부드럽게 쓰다듬었다. 내 마음이 전해졌는지 유미르는 살랑. 긴장을 풀며 꼬리를 내 오른 손등에 올려놓는다.

서로의 긴장이 풀어지는 게 느껴졌다.

나는 다시 입을 맞추었다. 이번엔 조금 전보다 더 진한 키스였다.

그 뒤로는 일사천리였다.

본능에 이끌리듯 자연스럽게 모든 일이 풀려 갔다.

4장

18세가 되어 맞은 1월의 추운 겨울.

펜실론 아카데미 입학이 초읽기에 들어간 시점이었다.

이미 입학을 확정 지어 놨던 나는 기타 잡무를 처리하며 시간을 보내고 있었다.

그 잡무 중에는 쿠라벨 성국의 옛터를 방문하는 것도 포함되어 있었다.

나는 비스케타 크렌, 에오와 함께 대륙 북동부 끝자락에 위치한 이스란 산지로 향했다.

솔직히 말해 마법 발견에 대한 큰 기대는 하지 않고 있었다.

정말 쿠라벨 성국에 마법에 관한 단서가 있었다면 재상

의 위치에 있었던 비스케타가 정보를 모를 리가 없었기 때문이다.

그나마 단서가 있다면 비스케타도 자세한 내막을 모르는 엘프들의 관한 일이다.

만약 엘프들의 비밀 창고란 것을 발견한다면 얘기가 달라질 테다.

"그렇다 해도 춥네……."

북부의 끝자락이라 그런가. 심지어 이곳은 고도가 꽤 높았다.

옷을 수 겹으로 껴입었음에도 추위가 느껴졌다.

'군대에 있을 때가 떠오르네.'

양구의 겨울이 딱 이랬다. 그 경험으로 말미암아 추위에는 익숙하다 생각했지만 알스의 몸으로 겪는 건 처음인지라 좀처럼 적응이 되질 않았다.

비스케타는 고개를 절레절레 흔들며 말한다.

"안쪽으로 들어가면 좀 나아질 거예요. 그곳은 바람이 거의 불지 않으니까."

그 설명을 듣자하니 쿠라벨 성국의 내부는 산을 낀 분지 형태를 하고 있는 것 같았다. 하여 겨울에도 성국 내부는 그렇게까지 춥진 않다고 한다.

"정 참기 힘들면……. 에오, 네가 그를 꼭 안아 주고 있으렴."

"예!? 서, 성장. 그게 무슨……."

"우리 성국에 내려오는 전통이란다. 추위에 떠는 사람을 꼭 안아 주는 거지."

그런 전통이 있을 리가.

비스케타의 노골적인 우스갯소리였지만 에오는 '그런 엄청난 전통이 있었다니!' 하며 전율하고 있다.

그러고는 조심스레 내 눈치를 살피기 시작했다.

난 어이없이 웃었다.

"괜찮습니다. 챙겨 온 업무나 보고 있도록 하죠. 다른 것에 집중을 하고 있으면 괜찮아질 것 같으니."

하여 나는 가방에 가져온 서류를 꺼냈다.

바로 인재 스카우트에 관한 서류다.

각지의 지역 명사들에 대한 정보들도 있었지만 대개는 내가 게임에서 알고 있던 인물에 대한 정보가 많았다.

나는 그 인물들의 영입 가능성을 계산하고 있었다.

'대부분은 회의적인걸.'

내 정체가 대륙 전체에 알려졌기 때문이다. 이제 내가 누군가에게 접근한다는 건 정치적인 의도가 깔리게 된다.

내가 그런 의도를 하지 않아도 상대방이 그렇게 느끼게 된다.

상대는 나를 볼 때 내 뒤에 있는 크로싱과 캘리퍼 왕국을 먼저 보게 되는 것이다.

호의적인 반응을 보일 인물들도 있겠지만 대부분은 부정적이다.

특히 빌랑 쪽이 그렇다.

하여 빌랑 쪽 인물들은 과감히 포기하고 중립 인물들에 대한 영입 작전에 집중하기로 했다.

'일단은…….'

내 일곱 가신들이다.

성녀 알리시아. 명공 루크. 그리고 구호반 메이센.

먼저 알리시아는 발라스 왕국의 공주로서 그 인품과 능력으로 말미암아 성녀로서 칭송받는 인물이었다.

주인공과는 아카데미에서 우연히 관계를 맺으며 추후 일행에 합류한다.

'알스와는 연인 관계가 되긴 하지만 그 자세한 내막은 나오질 않았으니…….'

그래도 그녀의 특성은 알고 있었다. 미술을 비롯한 예술을 무척이나 좋아한다. 마침 나도 소설을 쓰고 있으니 그걸 빌미로 접근을 해 봐야겠지.

다만 영입 가능성은 높은 편이 아니다. 웨이드의 정체가 밝혀진 이상 발라스의 공주인 그녀에게 개인적으로 접근하기란 무척 어려울 테니까.

그러니 이쪽은 되면 좋고, 안 되면 어쩔 수 없다.

두 번째는 구호반 메이센 로이피어다.

에우로페 왕국 로이피어 공작가의 차녀.

병리학과 약학에 조예가 깊고 공중 보건에 관심이 높으며, 본인 스스로가 수준 높은 신성 마법을 구사할 수 있는 신관이다.

그녀의 능력은 전쟁은 물론이고 내정 쪽에서도 활용할 수 있었다.

'다만 어째서 알스를 따르게 됐는지를 모르겠단 말이지.'

알스와는 별다른 관련이 없는 인물이었다.

그런 그녀가 왜 일곱 가신이 되었는가가 영입의 키 포인트가 될 거라 생각했다.

'마지막으로……'

명공 루크.

'이상한데.'

루크에 대한 정보가 1개월 전부터 홀연히 끊어져 있었다.

루크가 다른 이에 비해 정보 수집 중요도가 낮은 일반인이기에 그런 것이라 생각했다.

국가 첩보원들이 정보를 수집할 만한 인물은 아니었다.

하여 따로 가스파르에게 정보 수집을 부탁해 놓은 상태였다.

"알스 님, 도착했습니다."

에오의 말에 번뜩 정신을 차렸다.

어느새 마차가 멈춰 서 있었다.

나는 마차에서 내려 호위를 온 200여 명의 병사들에게 휴식을 지시한 뒤 에오와 함께 성국 내부를 돌아다니기로 했다.

쿠라벨 성국은 멸망 이후 그 인구가 극적으로 줄어들어 있었다.

크로싱은 이곳에서 살고 있던 주민 모두를 다른 지역으로 옮기고, 새로이 생긴 노예들을 이곳으로 이주시켜 생계를 꾸리게 했다.

비스케타는 그 부분을 무척이나 가증스러워하는 모양이었지만 열심히 살아가는 사람들을 보자 독기가 빠진 것 같았다.

"후우! 그러네요. 이 사람들에게 화를 내 봤자 소용없는 일이니……."

그녀는 오히려 이곳의 관리자들을 만나 지역에 대한 좋은 정보들을 알려 주었다.

그렇게 지역 관계자들과 이야기를 한 후에는 궁전으로 향했다.

에오는 씁쓸한 얼굴로 말한다.

"이곳이 제가 근무하던 쿠라벨 성국의 궁전입니다."

"그렇구나······. 뭔가 이미지랑 다르네."

내심 성국이라고 하니 순백색의 궁전을 상상하고 있었지만 막상 눈앞에 있던 것은 거무칙칙한 폐허뿐이었다.

비스케타가 탄식한다.

"화재 때문에 그래요. 예전엔 그렇게나 아름다웠는데······."

"복구 작업은 진행되고 있습니까?"

"아뇨, 파라인 국왕은 철거를 명령했어요. 그도 그렇죠. 궁전 건축에 사용되는 자재는 대개 고급 자재이니까요. 사용하지 않을 거라면 철거해서 지역 건축에 재활용하는 게 건설적이긴 해요. 저도 이의는 없습니다."

"그 외에 눈여겨볼 만한 건······ 없네요."

어차피 내가 보고 싶었던 건 엘프들의 거주지였던 만큼 이곳엔 큰 관심이 없었다.

비스케타도 곧장 엘프들의 영역으로 안내를 해 주었다.

그곳은 궁전의 후방에 위치한 숲이었다. 궁전이 그 숲의 입구 역할을 하는지, 숲의 주변으로는 절벽과 같은 험산이 둘러쳐져 궁전을 통하지 않고 외부에서 이곳에 들어오는 건 힘들어 보였다.

"······!"

나는 오묘한 분위기에 바르르 떨었다.

'뭐지 여긴?'

마치 다른 세계에 온 것만 같은 감각.

아파트 크기만 한 거목들이 줄지어 서서 나를 내려다보고 있었다.

그것이 마치 나를 감시하는 것 같은 기분이 들어 오한이 느껴졌다.

비스케타도 거의 와 본 적이 없는지 압도된 것 같은 얼굴로 주변을 둘러보고 있었다.

"장관이네요. ……여러가지 의미로."

나도 모르게 그런 말이 나왔다.

압도적인 자연과 신비한 분위기.

"이곳에 거주하고 있던 엘프들의 숫자는 어느 정도였죠?"

"초창기엔 5만 정도의 순혈 엘프가 살았던 것 같아요. 그 것이 제가 성장이 될 즈음엔 5천 명 정도까지 줄어들었죠. 그것도 몇 년 후에 감쪽같이 자취를 감췄지만요."

"감쪽같이 자취를 감췄다라……."

내겐 줄곧 위화감이 느껴지던 부분이었다.

혹시나 비스케타가 언급했던 비밀 창고를 찾을 수 있을까 싶어 숲을 둘러보았지만 그런 낌새가 있는 장소는 없었다.

역시 별 소득은 없었다.

나는 날이 어두워지기 전에 돌아가자 제안하려 했으나 그 때였다.

"그……. 알스 님?"

에오가 식은땀을 줄줄 흘리며 내게 말해왔다.

"아까부터 저를 부르고 있는 거……. 알스 님은 아니시죠?"

"무슨 소리야? 부른다니? 누가?"

"아, 아무것도 아닙니다."

"아무것도 아닌 게 아닌데. 땀이 엄청나."

이윽고 에오는 참지 못하겠는지 주저앉았다.

"누군가가 저를 부르고 있어요. 이건 대체……. 제발 그만……!"

나만 안 들리는 건가 하여 비스케타를 바라보니 그녀는 고개를 흔들었다.

"그 목소리는 어디서 들리는 건데? 한번 그 목소리를 따라가 볼 수 있어?"

"싫습니다!"

"시, 싫다고?"

에오가 내게 이렇게 모질게 반응하다니. 신선한 충격이었다.

"안 돼요……. 이 목소리를 따라갔다간 다시는 알스 님과 만나지 못할 거라는 예감이 들어요. 그러니 제발……. 이곳을 나가요……!"

에오는 공황 상태에 빠져 있었다. 귀신에라도 홀린 것처럼 계속 혼잣말을 중얼거리며 무언가를 쫓아내려 하고 있었다.

어쩔 수 없이 그녀를 데리고 숲을 빠져나왔다.

그녀가 진정한 뒤 그 목소리에 대해 물었지만 에오는 고집을 부리며 레인폴로 돌아가자는 말만 반복할 뿐이었다.

나는 혹시나 해서 백여 명의 병사들을 동원해 그 일대를 면밀히 수색해 봤지만 발견할 수 있는 건 없었다.

시간이 더 지나 봄이 다가오는 2월 말.

'정말 길었네.'

메인 스토리가 진행되는 펜실론 아카데미로의 입학.

당초엔 이 시기부터 본격적으로 이야기가 시작될 거라 생각했지만 이미 수많은 사건이 벌어지고 말았다.

앞으로의 일은 한 치 앞도 알 수 없었다.

"잘 갔다 오렴. 몸조심하고."

"예, 다녀오겠습니다."

나는 부모님의 배웅을 받으며 플라톤으로 향하는 마차에 몸을 실었다.

마차에는 이미 합승객이 앉아 있었다.

에스텔은 설레는 표정으로 나를 반겨 주었다. 기필코 펜실론 아카데미에 합격하겠다며 벼르고 있었던 그녀는 가까스로 합격을 했다. 기세 좋게 에리나를 이길 거라고 말했었지만 역시 그건 불가능한 일이었는지 구체적인 성적에 대해선 말하려 하지 않았다.

"알스 님과 다시금 같은 아카데미에 다닐 수 있다니 꿈만 같아요."

"난 조금 걱정인데요."

에스텔과 에리나가 같은 곳에서 뭉치다니. 어떤 일이 벌어질지 감조차 잡히지 않았다.

"……그런데 알스 님?"

"예?"

"언제까지 제게 존대를 할 생각인가요?"

"새삼스럽네요. 전 당신뿐만 아니라 대부분의 사람들에게 존댓말을 하는걸요?"

"그렇긴 하지만……. 몇몇 친한 사람들한텐 하대를 하잖아요. 르미유 씨에게도 그렇고. 에오니아 씨에게도 그렇고. 도로시에게도 그렇고. 그런데 저와 에리나에게만 존대라니 이상해요."

"그게…… 버릇 같은 거예요."

"버릇이요?"

알스가 아니라 내 버릇이었다.

어렸을 적부터 신동이라 떠받들어진 나는 어린 시절 대부분을 손윗사람들과 지냈다.

바둑 동기들은 다들 나보다 나이가 많았고, 바둑 자체가 예절을 중시하는 측면이 있다 보니 한 살만 나이가 많아도 존대를 해야 했다. 바둑을 해야 해서 또래 친구들을 사귈 수 있는 학교도 거의 다니지 않았다.

그렇게 나보다 나이가 많은 사람들하고만 지내다 보니 존댓말이 기본이 되었다.

'아마 쥬라스 녀석도 똑같겠지.'

안톤에게 듣기로 쥬라스 녀석도 아주 어릴 때부터 신동으로 떠받들어졌다고 했다. 녀석이 꼬박꼬박 존댓말을 하는 것도 나랑 비슷한 이유가 아닐까 싶었다.

"당신은 내가 말을 편하게 하길 원해요?"

"음……. 존댓말을 하시는 모습도 좋긴 하지만 그게 가끔은 거리를 두려고 하는 것처럼 느껴져서요."

"그래, 그러면 편하게 할까? 나야 좋지."

"……."

"왜 그래?"

"……뭔가 달라요. 알스 님이 알스 님이 아닌 것 같은 느낌이에요. 그냥 지금까지처럼 존대를 해 주세요."

뭐 어쩌라는 건지.

그렇게 플라톤으로 향하는 중에는 에스텔과 이야기를 나누며 시간을 보냈다.

에스텔은 나와 유미르의 생활에 관심을 드러냈다. 마치 자신의 미래를 꿈꾸듯. 행복한 얼굴로 이야기를 듣고 있다.

"그 이후에 어머니가 유미르에게 그랬거든요. 유미르 일
라인이라고. 꼭 그렇게 불러 보고 싶었다고 하더라고요."

"어머나."

"하여간 어머니 혼자 주책을 부리셔서. 다들 어떻게 반응
해야 할지 몰라 그냥 웃고 말았죠."

"유미르 일라인…… . 저, 저도 조만간 에스텔 일라인이 되
는 걸까요……?"

"글쎄요."

에스텔은 은근히 기대감을 품고 물었지만 나로선 그렇게
대답할 수밖에 없었다.

이성 관계를 정리한다곤 했지만 더 이상 복잡하게 만들지
않겠다는 뜻이지 당장 결혼하겠다는 건 아니었다.

결혼이 장난도 아니고 그 얘기를 꺼내기엔 이른 상황이다.

유미르야 함께 지낸 기간에 워낙 길었던지라 결혼에 주저
함이 없었지만 다른 둘은 다르다.

에리나와 에스텔에 관해선 지금 관계를 유지한 채 펜실론
아카데미가 끝나고 나서야 어떤 형태로든 결론이 날 것 같
았다.

"우리에겐 아직 시간이 많으니까요. 그러니 천천히 서로
를 알아 가도록 하죠."

"으으…… . 알겠어요."

에스텔은 내 애매모호한 대답이 마음에 들진 않아도 납득

은 하는지 고개를 끄덕였다.

  플라톤은 구 펜실론 제국의 수도로서 현재는 절대적인 중립 지역으로 자리 잡고 있었다.

  플라톤 자체는 발라스의 관할하에 있지만 도시의 지분은 발라스를 포함해 9개의 국가가 나눠 가지고 있다.

  하여 국가에 따라 거주 구역이 정해져 있었다.

  예를 들어 캘리퍼 왕국과 크로싱 공화국의 거주 구역이 남쪽이라면 스벤너는 북서쪽. 빌랑은 동쪽이다.

  다른 국가의 거주 구역에서 생활하는 것도 불가능한 건 아니지만 학생들은 되도록 국가의 주거지역에 자리 잡을 것이 권고되고 있었다.

  내가 마련한 저택은 캘리퍼 왕국의 거주구에 위치한 3층짜리 대저택이었다.

  미리 이곳을 답사한 올라프가 구매해 둔 저택으로서, 가신들의 방이 하나씩 준비되어 있었다.

  스승 부부와 루트거 부녀만이 따로 크로싱 구역에 살림을 차린 정도.

  저택에 짐을 푼 나는 입학 수속을 위해 곧장 중앙 지구에 있는 펜실론 아카데미로 향했다.

  "오오, 듣던 것 이상인걸."

  과연 대륙 최고의 아카데미라는 명성은 허울이 아니었다.

미국의 대학 캠퍼스가 떠오를 정도의 규모였다.

아카데미 내부에도 거주 구역이 따로 존재했고, 군대 훈련을 위한 연병장은 물론이요 사냥이나 낚시를 위해 조성해 놓은 특별 구역도 있었다.

무엇보다 펜실론 아카데미의 꽃이자 게임에서도 매번 나왔던 그곳.

모의 전쟁이 펼쳐지는 전투 훈련지가 아카데미 내부에 있었다.

지금 내 입장에선 애들 놀이에 불과하긴 했지만 이 모의 전쟁에 가끔씩은 현역 장군들도 참가를 한다고 하니 심심풀이 정도는 될 것 같았다.

무엇보다 주요한 목적은 인재 영입이다. 이곳은 온갖 인재들이 모이는 곳.

게임에서 등장했던 인물은 물론이고 설령 게임에서 등장하지 않았더라도 능력이 있고 믿을 수 있는 자라면 영입을 시도해 볼 생각이었다.

"저, 저거 봐! 웨이드야!"

"뭐!? 웨이드라고?"

웅성이기 시작한 주변. 나와 마찬가지로 입학 수속을 위해 이곳을 찾은 신입생들이었다.

내가 다가가자 그들은 육식동물을 마주한 초식동물처럼 거리를 두며 물러났다.

나를 바라보는 시선엔 동경의 시선이 많았지만 한편으론 적개심도 노골적으로 보였다.

그도 당연했다.

크로싱과 캘리퍼를 제외한 대륙 어떤 국가도 웨이드를 좋아하지 않았다.

베카비아, 알바드, 뷜랑, 툰카이는 직접적으로 전쟁을 치렀고, 에우로페는 왕자를 인질로 잡아 협박한 적이 있어 사이가 좋지 않았다.

'나도 참 적을 많이 만들었구나.'

그나마 관계가 괜찮은 곳이 스벤너뿐인 아이러니한 상황.

나는 빨리 입학 수속을 끝내고 돌아갈 생각이었으나 우연찮게도 그녀를 마주하게 되었다.

블론드색 머리를 허리까지 기른 장발의 미녀. 그 모습은 일러스트와 똑 닮아 있었다.

'구호반 메이센 로이피어!'

정보대로라면 그녀는 펜실론 2학년생으로 한 학년 선배이다.

그녀가 왜 신입생들이 입학 절차를 밟고 있는 이곳에 있는지는 알 수 없었다.

'나를 보러 온 건가?'

그거라면 그럴 수도 있다. 나는 요란한 호위를 대동한 채 플라톤에 들어왔기에 내가 왔다는 사실은 이미 도시 내에 알려져 있었다.

지금도 내 얼굴을 모르는 애들이 내가 웨이드라고 알아차린 건 이 요란한 호위 때문도 있었다.

그리고 무엇보다 그녀의 시선이 그랬다.

메이센은 어째서인지 나를 지그시 노려보고 있었다.

그 시선엔 적의와 분노. 그리고 증오가 깃들어 있었다.

그녀는 그것을 숨길 생각이 전혀 없었다. 오히려 분출하려 했다.

그러니 나를 목적으로 이곳에 왔음은 쉽게 짐작할 수 있었다. 다만 이해는 가지 않았다.

'어째서 나에게 적의를······?'

터벅터벅! 메이센이 내게 빠른 걸음으로 다가왔다. 그러더니 문답무용으로 오른손을 휘두른다. 얼이 빠진 나는 아무런 반응도 하지 못했다.

텁! 호위를 해 주고 있던 안톤이 그 팔을 낚아채지 않았다면 그대로 따귀를 얻어맞았으리라.

"웨이드 님께 무슨 짓이냐. 대답에 따라 신병을 구속하겠다."

"이거 놓으세요! 전······. 전 응당 해야 할 일을 하려는 것뿐입니다!"

나는 그녀가 왜 이렇게까지 분노했는지 짐작 가는 바가 없었다.

그때 로이퍼어 공작가의 수행원들이 당황하여 뛰어온다.

"아, 아가씨. 일단 진정하십시오."

그들은 안톤의 살기등등한 모습에 위축됐는지 진땀을 흘리며 메이센을 데리고 물러났다.

나는 그 모습을 잠시 지켜보며 머릿속의 조각을 맞추고 있었다.

메이센이 나를 증오하는 이유.

메이센이 일곱 가신이 된 이유.

몇 가지 유력한 가설을 세우고 추측을 하자 진상은 금방 밝혀졌다.

'그런 거였나. 나 원.'

아직 확실하진 않으니 어떤 인물에게 확인을 할 필요가 있었다.

그렇게 메이센에 관한 건 일단 넘어갈 수 있었지만 다른 한 명의 인물은 아니었다.

그냥 넘어갈 수 없었다. 그렇다기보단 이미 돌이킬 수 없어졌다.

입학 수속을 끝내고 저택으로 돌아오던 내게 가스파르가 그 소식을 전해 왔다.

일곱 가신 중 하나. 명공 루크의 사망 소식을 말이다.

명공 루크.

천재 대장장이이자 기술자로서 주인공 일행에게 지대한 도움을 주는 인물이었다.

그가 개발한 공성 병기를 통해 중요한 공성전을 승리할 수 있었고, 그가 만들어 준 검과 창은 그 어떤 명검, 명창과 비교해도 손색이 없었다.

그런 그가 허무하게 죽고 말았다.

"그, 그게 사실입니까? 서방 민족의 대학살에 휘말려서……."

"그래. 공방의 수석 대장장이도 최근에서야 안 모양이야. 처음엔 대장장이 수련이 힘들어서 도망가 버린 줄 알았는데 알고 보니 그게 아니었다나 봐."

루크는 이번에 학살이 있었던 빌랑 서부 출신이었다고 한다.

스벤너와 서방 민족이 서부를 침공해 오자 부모님의 안위를 걱정해 고향으로 돌아갔다.

그리고 서방이 벌인 무차별 학살에 휘말려 죽고 만 것이다.

'이럴 수가…….'

일곱 가신 중 하나가 이렇게 허무하게 죽다니. 이건 올라프나 루트거가 죽은 것과 비슷했다. 루크는 알스에게 있어 그런 비중을 가진 인물이었다.

다만 그렇다고 그를 일찍이 영입할 수가 없었다.

그의 나이가 너무 적었기 때문이다.

루크는 지금 이 시점으로 13살에 불과하다. 불과 2년 전까지만 해도 11살짜리 어린애였으며 대장장이 수업도 받지 않은 상태였다.

그렇기에 나는 루크와의 만남을 지금 이 시점으로 미뤘던 것이다.

그것이 설마 이런 결과를 가져오다니.

나비효과가 불러온 불의의 사고.

나는 무언가의 조각이 깨어진 듯한 느낌을 받았다.

나중을 위해 반드시 필요했던 조각을 잃어버린 듯한 그런 느낌을.

"……."

"그런데 넌 왜 그런 꼬맹이에게 관심을 가지고 있던 거야?"

가스파르가 의아해하며 묻는다. 그 내심에는 그런 아무것도 아닌 꼬맹이의 뒷조사를 왜 자신에게 시켰냐는 항의가 담겨 있었다. 그야 그는 그렇게 느끼겠지. 루크는 겉보기엔 아무것도 아닌 일반인이니까.

"그럴 사정이 있었습니다."

"뭐가 됐든 죽어 버린 이상은 의미가 없어. 정 근거를 원하면 내가 직접 시체 수색이라도 해 보겠다만."

"……예. 조사를 해 줘요. 무리는 하지 말고요."

"알겠다고."

가스파르는 불평 없이 받아들였다. 최근의 그는 항상 기분이 좋아 귀찮은 일도 순순히 하고 있었다.

'조사는 가스파르에게 맡겨 두기로 하고…….'

루크는 아마 죽었을 것이다. 나는 그런 직감을 느꼈다.

'이미 벌어진 일은 돌이킬 수 없어. 잊어버리는 게 빨라.'

불의의 사고로 인해 루크의 영입은 불발되고 말았지만 그렇다고 주저앉아 있을 수는 없었다.

대장장이는 어떻게든 또 구할 수 있다. 그렇게 믿고서 떨쳐 내야만 했다.

'남은 일곱 가신이라도 확실하게 영입을 해야겠어.'

성녀 알리시아는 그렇다 쳐도 메이센은 아니었다.

내 추측이 맞다면 일발로 영입이 가능했다.

입학 수속이 있던 날의 저녁.

나는 레인폴의 일을 일단락 짓고 뒤늦게 플라톤에 합류한 올라프를 내 방에 호출했다.

"후우! 무슨 일이야? 긴 이야기라면 내일로 해 주지 않겠어? 마차를 타고 하루 종일 이동하느라 피곤하거든."

"잠깐이면 끝납니다."

"부디 그랬으면 좋겠네."

나는 단도직입적으로 물었다.

"당신, 메이센 로이피어란 인물에 대해 아는 바가 있습니까?"

"……그건 왜 묻지?"

"오늘 만났거든요. 다짜고짜 제 뺨을 때리려 하더라고요. 당신이라면 짚이는 바가 있을 거라고 생각하는데요."

"캬! 바로 저질러 버린 거냐. 그 녀석이 제법 강단이 있거든."

"역시나. 당신과 관련이 있었군요. 그녀는 당신의 뭐죠?"

"어릴 적부터 알고 지내던 사이야. 내가 저택에 침거하기 전까지는 잠깐이지만 약혼 관계에 있었지."

이로써 해결되었다.

메이센이 나를 증오하는 이유와 게임에서 일곱 가신이 된 이유. 둘 다 올라프와 관련이 있었다.

"에우로페는 웨이드가 날 죽여 버렸다고 생각하고 있으니까. 메이센 녀석도 그렇게 생각하고 있는 거겠지."

"가까운 시일 내에 그녀를 불러서 오해를 풀어요. 그리고 우리 쪽으로 끌어들여 줘요."

"끌어들이라니. 메이센을?"

"예, 수단과 방법은 당신에게 맡기겠습니다."

"아니, 기다려. 메이센에게 조국을 배신하라고 말하란 거야? 난 그런 건……."

"결국에 똑같지 않습니까. 우리가 대륙을 정복하게 된다면 결국 에우로페도 공격하게끔 되어 있어요. 설령 평화적인 방법으로 합병을 한다고 해도 메이센 로이피어가 우리 사람이 된다는 건 결과적으로 다르지 않습니다. 그러니 지금부터 데려오자는 거예요. 반박할 말이 있습니까?"

"그렇지만 그 녀석에게도 그 녀석 나름대로의 생활 기반이 있는 거고……."

"당장 전향하지는 않아도 돼요. 그쪽도 마음의 준비를 할 시간이 필요할 테니까. 그저 그런 약속만 받아 놔도 괜찮습니다."

"왜 그렇게까지 메이센을 끌어들이려 하는 거야? 걔는 내가 말하긴 뭐하지만 전쟁에는 어울리지 않는 애라고."

"우리가 전쟁만 하는 건 아니잖아요? 그게 아니면 뭡니까. 메이센 로이피어는 능력이 부족한 인물인 겁니까?"

"그런 건 아니야. 그녀라면 어떤 내정 일이라도 충분히 잘해 주겠지. 전쟁터에서도 의무 부대를 이끄는 것 정도라면 해낼 수 있을 테고."

"그것만으로도 충분해요."

"……."

올라프는 잠시 고민에 빠졌다. 내 말에 틀리지 않다는 건 그도 알고 있다.

그는 훗날 메이센과 적으로 만나는 상황을 가정했는지 씁쓸하게 고개를 끄덕였다.

"네 말이 맞아. 적으로 돌리고 싶지 않은 사람이라면 일찌 감치 아군으로 만드는 것도 나쁘지 않겠군. 알겠다. 내게 맡 겨 줘."

이걸로 메이센의 영입 작업은 끝. 루크를 잃어버린 대신 메이센에 대한 영입만큼은 속전속결로 끝장을 보기로 했다.

나는 루크의 죽음을 애써 잊고 아카데미의 생활에 집중하 기로 했다.

본격적으로 시작된 펜실론 아카데미 교과 과정.

펜실론 아카데미는 기존 중등, 고등 아카데미의 교과 과정 과 달리 학생 스스로가 수강 교과를 선택할 수 있었다. 대학 의 시스템과 판박이다.

나는 그 수업의 수강 신청을 두고 머리를 싸매고 있었다.

"교과가 이렇게 많을 줄이야."

문학, 음악, 사교, 농업, 건축, 문화, 검술, 궁술 등등. 자 잘한 교과를 전부 합치면 40개를 넘어갔다.

나는 사관생들이 필수적으로 수강해야 하는 군사과 수업 에 대해선 대충 경쟁률이 낮은 군사과 8번 수업을 받기로 했 다. 베카비아의 현역 장교가 수업을 진행한다나. 베카비아는 현재 최약체로 평가받는 만큼 경쟁률이 낮을 만했다.

캘리퍼 왕국의 장교가 진행하는 군사과 7번 수업에 대해선 경쟁률에 상관없이 우선적으로 배치를 받을 수 있었지만 여기에 와서까지 그 답도 없는 동기들과 얼굴을 마주하고 싶은 생각은 없었다.

무예 수업으론 창술이나 궁술 수업을 들어 볼까 했으나 괜한 시비가 걸려 올 수도 있었기에 이쪽은 크로싱의 출신의 교관이 지도하는 검술 수업을 선택했다.

사실 이 교과들은 크게 중요하진 않았다.

내 목적은 교양과 일반 과목에 있었고, 실제로도 아카데미에서 가장 중요시 되는 게 두 교과였다.

사관생들의 경쟁이야 국가 간의 관계가 무엇보다 중요하고, 자칫하다간 크게 다치기 때문에 서로 간의 우열을 가리기 위한 방법이 제한되어 있는 반면 다른 교과는 아니었다.

교양 과목은 다칠 일이 없어 경쟁이 자유로웠고, 일반 과목엔 시험이라는 것이 존재한다.

하여 학생들 간의 알력 다툼이 가장 치열한 것이 두 교과였다.

'일단 알리시아와 접촉을 하기 위해선 예술 쪽으로 접근을 해야겠지.'

게임에서 주인공과 알리시아가 만났던 건 음악 수업에서였다. 알리시아는 주인공의 아름다운 음색에 관심을 가지고 말을 걸게 된다.

'일단 음악 하나. 그리고 문학이랑 회화 수업도 하나 넣어 두고. 체스도 하나. 나머지는……그래, 사교댄스.'

애쉬가 수강하는 교양 과목이다. 리시테아를 추궁해서 알아낸 정보였다.

댄스나 음악에 대해선 관심이 없었지만 이것도 다 인재 영입을 위해서다.

펜실론 아카데미는 입학식을 따로 하지 않고, 플라톤에서 개최되는 봄 축제에 입학 축하 파티를 겸하기로 되어 있었기에 우리는 별다른 행사 없이 곧바로 수업에 들어가야만 했다.

다짜고짜 수업 일정에 들어간 펜실론 아카데미.

첫날인지라 다들 당황한 기색이 역력했다. 선배들은 이것도 다 전통이라는 듯 신입생들을 비웃고 있다.

나도 제법 난감한 상황에 처해 있었다.

'준비물이 있다는 얘기는 못 들었는데.'

오늘 오후에 있는 회화 수업이었다. 이 첫 번째로 이뤄지는 회화 수업에 자신의 작품, 혹은 스승의 작품을 가져와야 한다는 관례가 있었던 것이다.

신입생의 수준. 그 신입생을 가르치는 스승의 수준을 파악하기 위해서라나 뭐라나.

이 수업에 참가하는 대부분은 이전 아카데미에서도 회화

수업을 들었기에 이런 관례를 미리 알고 척척 준비를 해 온 반면 나는 달랐다.

당일에서야 이 사실을 알게 됐다.

예전이었다면 몰랐다는 식으로 얼굴에 철판을 깔았겠지만 이제는 아무래도 대외적인 시선이 있기 때문에 이런 부분도 준비를 해 가야 됐다.

군사과 수업에서 실패하는 건 괜찮아도 오히려 교양 수업에서 망신을 당해선 안 됐다. 흘러나오는 소문 자체가 다르다고 할까.

군사과 수업에서는 그냥 의견 차이가 있었다 정도로 수습할 수 있지만 교양 수업에서 그랬다간 교양이 부족하다며 사람 자체가 저평가를 당해 버린다. 그건 피하고 싶었다.

'뭔가 대책이 없을까?'

그렇게 고민하던 내게 경호를 하고 있던 에오가 고개를 갸웃하며 묻는다.

"무슨 걱정거리라도 있으십니까?"

"……그래! 에오, 혹시 그림은 그릴 줄 알아?"

"그려 본 적은 없습니다."

"그래도 분명 잘할 거야. 넌 손재주가 대단하니까. 지금껏 너만큼 손재주가 좋은 사람은 보지 못했어."

"제, 제가 최고라는 뜻이십니까?"

"당연하지!"

"헤헤헤. 과찬이십니다."

역시 비행기를 태워 주니 금방 넘어왔다.

"그런 의미에서. 아무 그림이나 그려 볼래?"

"지금 말입니까?"

"그래. 어떤 그림이라도 좋아. 저기 저 풍경을 그려도 되고."

"……."

에오는 잠시 망설이더니 말한다.

"그런 거라면……. 알스 님을 그려도 되겠습니까? 알스 님이라면 처음이라도 어떻게든 그릴 수 있을 것 같습니다."

"나를? 음……. 좋아."

그런데 여기서 문제가 발생했다. 그림을 그리려면 내가 모델이 되어야 했는데, 나는 당장 오전에 있는 군사과 수업에 참가를 해야 했다.

"이렇게 된 거 깽판을 치고 빨리 나와야겠네. 에오, 너는 그림 도구를 가져와서 여기서 기다리고 있어 줘."

나는 서둘러 군사과 8번 교실로 향했다.

교실에는 이미 학생들이 옹기종기 자리에 앉아 있었다.

펜실론 아카데미의 군사과 수업은 1번부터 8번까지가 존재한다.

학생들은 매달 그 수업 중 하나를 선택하게 되는데, 번호가 낮을수록 수강하기가 힘든 수업이다.

교사들의 차이 때문이다.

이 군사과 수업은 각각의 국가에서 파견된 수준 높은 교사들이 수업을 진행하게 되는데, 예를 들어 군사과 1번 수업은 알바드 왕국의 장군인 유시스 골드레이가 진행을 한다. 혹은 아주 드물게 대장군 카이엔이 수업을 맡기도 한다고 한다.

그러니 사관생들은 실력 있는 교관의 밑에서 배우기 위해 매번 수강 신청을 위한 전쟁을 펼친다.

나는 신분을 이용해 어디든 프리패스를 할 수 있는 입장이긴 했지만 그렇기에 베카비아의 군사과 8번 수업을 신청한 것이다. 다른 곳에선 괜한 시비가 걸릴 가능성이 높으니까.

베카비아는 현재 간접적으로나마 동맹국이기도 하고, 나를 터치할 일은 없다.

그렇기에 편한 마음으로 간 것이지만 교단에는 내가 아는 얼굴. 소피아 베론이 서 있었다.

"뭔가요. 늦게 와 놓고서 뻔뻔하게 서 있지 말고 어서 앉아요. 수업을 시작할 겁니다."

내가 얼이 빠져 서 있자 소피아가 피식하며 말해 왔다.

학생들은 내 등장에 미친 듯이 웅성이기 시작했다.

"웨이드가 이곳엔 왜……?"

"혹시 웨이드가 군사과 수업을 진행하는 거 아닐까?"

"그럼 대박이잖아! 웨이드의 가르침을 받을 수 있다니! 소피아 베론보단 분명 낫겠지!"

소피아는 마지막 발언을 한 사관생을 째려보더니 쿨하게
수업을 시작했다.

'어쩌지.'

대충 트집을 잡아 깽판 치고 조퇴하려고 했던 내게는 난감
한 상황이었다.

소피아의 수업이 제법 견실했기 때문이다.

어떻게든 빈틈을 찾고 있던 나는 겨우겨우 파고들 틈을 발
견할 수 있었다.

"소피아 장교님. 그 부분은 아무리 그래도 무리가 있지 않
습니까? 기병을 통한 기습이 유효한 건 시야가 있을 때 정도
입니다. 야전에선 아무리 기병이라고 해도 그 효율이 급감하
기 마련이에요. 그런데도 기병의 야습을 통해 선공을 잡겠다
니요?"

소피아는 왜 트집이냐며 눈매를 좁힌다. 그러고는 씨익 웃
었다.

"이거야, 이거야. 천하의 웨이드도 별거 아니었군요. 제가
지금 설명하고 있는 작전은 펜실론 제국이 보츤 전투에서 사
용한 전술입니다. 2천에 달하는 기병대를 한밤중에 우회시
켜 동이 트기 전에 적진을 기습하게 했죠. 그리고 동이 트는
시점에 본대가 밀고 들어가고, 침투해 들어갔던 기병들은 한
번 빠져나온 뒤 진형을 가다듬고 재차 공격을 가했죠. 그로
인해 순간적으로 커다란 피해를 입은 미라스 공국의 병사들

은 후퇴를 하게 되요. 이제 알겠나요?"

"알긴요. 장교님께서 모르고 계시는 것 같은데요."

"뭐라고요?"

"보츤 전투는 그렇게 단순하게 해석해서는 안 됩니다. 당신의 말대로 미라스 공국의 병사들은 후퇴를 했지만 그 이후 추격해 온 펜실론의 병력을 역으로 함정에 빠뜨려 괴멸시켜 버렸죠. 그러니 그 후퇴까지도 작전에 포함되어 있었다고 보는 편이 맞아요."

"유인을 하기 위해 일부러 기병들의 야습을 허용했다고요?"

"당시 자료를 살펴보면 명확해요. 당신이 직접 봐요. 기병들이 우회한 경로. 그곳에 과연 첩보망이 없었을까요? 당신이라면 어떻게 했을 거죠?"

교실의 모든 사관생들이 자료에 나온 전도를 바라보았다.

소피아는 잠시 말문을 잃었다.

"무, 물론 첩보망의 범위이긴 하지만 어떠한 이유로 놓쳤을 가능성이 있어요."

"나 참. 그런 희박한 가능성에 기대고 기병대로 야습을 펼쳤다는 겁니까? 그건 애초에 실패한 작전이라는 뜻 아닙니까? 운이 좋아 성공했을 뿐인 거죠."

"하, 하지만 10년 후에 벌어졌던 폰레이 전투에서도 비슷한 양상이……"

"손해를 본 경우가 더 많아요. 폰레이 전투가 벌어지기 1년 전에 있던 카킹 전투에선……."

기병대의 야습 효율에 대해선 사실 토론할 부분이 많았다. 상황이 맞는다면 충분히 사용할 수도 있는 전술이긴 했다.

그래도 일반적으로 채용되는 전술은 아니었기에 소피아는 곧 반박할 말을 잃고 말았다.

'조금 오래 걸렸네.'

깽판 성공이다.

"이 이상은 안 되겠네요. 오늘은 이만 가겠습니다."

"어, 어딜 가요!"

"이 이상 제가 이곳에 있어 봤자 당신에겐 방해밖에 되지 않을 테니까요. 괜히 제가 있다간 학생들이 당신의 말을 귀담아듣지 않겠죠. 틀립니까?"

"그렇지는 않아요. 당신이 함께 토론을 해 주어서 학생들도 좋아하고 있는걸요."

학생들은 병아리처럼 고개를 끄덕이고 있었다. 귀 호강을 했다는 표정들이다.

"……아, 그냥 좀 보내 줘요."

"뭐라고요?"

"아뇨. 아무것도 아닙니다."

어쩐지 예전에도 마조히스트끼가 보이더라니.

소피아는 내가 계속 트집을 잡고 망신을 주려 했음에도 오히려 기뻐하며 더 많은 얘기를 하고 싶어 했다.

그 모습에 질려 버린 나는 어쩔 수 없이 군사과 수업이 완전히 끝날 때까지 기다려야만 했다.

열띤 토론이 벌어졌던 군사과 수업이 끝나고.

교실을 떠나는 내게 소피아가 따라붙는다.

"어딜 그렇게 급하게 가요?"

"알 바 없습니다."

나는 기다리고 있었을 에오가 미안하기도 해서 간식이라도 챙겨 가기로 했다. 그렇게 식당으로 발걸음을 돌렸지만 소피아는 계속 따라온다.

"뭡니까. 저한테 용무라도 있어요?"

"용무랄 건 없지만……. 우연이라곤 해도 제 학생이 됐으니까 이야기라도 나눠 보려고 했죠."

"하아……. 당신도 참. 대체 어떤 정신머리를 하고 있는 겁니까?"

소피아와 나의 인연은 악연 중에서도 악연이었다. 첫 만남에선 내가 베카비아의 대장군을 죽이며 소피아를 크게 물 먹였고, 최근 만남에선 내가 그녀 탓에 고생을 해야 했다.

뭐, 그 전쟁은 쥬라스의 큰 그림이 있었으니 소피아의 선택이 틀린 건 아니었지만.

어쨌든 화기애애하게 이야기할 사이는 아니다.

그럼에도 소피아는 미소까지 지으며 나에 대한 관심을 드러냈다.

"최근에 깨달은 게 있거든요. 혈맹이던 알바드가 우리를 저버리고, 줄곧 적대를 하던 크로싱과는 동맹을 맺고…….
국가 간의 일이란 게 그런 거구나 싶더라고요. 당신도 마찬가지예요. 캐링턴 전투에선 적대 관계였지만 서방과의 전투에선 그래도 같이 싸웠잖아요? 어제의 적이 오늘의 친구가 될 수 있다는 거죠."

"그래서? 저와 친구가 되겠다는 겁니까?"

"그런 건 아니지만, 으르렁거릴 생각도 없다는 거예요. 일일이 그러고 다녔다간 피곤할 뿐이니까."

그 부분은 동감이었다.

소피아가 그렇게 나오니 매몰차게 대하기도 어려웠다.

그녀에게 궁금한 것이 있기도 해서, 가볍게 이야기에 어울리기로 했다.

"그런데 어째서, 당신은 왜 이런 곳에 있는 겁니까?"

"왜 교사로 왔냐 그건가요?"

"그렇죠."

소피아의 나이는 23살이라고 알고 있다. 율리아 누나나 올라프보다 한 살 밑이다.

그녀는 크게 한숨 쉬며 말한다.

"정치적인 사정이죠. 제 영향력이 너무 높아졌다간 큰오

빠가 곤란해지고 마니까."

"큰오빠라면 왕위 계승자겠군요."

"맞아요."

즉 그런 거다. 소피아가 국민들의 신망을 얻기 시작하면
자신의 왕위 계승권이 위태로워질 것을 우려해 소피아를 펜
실론 아카데미로 보내 버린 것이다.

"더구나 우리 베카비아는 대외적인 체면을 높여야 하는 상
황이니까요. 적절한 인선인 거죠. 저는 국가 밖으로 나가고,
큰오빠는 국내에서 차근차근 왕위 세습을 준비하고."

"어휴, 당신도 고생하네요."

"그러니까 말이에요. ……그런데 당신, 요란한 호위를 이
끌고 다닌다더니 지금은 코빼기도 보이지 않네요? 누가 습
격이라도 하면 어쩌게요?"

"요란하게 보여 주는 건 일종의 심리전이에요. 기본적으
론 숨어서 호위를 하고 있거든요. 오히려 지금이 더 빡빡한
상황이죠. 뭐하면 보여 줘요?"

"아, 아뇨! 괜찮아요."

얘기를 하고 있자니 어느새 에오가 기다리고 있는 정원에
도착했다.

에오의 주위에는 둥그렇게 인파가 형성되어 있었다. 다들
그녀를 구경하기에 바빴다.

나 이외의 사람에게 관심을 가지지 않는 에오는 누가 자신

을 훔쳐보든 말든 신경도 쓰지 않은 채 그림 도구들을 면밀히 분석하고 있다.

"에오. 자리를 옮기자."

"앗······! 예!"

에오는 올라프에게 부탁해 물건을 챙겨 온 모양이었다. 그림에 필요한 도구들이 잘 준비되어 있었다. 특히 사람의 실물 사이즈를 담을 수 있는 커다란 캔버스가 눈에 띄었다.

인파를 헤치고 그녀를 꺼내 온 나는 가볍게 사과를 전했다.

"미안해. 구경거리로 만들 생각은 없었는데. 여기 이 사람이 좀처럼 보내 주질 않아서 말이야."

소피아는 그것 때문에 가려고 한 거였냐며 기가 막혀 한다.

나는 에오를 데리고 빈 교실로 향했다.

궁금증이 생긴 소피아도 따라오고 싶어 했지만 다른 수업 준비를 해야 하는지 다음에 만나자 말하고는 떠나갔다.

"이제야 조금 조용해졌네. 그럼 바로 시작하자."

점심시간을 희생한 덕에 여유 시간이 2시간 정도 있었다. 그래도 촉박한 만큼 좋은 작품은 나오지 않을 거라 생각했지만 큰 상관은 없었다.

예술. 그중에서도 미술은 객관적인 평가를 내리기가 무척 어렵다.

미대생이 혼신을 다해 그린 풍경화가 꼬맹이가 아무렇게나 그린 추상화보다 가치가 떨어지는 일이 있는 반면, 똑같은 그림이라도 누가 어떻게 해석했느냐에 따라 가치가 달라지기도 한다.

유명해지면 무슨 짓을 해도 박수를 받는다고 하던가.

만약 그림에 대한 평가가 좋지 않다고 해도 내 권위를 세워 찍어 누를 생각이었다.

'그건 그렇고.'

그림을 그리기 시작한 에오의 손놀림이 예사롭지 않았다.

마치 코끼리가 붓질을 하는 것처럼 거침없는 손길이었다.

심지어는 채 30분도 채 되지 않아 스케치를 끝내고 채색을 시작했다.

'아, 이건 망했네.'

그림을 그려 본 적 없는 초보가 이런 식이라면 결말은 뻔하다. 스케치는 그렇다 쳐도 물감을 자유자재로 다루는 건 천부적인 재능이 없는 이상 불가능에 가깝다.

'엄청난 추상화가 나올지도 모르겠네.'

그건 그것대로 포장하는 맛이 있어서 재밌을 것 같았지만.

"다 됐습니다!"

1시간 30분 만에 완성된 그림.

이게 자그마한 도화지에 그린 그림이라면 별거 아닐 수도 있겠지만 캔버스의 높이는 2m에 달했다. 그걸 1시간 30

분 만에 완성시켰으니 어떤 그림이 나왔을지는 쉽게 예상
이 갔다.

"힘들었지? 간식이라도 좀 먹어."

"괜찮습니다. 알스 님의 초상화를 그린다고 생각하니 저
도 모르게 열중을 했는지 전혀 힘들지 않았습니다."

에오는 만족스러운지 팔짱을 낀 채 콧김을 내뿜고 있다.

나는 큰 기대를 하지 않고 그녀에게 다가가 그림을 살펴보
았다.

"……어?"

그런 반응밖에 나오질 않았다.

재능을 뛰어넘은 경지가 그곳에 있었으니까.

아카데미 연회장에서 진행된 회화 수업.

수업 참가 인원만 300명이 넘었을 정도로 인기가 있는 수
업이었다.

주로 귀족 영애들이 많이 참가를 했지만 남자 귀족들도 있
었고, 평민들도 더러 있었다.

그중 150명에 달하는 신입생들이 자신의 작품을 천으로
가려 둔 채 연회장 곳곳에 진열을 하고 있었다.

2학년 선배들은 이때만을 기다렸다는 듯 하이에나 같은

얼굴로 군침을 흘리고 있다.

대충 작품을 진열해 놓은 나는 주변을 살펴보았다.

'이 수업에서 만날 수 있는 인물은 세 명…….'

대표적인 게 성녀 알리시아였다.

다만 그녀는 현역 아카데미생이 아니기 때문에 등장의 변덕이 심하다.

'성녀는 역시 안 보이는 것 같고. 나머지는…….'

구호반 메이센, 철조(鐵鳥) 헬가가 있다.

둘 다 2학년생으로 헬가는 툰카이 왕국의 인물이다.

나는 먼저 헬가를 주목했다.

캐릭터 등급 SR, 무력 수치 84의 준척급 무장. 특기는 산악 전투와 첩보로 게임에선 가스파르의 하위 호환격 성능을 가졌던 녀석이다.

평소에는 말없이 그림만 그려서 개인 인연 이벤트도 별거 없었다.

'일단 체크.'

어차피 회화 수업에서 메인으로 삼은 건 메이센과 알리시아였다.

그중 메이센이라고 하면 나를 보며 어쩔 줄을 몰라 했다. 그 눈에 분노의 기색은 더 이상 보이지 않았다.

이윽고는 사과를 하고 싶었는지 쭈뼛거리며 내게 다가온다.

"그……. 웨이드 님?"

"말씀 편하게 하세요. 이곳에서 저는 학생일 뿐이니까요. 웨이드라 부를 필요도 없습니다."

"그, 그러면……. 일라인 후배님?"

메이센은 올라프에게서 사정을 들었는지 나를 대하는 게 무척 조심스러웠다.

그녀는 주변의 눈치를 보곤 속삭이듯 말한다.

"베이올라프……. 올라프 씨에겐 들었어요. 그분의 힘을 빌리기 위해 그런 소문을 낸 거였다고요."

"단순히 힘을 빌린다기보단 의기투합을 했습니다. 그 사람이 힘을 빌려 달라고 순순히 빌려줄 사람이 아니란 것 정도는 선배님도 알고 있잖아요?"

"예, 고작 그런 이유로 조국을 배반할 사람은 아니니……."

"그런 의미에서 선배님도 선택을 해 주셔야겠어요. 그대로 에우로페에 남아 올라프와 적대를 하든가. 그도 아니면…… 뭐, 이 부분은 올라프가 잘 말했을 거라고 믿겠습니다."

"……."

메이센은 어쩔 줄을 몰라 했다. 이성은 고민하는 단계에 있는 모양이지만, 마음은 이미 올라프를 따라가기로 정했는지 흔들리고 있다.

'가능하면 천천히 마음을 돌리고 싶었지만…….'

스토리가 빠르게 밀려오고 있는 지금은 그런 여유가 없다.

그도 그럴 게 스토리대로라면 아카데미는 정체불명의 세력에 의해 파괴되어 사라지고 마니까.

그 시점이 앞으로 당겨진다면 언제까지 아카데미에 있을 수 있을지도 알 수 없다.

"예……. 깊이 고민해 보겠습니다."

이건 이미 영입 완료다. 게임에서 그녀가 올라프를 따라 알스에게 붙은 것만 봐도 알 수 있다.

그렇게 메이센과 얘기를 나누고 있자니 어느새 내 쪽에 시선이 몰려 있었다.

내가 헬가나 메이센을 관찰하던 것과 똑같이. 대부분의 학생들이 웨이드인 나를 주시하고 있던 것이다. 심지어 로이피어 공작가의 영애와 이야기를 나누고 있으니 그 주목도가 높아질 수밖에.

저 멀리서 에리나와 에스텔이 내 쪽을 응시하고 있는 게 보인다. 그래도 알스로서가 아니라 웨이드로서 이야기를 나누고 있는 것 정도는 알아준 듯하다.

평소였다면 당장이라도 달려왔을 텐데, 그러지 않고 있다.

그리고 또 다른 한 명도 마찬가지. 나를 보며 의미심장하게 웃고 있는 여성이 있다.

"어흠!"

회화 수업을 담당하고 있는 교사들이 헛기침을 하며 주의를 환기했다.

"각자 자신의 작품 앞에 서 주세요. 곧 행사를 시작할 겁니다."

그 말에 메이센은 아차 하며 자리로 돌아갔다.

그녀가 자리에 돌아오자 교사들은 본격적으로 행사를 시작했다.

신입생 환영회라는 명목으로 개최된 이번 전시회는 은근히 악명이 높은 행사라고 한다.

각국에서 파견된 교사들과 2학년생 150여 명이 작품을 하나하나 평가하기 시작하자 신입생들은 사색이 되어 버렸다.

가장 먼저 희생양이 된 스벤너 신입생의 작품에 대해 날이 선 평가가 오고갔다.

"이건 좋지 않군요. 색채가 바랬습니다. 눈이 아파지는 그림이에요."

"색에 대한 공부를 더 해야겠군요. 기준 미달입니다."

마치 기강을 잡는 것처럼 악평이 줄을 잇는다. 이게 이곳의 전통이란다. 수준 미달의 작품은 가차없는 평가를 받는다.

이 때문에 스승의 작품을 가져와도 좋다는 편법이 생긴 모양이다.

이게 자신의 작품이었다고 하면 얼마나 상처를 받을지는

뻔했으니까.

그러한 이유로 대부분은 스승의 작품을 가져온 상태였다.

그게 아니라고 한다면 자신의 실력에 자신이 있거나, 눈치가 없거나 둘 중 하나다.

전자가 에리나였고, 후자가 에스텔이었다.

에리나는 자신만만하여 작품을 가리고 있던 천을 걷어 냈다.

그러자 누구 할 것 없이 탄성을 내질렀다.

"오호. 훌륭하군! 과연 그란셀의 재녀라고 하는 것인가!"

"이 색감의 조화. 흠잡을 곳이 없군요!"

악평을 장전하고 있던 사람들의 입을 다물게 하는 실력.

반면 에스텔은 그렇지 않았다. 그림 스승이 딱히 없었던 그녀의 그림은 뭐라고 할까. 자유분방했다.

애초에 에스텔은 그림을 취미로밖에 생각하지 않는지라 그림 공부 같은 건 하지 않는 입장이었다. 이번 회화 수업도 친분이 있는 에리나를 따라서 온 것에 불과했다.

나쁘진 않지만 좋지도 않은 느낌의 그림.

악평이 쏟아지는 건 어쩔 수 없었다.

"······으윽."

그런 모멸과 조롱의 시선에 트라우마가 있던 에스텔은 표정을 찡그리며 식은땀을 흘렸다.

'이거 안 되겠네.'

나는 보호를 해 주려 했다. 에리나도 마찬가지의 심정인지 중재를 하려 했지만 그 직전이었다.

"흥! 죄다 어리석은 녀석들밖에 없구나!"

그런 호탕한 목소리가 울려 퍼졌다. 호쾌하지만 간드러지는 미색.

칠흑 같은 머리카락을 포니테일로 길게 땋은 여성이었다. 화장을 하지 않아 얼굴색이 자연스러웠고, 무엇보다 드레스가 아닌 바지를 입고 있었다.

그녀가 난입하자 소란이 일었다.

"멜로디아나 공주!"

"크로싱의 검은 보석……!"

흠칫하는 학생들.

멜로디아나는 에스텔을 보호하듯 섰다.

"자고로 예술이란 자기만족을 위한 유희! 자신이 만족하는 그림이라면 흠을 잡힐 이유는 없느니라! 그러니 에스텔. 기죽지 말고 어깨를 당당히 펴도록."

"디아나……! 응!"

에스텔은 멜로디아나 공주의 격려를 받고 기운을 차렸다.

멜로디아나의 난입에 분위기가 바뀌었다.

그녀는 이참에 자신의 작품도 공개하겠다며 어설픈 그림을 내보였다.

어린애가 그린 것 같은 조잡함. 그럼에도 멜로디아나는 당당했다.

자신이 만족하는 그림이라면 누가 어떤 평가를 내리든 상관이 없다는 식이었으니까.

  이에 김이 식었는지 평가단은 표적을 나로 바꾸었다.

  애초에 내가 메인 디시였다.

  웨이드가 가져온 그림. 이에는 신입생들조차 궁금증을 참지 못하고 몰려들었다.

  눈앞에 모인 300의 인파.

  "아....... 미리 말하지만 제가 그린 그림은 아닙니다. 그리고 부탁이니 너무 놀라진 말아 줘요."

  얼마나 대단한 그림이기에 그런 말을 하는 거냐며 눈을 빛내는 사람들. 나는 조심스럽게 천을 걷었다.

  그리고 약 5초간 정적이 흘렀다. 감탄도, 탄식도 흐르지 않았다.

  그저 압도를 당했다.

  그림의 내용은 간단했다. 내가 그려져 있다. 문제는 그 현실감이었다.

  만약 이 그림이 현대에 전시됐다면 누구나가 사진이라고 생각했을 것이다. 그 정도의 현실감이었다.

  나조차도 아직도 믿기지 않았다. 그림 초보인 에오니아가 스케치는 그렇다 쳐도 색감을 이렇게나 다룰 줄은 몰랐으니까.

  듣자니 선대 발키리가 그림을 그리는 걸 자주 구경했다곤

하지만 그렇다 해도 놀라웠다.

"미, 믿을 수 없어."

"우와……."

에리나도 멍하니 입을 벌린 채 그림을 바라보고 있었다.

현실감이 높은 것도 높은 거지만 예술성도 더할 나위 없었다. 멜로디아나 공주가 감탄하며 중얼거린다.

"대상에 대한 애정이 느껴지는걸. 마음이 따뜻해지는 그림이야."

내가 포장을 할 필요도 없이 홀린 것처럼 그림을 감상하는 사람들.

이윽고는 누군가가 소리친다.

"이, 이 그림을 제게 팔아 주지 않겠습니까!?"

누군지는 모르겠으나 꽤 신분이 높은 영애인지 다들 놀라는 눈치다.

"2천만 실란을 지불하겠어요! 그러니 부디 제게……!"

"그런 거라면 제가 구매하겠습니다! 3천만 실란을 지불하겠어요!"

순식간에 벌어진 시장판.

이에 조바심을 느꼈는지 에리나가 참전한다. 에스텔도 가지고 싶어 하는 눈치였지만 그녀가 따라가기엔 금액의 수준이 차원이 달랐다.

"그렇담 제가 1억 실란에 구매하겠습니다!"

공작가 영애의 으름장이었지만 이곳에서 캘리퍼 왕국의 공작가 따위 그렇게 위세가 높지 않았다.

다만 멜로디아나 공주는 아니었다.

"그렇담 내가 사도록 하겠다. 가격은 원하는 대로 불러라. 알스."

"당신도 참⋯⋯."

"후훗."

크로싱의 공주가 내민 백지수표. 이에는 모두가 입을 다물 수밖에 없었다.

나는 한숨 쉬며 답했다.

"누가 판다고 했습니까? 팔 생각 없어요."

괜히 팔았다간 내 얼굴이 온갖 곳에 노출된다. 그런 수준의 그림이었다.

그러니 이건 내 저택에 고이 모셔 놓기로 했다.

103년의 역사를 자랑하는 펜실론 아카데미.

이곳은 신분과 직위에 관계없이 평등하게 교육을 베푸는 것이 목적이었지만 그 순수함은 더럽혀진 지 오래였다.

특히 펜실론 제국이 멸망한 뒤부터는 그런 경향이 심화됐다.

주요 국가들이 아카데미가 위치한 플라톤의 지분을 사이 좋게 나눠 가지며 중립 지역으로서의 위치를 약속했지만 이는 정치적인 대립을 더욱 심화시켰다.

　일종의 땅따먹기가 되어 버리면서 플라톤을 지배하는 국가. 나아가서 중립국 발라스를 정복하는 국가가 대륙의 주인이 될 거라는 말들이 공공연히 나오고 있던 것이다.

　발라스 왕국의 입장에선 난감한 말이었다.

　그들이 중립국의 입장을 유지할 수 있었던 주요 이유도 펜실론 아카데미란 존재가 있었기 때문이다.

　그렇기에 언제까지고 펜실론 아카데미가 유지되기를 바랐다.

　하지만 그 반대파도 있기 마련.

　바로 발라스 독립 세력이었다.

　그들은 반대로 생각했다. 펜실론 아카데미가 있기에 발라스가 중립국 신세에서 벗어나지 못한다고 생각했다.

　발라스 왕국의 공작 레지날드 하이머는 그 필두였다.

　'이러한 난세 속에서 중립국에게 미래는 없어!'

　결국엔 대국에 잡아먹히는 신세가 된다. 그러느니 강대국이 발라스를 노리기 전에 선수를 쳐야 했다.

　이미 계획은 세워져 있었다. 시기가 많이 앞당겨지긴 했지만 든든한 조력자를 구했으니 일은 일사천리로 진행될 수 있다.

　똑똑. 조용한 노크 소리와 함께 열리는 문.

레지날드 공작은 방문객을 보곤 안도의 한숨을 쉰다.

"알리시아 공주님. 어서 오십시오. 기다리고 있었습니다."

왕국 내에선 성녀라 불리며 추앙을 받는 발라스의 공주.

'그녀가 선뜻 도움을 준다고 할 줄은 몰랐어. 천군만마를 얻은 기분이군.'

알리시아의 조력이 있다면 국가를 뒤집어엎는 것도 간단했다.

"오늘은 어쩐 일로 긴히 보자고 하신 겁니까?"

레지날드의 물음에 알리시아는 미간을 찡그리며 말한다.

"변수를 제거하고 싶어서요."

"변수라고 하시면……?"

"용병 웨이드. 그자가 이번 일에 개입을 한다면 상황이 묘해질 수 있어요."

웨이드는 아카데미 첫날부터 뜨거운 감자로 급부상해 있었다.

군사과 수업에선 교사를 논파해 버렸다든가, 회화 수업에선 세기의 걸작을 내놓았다든가, 체스 수업에선 교사를 포함한 50명의 사람과 다면기를 해서 전승을 거뒀다든가.

말로만 들으면 도무지 믿기지 않는 짓을 하고 있었다.

"그가 개입을 한다면 분명 변수가 될지도 모릅니다만……. 어떻게 제거를 하실 생각입니까? 그는 크로싱과 캘리퍼의 강한 비호를 받고 있습니다. 첩보원들에 의하면 그 호위의 강도가 상상을 초월한다고 합니다."

"예에……. 호랑이 굴이나 다름없죠. 그러니 호랑이를 잡기 위해 직접 들어가기로 했어요."

"그 말씀은!"

"제가 그와 접촉하겠습니다."

"암살할 생각이십니까?"

"그랬다간 저도 죽고 말겠죠. 그러니 다른 방법을 사용하려 합니다. 그 방법은……."

"굳이 말씀하지 않으셔도 공주님의 각오는 잘 알겠습니다."

레지날드 공작은 깊이 고개를 끄덕였다. 그러곤 결연한 목소리로 중얼거린다.

"모든 것은 국가의 부흥을 위해, 아리오스 황자님을 위해서……!"

"예, 아리오스 황자를 위하여."

카시우스 로이드를 발라스의 새로운 왕으로 세워 펜실론 제국의 정통성을 잇고 발라스를 새로운 형태로 부흥시킨다.

그것이 발라스 독립 세력의 목적이었다.

5장

펜실론 아카데미 3일 차.

슬슬 이곳의 생활에도 익숙해져 가고 있었다.

대학 시절이 떠오른다고 할까.

고등 아카데미나 중등 아카데미 때는 통학 거리가 워낙 멀어서 이런 감각이 덜했지만 이곳은 달랐다.

통학 거리가 20분밖에 되질 않아 자취방에서 등하교를 하던 대학교 때가 절로 떠올랐다.

물론 그때와 달리 자취를 하고 있진 않았지만.

아침에 눈을 뜨면 이미 일어나 있던 유미르가 포근하게 미소 지으며 정돈을 해 준다. 그렇게 옷을 입고 내려가면 에오가 차려 놓은 정성스러운 식사가 준비돼 있다.

내 뒤를 이어 올라프가 하품을 하며 식당으로 들어왔고, 아침 훈련을 한 듯한 리시테아가 땀에 젖은 채 들어온다.

이에 에오니아가 씻고 오라며 난리를 치며 한바탕 말다툼을 하는 것도 이젠 일상이 됐다.

올라프는 그 모습을 보며 너털웃음을 지었다.

"하하, 떠들썩해서 좋구만. 음식도 더할 나위 없이 맛있고. 언제까지고 신세를 지고 싶은 심정이야."

"메이센 로이피어는 싫어할걸요? 이렇게 여성들이 많은 저택은."

"무슨 소릴 하는 거야. 그 녀석과 내 관계는 이미 끊어졌어. 그냥 친한 동생이지. 동생."

"친한 동생에 불과한데 국가를 등지고 당신만 바라보며 이쪽에 합류하려 한다고요?"

"그, 그건 말이지……."

"현실을 외면하지 말라고요, 올라프. 그러다간 배에 칼을 맞는 수가 있어요."

"하! 네가 그런 말을 할 줄은 몰랐다."

그때 침대 정리를 끝내고 유미르가 식당에 내려왔다.

그녀는 얌전히 자리를 잡고는 조용히 식사를 시작했다. 그 모습을 보고 있자니 미소를 참을 수 없었다.

올라프는 고개를 절레절레 흔든다.

"정말로 뜨거운 건 그쪽이잖아. 그렇게 하루 종일 꽁냥대고 있으면 어떻게 반응해야 할지 곤란하다고."

"무, 무슨 소리입니까."

"무슨 소리긴. 네 가슴에 물어보라고."

"어흠!"

유미르도 당황했는지 포크의 움직임이 빨라진다.

그때 난 의외의 모습을 포착해 냈다.

"……유미르."

"예, 무슨 일이신가요."

"아니, 별건 아닌데. 원래 그런 음식들은 잘 안 먹지 않았
어?"

기름진 음식들이다. 평소 유미르는 내게 해 주는 것처럼
채식을 선호했다. 고기는 기름기를 뺀 것만 먹었지, 지금처
럼 조미료가 강하고 기름이 좔좔 흐르는 음식은 입에 대려고
하지 않았다.

"그게……."

유미르는 눈에 띄게 당황했다. 무언가를 숨기고 있는 것
같은 느낌이 든다.

그때 올라프가 우스갯소리로 말한다.

"하핫, 혹시 아이라도 생긴 거 아니야?"

그는 농담이라도 할 생각이었던 모양이지만 유미르는 어
버버하며 아무런 말도 하지 못했다.

나는 놀랄 수밖에.

"진짜로!?"

유미르는 이윽고 고백을 하듯 고개를 끄덕였다. 본인도 임신 사실을 안 지는 얼마 되지 않았다고 한다.

이걸 내게 어떻게 말하나 줄곧 고민하고 있었다고.

유미르의 회임 소식으로 인해 소란스러워진 식당.

올라프는 이럴 게 아니라며 후다닥 다른 가신들을 불러 모았다. 괜한 주책이긴 했지만 그런 마음 씀씀이는 고마웠다.

가신들은 제각각 축하를 건넸다.

"축하한다. 너와 유미르 씨의 아이이니 수인이 태어나겠지? 난 그 아이가 인간과 수인의 화합을 상징하는 아이가 됐으면 좋겠다."

"뭐, 축하해요. 건강하게 출산했으면 좋겠네요."

올라프와 리시테아였다.

이어서 스승 부부가 말한다.

"이거, 우리 아이의 옷을 버리기는 아깝다고 생각했는데. 알스, 네 아이에게 물려주면 되겠는걸."

"무슨 소리를 하는 거야, 일리야. 알스 님의 아이이니 훨씬 더 좋은 것을 입어야지. 가웨인의 것을 물려받는다니 그 무슨 무례한……."

호탕한 스승과 그 호탕함에 어쩔 줄 몰라 하는 안톤.

가스파르는 유쾌하게 웃어 젖혔다.

"크하하핫! 오늘은 한바탕 마셔야겠군! 올라프, 애거트!

오늘은 내가 낼 테니 어울려라!"

"헤헷, 공짜 술을 얻어먹을 수 있다면야 저는 좋죠!"

"그렇게 나와야지! 루트거, 너도 함께할 텐가?"

루트거는 어깨를 으쓱였다.

"다른 일이 없다면 말이지. 알스, 축하하네. 분명 건강한 아이가 태어날 거야."

그 옆에 있던 에스텔은 눈을 초롱초롱 빛내고 있었다.

내 아이라고 하니 기대가 되는 모양이다.

에오도 마찬가지. 다만 에오의 눈빛엔 다른 의미도 담겨 있는 듯한 느낌이 든다.

"하여간 다들 호들갑이 심하다고요."

그렇게 말하는 나도 붕 떠 있는 것 같은 감각을 느꼈다.

마음 같아선 하루 종일 유미르와 함께 있고 싶었으나 그럴 순 없었다.

이런 때에도 등교를 해야 한다니, 새삼 학생 신분이라는 것이 원망스러웠다.

싱숭생숭한 마음으로 오전 수업을 받고 있자니 소피아가 내게 면박을 주었다.

"뭔가요, 오늘은. 정신이 딴 곳에 가 있잖아요."

"당신이나 잘해요. 거기 그 부분은 틀렸다고요."

"예? 어, 어딜 말하는 거죠? 앗!"

소피아는 당황하여 잘못된 부분을 수정한다.

그렇게 오전의 군사과 수업을 끝낸 뒤에는 오후에 있을 음악 수업을 준비해야 했다.

이 음악 수업이 꽤 중요했던지라 오늘 아카데미를 빠질 수가 없었다.

어떤 영문인지는 몰라도 오늘 이 음악 수업에 성녀 알리시아가 참관하기로 예정돼 있었기 때문이다.

심지어는 주인공인 카시우스 로이드까지 이 수업에 나온다.

폭풍의 눈 같은 수업이라고 할까.

나로서도 압박감이 강한 수업이었다.

그야 나는 음치였으니까.

'노래라도 불러야 하는 상황이 온다면……'

어떤 망신을 당할지 상상만 해도 끔찍했다.

지금의 나는 못하는 게 별로 없었다.

대부분의 경우 알스와 내가 단점을 보완해 가며 평균 정도는 할 수 있었다.

예를 들어 알스가 그림에 재능이 없다고 해도 내가 그림 쪽에 재능이 있으면 평균은 가게 된다. 혹은 내 체스 실력처럼 한쪽에 압도적인 실력이 있다면 다른 쪽이 어떻건 상관이 없다.

환상의 짝꿍이란 이유가 여기에도 있었다.

다만 환장의 짝꿍이 돼 버린 경우도 있다.

음악이 대표적이었다.

나는 박치와 음치였고, 알스는 음치였다.

박치 문제는 알스 덕분에 해결됐지만 음치 부분은 마이너스 시너지가 나 버리면서 답도 없는 상황이 됐다.

최근에 시험 삼아 노래 연습을 해 봤는데, 그 에오가 억지로도 칭찬을 하지 못했다. 얼마나 심각한지 알 수 있는 부분이다.

그래도 다행이라면 음이 정해져 있는 악기를 다루는 데에는 문제가 없었다는 점이다.

즉흥 연주는 당연히 불가능하겠지만 악보를 보고 연주를 하는 것 정도는 가능하다.

내가 사용하는 악기는 바이올린이었다.

어릴 때부터 배우긴 했지만 음악 자체에 흥미가 없던지라 실력은 좋지 않았다.

하여 나는 음악 수업을 앞두고 즉흥 과외를 받고 있었다.

"음, 아니다. 그게 아니야. 전혀 달라."

멜로디아나는 고개를 절레절레 흔들었다.

"음이란 건 조금 더 섬세하게 다뤄야 하는 법이니라! 그렇게 될 대로 되라는 식으로 연주하다간 불협화음이 생기게 된다!"

"있잖아요 당신. 그저께는 자기가 만족할 수 있다면 결과야 어떻든 상관없다면서요."

"물론 미술은 그렇지. 그렇지만 음악은 다르다. 음악은 자기만족도 있지만 누군가에게 들려주기 위한 기능적인 측면이 강하다. 그러니 다른 이가 듣기 좋은 음악을 연주하는 게 기본이다!"

그렇게 멜로디아나의 과외를 받고 있자니 에스텔이 악기를 안은 채 다가왔다.

그녀는 나를 보더니 화들짝 놀란다.

"디, 디아나! 왜 알스 님이 이곳에 있는 거야?"

멜로디아나는 무슨 문제가 있냐며 어깨를 으쓱인다.

"너도 알스도, 악기를 가르쳐 달라기에 한꺼번에 하기로 했을 뿐인데. 무슨 문제라도 있나?"

에스텔은 입맛을 다시고는 묻는다.

"디아나, 알스 님과는 어떻게 아는 사이야?"

"별거 아니다. 아버님께서 혼담 상대라고 소개를 해 준 적이 있었거든."

"혼담!?"

"뭐, 나도 알스도 혼약을 맺을 생각이 없어서 편지를 주고받는 정도로 결론이 났지만."

"아!"

에스텔은 무언가를 깨달았다는 듯 중얼거린다.

"그랬구나……. 알스 님이 편지를 주고받았던 상대
는……. 그래. 에리나가 말했던 혼담을 주고받았다던 상대
도……."

"왜 그러냐. 에스텔."

"아, 아무것도 아니야! 그런데……. 혼담은 결국 어떻게
된 거야?"

"하하하! 당연히 흐지부지됐지."

멜로디아나는 가슴을 펴며 외친다.

"그야 내 상대는 한 사람밖에 없으니까."

새삼스럽지만 이 여자는 굉장히 특이했다.

공주답지 않은 호방한 성격도 성격이지만 자신의 혼약 상
대로 삼은 대상도 대상이었다. 듣자 하니 어렸을 적부터 좋
아했다고 한다.

나는 기가 차 그녀에게 말했다.

"그래 봤자 쥬라스 녀석은 당신에게 쥐뿔도 관심 없다고
요."

"무슨 그런 슬픈 소리를 하는 거냐. 대부님도 언젠간 나를
돌아봐 주실 거다. 그러니 알스 너도 대부님에게 나에 대해
잘 말하도록."

"나 참."

그녀의 순애보는 어찌 됐든.

그녀의 속성 과외 덕분에 마음 편히 음악 수업에 들어갈
수 있게 되었다.

음악의 발달은 자고로 파티와 큰 관련이 있다.

많은 음악이 파티 음악에서 파생되어 발전하였다는 말이
있을 정도다.

이 세계는 그런 의미에서 음악이 제법 많이 발달되어 있었
다.

조명 마법의 덕분에 야간 파티가 가능했던 덕에 음악도 빠
르게 발달한 것이다.

아카데미 무도회장에서 진행된 음악 수업엔 150여 명의
학생들이 자리하고 있었다. 그래도 여긴 미술 수업과는 달리
괴롭힘은 일어나지 않는지 2학년생들은 함께하지 않았다.

그럼에도 갈등은 있었다.

학생들이 각자의 국가끼리 모여 파벌을 이룬 것. 당연하다
면 당연하다.

교사조차도 이참에 각국의 수준을 보겠다는 듯 같은 곡을
주고 연주를 하게끔 만들었다.

그렇게 시작된 경연에서 가장 좋은 선전을 보인 건 빌랑
측이었다.

연주에 더불어 주인공 카시우스가 즉흥 노래를 부르며 캐리를 해 버린 것.

뷜랑의 연주가 끝나자 여기저기서 홀린 듯이 박수를 치기 시작했다.

'역시 이벤트에 나올 만한 실력이야.'

이 목소리에 감명을 받은 알리시아가 카시우스에게 말을 거는 것이 성녀 조우 이벤트였다.

이상하게도 지금 이 장소에 성녀는 보이지 않았지만.

"로이드 후작가의 귀공자라는 말은 허언이 아니었어."

"대단해……."

우리 쪽 학생들도 감탄을 금치 못했다.

왜인지 음악 수업을 받고 있는 루안 차이스는 마른침을 꼴깍 삼켰다.

루안은 마치 격의 차이를 느끼고 있는 듯했다.

그도 몸으로 깨닫고 있었던 것이다. 카시우스의 무예 실력이 상상을 초월하는 수준임을. 그 피셔 파르틴보다도 훨씬 강하다는 걸 말이다.

'확실히 주인공은 사기캐이긴 하지.'

게임에서 표현되기로는 못 하는 게 없었다.

내가 느끼기에도 정의 바보인 것만 **빼면** 흠잡을 곳이 없었다.

그 정의 바보 면모도 사람에 따라선 호감을 얻을 수도 있다. 실제로 그의 정의 놀음에 혹한 애들이 더러 있었다.

카시우스는 입학 초기부터 주변 사람들을 흡수하며 세를 불리고 있었다.

그 반면 나는 사람들이 도무지 접근하려 하지를 않았으니 대척점에 서 있다고 할 수 있다.

마침내 각국의 연주가 끝나자 긴장이 풀리며 자유로운 분위기 속에서 연습이 시작됐다.

카시우스는 이 순간을 노려 다른 국가의 애들과 교류를 시작했다.

근본적으로는 아싸인 나와는 달리 녀석은 타고난 인싸였다.

심지어 그 출중한 외모를 이용하는 것에도 주저함이 없었다.

그는 마치 노린 것처럼 미소를 뿌리며 여심을 훔치고 다녔다.

'이게 바로 남성향 게임의 주인공!'

이윽고 카시우스는 크로싱 측으로도 향했다. 그는 멜로디아나와 에스텔에게도 함께 연습하지 않겠냐며 추파를 뿌렸다.

내심 욱하는 게 느껴지는 걸 보면 나도 질투심이라는 걸 느끼긴 하는 모양이다.

조금 화가 났기에 끼어들어 가려 했지만 에스텔이 먼저 반응했다.

"미안합니다. 관심 없어요."

에스텔은 주인공의 제안을 냉정하게 거절했다. 얼마나 차가운 거절이었으면 주인공이 흠칫할 정도다.

주인공은 어색한 웃음을 지으며 마지막으로 내가 있는 쪽을 바라본다.

나는 설마 녀석이 이곳까지 올 줄은 몰랐다.

'내가 있는데도 온다고?'

심지어 목적은 나에게 있는 것 같았다.

녀석이 내 앞으로 다가오자 숨어서 호위를 하고 있던 일리야 스승과 안톤이 순식간에 뛰쳐나와 내 곁을 지키고 선다.

스승 부부의 등장에 우오오! 하는 탄성이 울려 퍼졌다.

안톤은 살기등등한 눈으로 주인공을 노려보았다. 주인공은 안톤의 심상치 않은 기백에 주춤하면서도 싸울 의사는 없다며 양손을 들어 보인다.

"잠깐 얘기를 전달하러 온 것뿐입니다."

그는 내 눈을 똑바로 바라보며 말한다.

"웨이드, 당신은 지난번의 전투에서 내게 말했었지. 전쟁에 정의나 대의 따윈 없다고."

"……그래서?"

"당신의 말이 맞았다고 생각해. 그 전쟁에서 우리가 내밀었던 명분은 가짜였던 것 같으니까. 쳐들어간 우리가 대의를 말한다고 해도 네 입장에선 우스웠겠지."

무슨 의도로 말하는 것인가 예측할 수가 없었다.

'사과를 하려는 건가?'

그런 것치곤 분위기가 살벌했다.

"그러니 나도 인정하기로 했어. 당신에 대한 내 적의는 대의나 정의 따위가 아니야. 리나, 리세르, 그리고 크란스 씨까지. 그들의 복수를 위해 널 치겠다."

"……핫, 할 수 있으면 해 보든가. 일개 학생이 뭘 할 수 있는데?"

"곧 상황이 바뀔 거야. 그때도 그런 소리를 할 수 있는지 보자고."

공기가 분노로 일그러지는 것 같았다. 주인공이 내뿜은 투기가 주변을 잠식했다. 안톤과 일리야 스승이 아니었다면 나조차도 위압감을 느꼈겠지.

"오늘은 그걸 전하러 왔다."

일종의 선전포고였던 셈이다.

카시우스는 휙! 하고 몸을 돌려 떠났다.

안톤은 명령만 내려 준다면 그 등을 찌르겠다는 기색이었으나 그랬다간 안톤의 신변도 위험해지는 만큼 참기로 했다.

"카시우스 로이드가 웨이드에게 으름장을 놓았어!"

"아무리 그래도 웨이드에게 덤비다니!"

주인공의 선전포고로 인해 소란스러워지는 무도회장.

그 어수선한 분위기를 견디기 어려웠던 나는 잠시 바람을 쐬러 창가로 향했다.

무도회장이라 그런지 창가 쪽의 공간이 잘 마련돼 있었다.

'곧 상황이 바뀔 거라고? 그게 무슨 의미지?'

일개 학생이 아니게 된다는 뜻이라면 장군이라도 된다는 걸까. 하지만 빌랑은 모든 국가와 불가침조약을 맺으며 그 어떤 국가로도 군대를 파견할 수 없는 입장이 됐다.

주인공이 나를 치려면 빌랑을 등져야 한다는 뜻이다.

'설마 서방을 이용하려는 건가?'

아니면 그저 나를 혼란하게 하기 위한 블러핑일 가능성도 있다.

나는 굳이 깊이 생각하지 않기로 했다.

오늘은 기쁜 일이 있기도 하니 꿀꿀한 생각을 하고 싶지는 않았다.

그러던 차. 부스럭거리는 소리와 함께 에스텔이 모습을 드러냈다. 나를 쫓아온 모양이다.

"……왜요? 걱정됐어요?"

"예에……. 그런 것도 있지만. 묻고 싶은 게 있어서요. 알스 님. 그 카시우스 로이드라는 사람과는 어떤 관계인 건가요?"

"원수 관계죠."

나는 가볍게 지난 일을 말해 주었다.

에스텔은 고개를 끄덕이며 그 얘기를 듣고는 입을 뗐다.

"그 사람은 이상해요."

"이상하다뇨?"

"제 착각일지도 모르지만……. 그 사람은 알스 님에게 진심으로 화를 낸 게 아니라고 생각해요."

"……예?"

그 살기와 투기를 보고도 어떻게 그런 말이 나올 수 있단 말인가.

에스텔은 조심스럽게 말한다.

"전 병치레를 하면서 다른 사람의 기색이나 본심을 감지하는 데에 민감해졌거든요. 그렇기에 느낄 수 있었어요. 저 카시우스 로이드라는 사람에겐 아무것도 없었다고."

"아무것도 없었다……?"

"겉으로는 화를 내고 있지만 속으로는 아무런 감정도 품고 있지 않는……. 아니, 오히려 희미하지만 당신에게 호의를 가지고 있는 것 같은 그런 느낌이었어요."

카시우스가 내게 호의를 품다니.

그렇게 될 경우의수가 있긴 하지만 설마 그럴 리가.

그 생각이 표정에 나왔는지 에스텔이 다급히 덧붙인다.

"하, 하하. 제가 괜한 말을 했나 봐요. 너무 신경 쓰지는 마세요."

그러나 나는 흘려들을 수 없었다.

뭔가가 머리에 걸리는 듯한 느낌.

단서가 되는 조각이 전부 나왔음에도 그 조각이 제대로 끼워 맞춰지지 않은 것 같은 불쾌함이었다.

나는 그 조각을 끼워 맞추려 애를 썼지만 그때였다.

웅성이는 무도회장.

성녀 알리시아가 등장한 것이다.

알리시아 오른.

그녀가 성녀로 추앙받게 된 이유는 그 인품과 행적 때문도 있지만 무엇보다 플라톤에 대성당이 존재하기 때문이었다.

이로 인해 플라톤은 신앙의 중심지로 자리 잡고 있었다. 펜실론 아카데미와 함께 발라스가 중립국의 위치를 유지할 수 있었던 이유 중 하나이기도 했다.

신앙심이 깊은 학생들은 그녀를 보며 경건한 자세를 취한다.

"미안합니다. 대성당에서의 정오 기도가 길어져 늦고 말았군요."

알리시아는 우아하게 고개를 숙여 보였다. 남학생들은 그 미모와 기품에. 여학생들은 그 고고함에 탄성을 내질렀다.

'역시 대단한걸.'

조금만 방심해도 한눈에 반해 버릴 것 같은 강렬함이었다.

지금은 그다지 상관없는 일이긴 하지만 그녀는 내 최애캐였다. 성능이 애매한 것마저 내 취향 저격이었다.

그녀의 등급은 UR로 최고 등급이긴 했지만 무력 수치는 88에 불과했고 딱히 지능적인 면모를 보이지도 않는다.

다만 고유 특기 중 하나인 '신의 인도'가 꽤나 사기적이었다. 일종의 선동 특기로, 이걸 사용할 수 있는 특수한 상황에서 만큼은 1티어를 넘어 0티어에 군림하는 캐릭터다.

"올해에도 예술에 관심이 많은 분들이 입학을 하여 정말 기쁩니다. 부디 그 고귀함을 갈고닦아 대륙을 밝힐 빛이 되어 주길 바랍니다."

그녀가 일장연설을 시작하자 모두가 빨려 들어가듯 경청하고 있었다. 나는 그녀의 일거수일투족을 유심히 관찰하고 있었다.

에스텔도 마찬가지였다.

에스텔은 눈살을 한껏 찌푸리고 있었다.

내가 알리시아에게 관심을 드러내는 걸 보고 질투를 하는 건가 싶었지만 그런 건 아닌 모양이다.

"왜 그래요?"

"아뇨, 그게……."

또 한번 에스텔 레이더가 발동한 것인가.

주인공이 텅 비었다거나 내게 호의를 품고 있다거나, 그 레이더의 신뢰도는 많이 떨어졌지만 그래도 들어 보고 싶었다.

"뭔가 생각나는 게 있으면 가감 없이 말해 줘요."

"저분은 뭔가 가면을 쓰고 있는 것 같아서요……. 그런데 이건 누구나가 그런 거니까요. 평범한 거예요."

"가면…… 말이죠."

사람은 누구나 보여 주기 위한 얼굴을 하고 다닌다. 나도 그렇다.

나도 여기선 까칠한 느낌으로 주변인을 대하지만 가신들에겐 다르다. 유미르와는 꽁냥대는 거 아니냐는 말을 들을 정도로 뜨겁기도 하고.

'아니, 이건 가식 같은 게 아니긴 한데.'

어쨌든, 누군가가 가식을 부린다고 해도 전혀 이상할 건 없다. 평범한 사람은 누구나 그러니까.

문제는 그 가식을 부리는 게 성녀라는 점이다. 성녀란 표리가 없음으로 인해 추앙받는 존재. 성녀가 겉만 멀쩡하고 속으론 썩어 있다고 하면 그건 더 이상 성녀가 아니다. 사기꾼일 뿐.

"제 말은 너무 신경 쓰지 마세요. 아까 그 남자에 관한 것도 그렇고, 어디까지나 제 감에 불과하니까요."

"그렇긴 하죠."

나도 주인공에 대한 건 어느 정도 흘려들었다.

하지만 성녀는 달랐다.

나는 애초부터 그녀를 의심하고 있었으니까.

'일곱 가신 중에 있을 가능성이 높은 배신자.'

현재 다른 일곱 가신에 대해선 검증이 대부분 끝나 있었다.

일리야 스승은 서방 출신이긴 해도 구데리안의 보증이 있었다. 가스파르, 루트거의 검증도 끝났다.

메이센과 올라프는 한 세트였고, 명공 루크는 죽었다.

일곱 가신 중에 배신자가 없다면야 문제가 없지만 만약 있다고 하면 소거법에 의해 답은 하나밖에 나오질 않는다.

'흠, 마침 선수를 치기에 좋은 타이밍인걸.'

이 한 방으로 상대를 가늠해 본다.

나는 알리시아의 연설이 끝난 뒤, 틈을 봐 그녀에게 접근했다.

그녀 또한 나에게 용건이 있는지 숨을 죽이며 기다린다.

이윽고 거리가 좁혀지자 내게 말해 온다.

"당신이 최근 아카데미에서 파란을 몰고 다닌다는 웨이드 로군요. 처음 뵙겠습니다. 알리시아 오른이라고 해요."

"알스 일라인이라고 합니다."

나는 그녀의 눈을 뚫어지게 바라보았다. 상대도 나를 파악하려는 듯 지지 않고 응시한다.

지금이 기회였다. 두 번은 사용할 수 없는 회심의 한 방.

"고명한 성녀님께 하나 묻고 싶은 게 있습니다만."

"묻고 싶은 거라고요? 당신이 제게 뭘……."

"서방과의 내통은 잘돼 가고 있습니까?"

"……!?"

낚였다.

보통 이런 기습을 당할 경우 상대는 두 가지의 반응을 보이게 된다.

만약 서방과 관련이 없을 경우엔 무슨 영문 모를 소리를 하는 거냐며 불쾌함을 드러낼 거다.

반대로 서방과 관련이 있다면 어떤 방식으로든 반응이 오기 마련. 놀라는 반응이 대표적이다.

물론 내 발언 자체에 놀란 걸 수도 있겠지만 그랬다면 곧바로 불쾌함을 드러냈겠지.

하지만 알리시아는 당황했다.

"무슨 풍딴지같은 소리입니까."

수 초 만에 평정을 되찾긴 했지만 이미 끝났다.

'그런가. 역시 알리시아가 서방의 끄나풀이었던 건가.'

딱히 서방의 첩자는 아닐 수도 있다. 스벤너나 빌랑의 끄나풀일지도. 뭐가 됐든 순수하지 않다는 건 알 것 같았다. 그녀는 속으로 뭔가를 계획하고 있다.

그런 거라고 하면 게임에서의 행적도 납득이 간다.

알스의 연인이라고 하는 건 아마도 거짓 관계. 알스를 지근거리에서 감시하기 위한 첩자다.

'……잠깐?'

그러면 알리시아는 선역이라는 거다.

그야 알스는 빌런이니까.

하지만 선역 캐릭터가 미인계까지 써 가면서 첩자 짓을 할까? 이건 악역이나 할 법한 짓인데도.

'......'

나는 줄곧 생각해 왔던 그 희박한 가능성이 점점 더 높아짐을 느꼈다.

바로, 게임의 진짜 주인공은 알스가 아니냐는 가설이.

다만 여기서 한 가지 장애물이 있다.

주인공의 존재다. 주인공의 존재가 무너지지 않는 이상 알스의 주인공 설은 성립하지 않는다.

알리시아에 관한 것도 그녀가 주인공과 알스와는 별개의 악역이라고 하면 복잡하긴 하지만 납득할 순 있다. 혹은 그냥 알스가 배신자였고, 알리시아가 한패였다 해도 어찌어찌 납득은 가능하다.

"다시 묻겠습니다. 무슨 뚱딴지같은 소리입니까."

"평정을 가장해 봐야 소용없다고요. 당신들의 목적은 뭡니까."

"그러니까 무슨 소리냐고 묻고 있습니다!"

나는 가볍게 가설을 세워 봤다.

게임에서 불분명한 이유로 무너져 버린 펜실론 아카데미. 그렇게 될 경우 발생하는 일은 어렵지 않게 추론할 수 있다.

"발라스를 중립국에서 벗어나게 하려는 겁니까?"

"……!"

더 이상 빈틈을 보이지 않으려 한 모양이지만 정곡을 찌르니 또다시 반응을 보였다. 은근히 재밌다.

"과연, 언제까지 중립국을 유지할 수는 없다. 중립국을 고수하다간 국가의 미래는 밝지 않다. 그런 내부 판단이 있었던 거군요. 끌어들인 국가가 어딘지는 모르겠지만 당신은 그중 하나를 지지하고 있고요."

또 한번 정곡이었던 모양이다.

"더……더 이상 듣고 있을 수 없군요!"

알리시아는 도망치듯 몸을 돌려 떠나갔다.

그 뒷모습에선 숨길 수 없는 초조함이 묻어 나오고 있었다.

'생각보다 얼빵한 녀석인걸.'

이런 게 내 최애캐였다니. 역시 사람은 만나 봐야 안다는 거다.

'그렇다 해도 성녀가 음모를 꾸미고 있었다니. 이건 작은 사건이 아닌데.'

의외로 손쉽게 찾아낸 일곱 가신 내의 배신자. 하지만 그걸로 끝이 아니다. 나는 그녀가 불러올 사건이야말로 이번 일의 핵심이라는 걸 직감하고 있었다.

터벅! 터벅! 알리시아는 급한 발걸음을 옮겼다.

그가 향한 곳은 레지날드 공작이 업무를 보고 있던 플라톤의 집무실이었다.

쾅! 그녀가 문을 열어젖히자 레지날드 공작은 화들짝 놀라 벌떡 일어났다.

"무슨 일이십니까. 공주님."

"무무, 문제가 생겼어요."

그녀의 표정은 완전히 무너져 있었다.

"문제라니요. 일단 진정하십시오."

"진정하게 생겼습니까! 웨이드가 우리의 계획을 눈치채고 있었다고요!"

"그게 무슨……!?"

알리시아는 조금 전에 있었던 일을 그에게 들려주었다.

레지날드 공작의 눈은 더없이 커졌다.

"그게 사실입니까! 대체 어떻게……!"

"그, 그는 괴물이에요! 저는 느꼈어요. 모든 걸 꿰뚫어 보는 것 같은 눈……. 그는 처음부터 알고 있었다고요!"

"그런 이야기가 있긴 했습니다. 용병 웨이드. 그자는 천의 무봉의 쥬라스와 동급의 괴물이라고……!"

알스가 들으면 질색할 말이긴 했지만 이미 암암리에 그런 이야기가 퍼져 있었다.

"이제 어쩌죠? 그가 눈치챘다는 건 크로싱과 캘리퍼도 눈치를 챘다는 뜻이에요!"

심지어 알스는 그걸 다 들리게끔 말했다. 주변 학생들은 영문을 모르겠다는 얼굴이긴 했지만 결국 소문은 퍼져 나갈 테다. 실없는 소리라곤 해도 다름 아닌 웨이드가 그런 소리를 했다. 그냥 넘어가진 못한다.

레지날드 공작은 이마를 감싸 쥐었다.

"으, 으음……! 다른 국가가 우리 계획을 알았다간 차질이 생기고 말 겁니다."

발라스가 중립국의 딱지를 벗어던지는 걸 다른 국가가 좋아할 리 없었다.

애초에 발라스 내부에서도 독립파는 소수에 불과했다. 들키는 순간 곧장 색출을 당해 제거를 당하고 말 거다.

알리시아야 성녀라는 위치도 있고, 왕족이기도 하니 죽음은 면할 수 있겠지만 레지날드 공작은 아니었다.

모든 걸 잃어버릴 수도 있었다.

권력이란 그런 것이었다.

정변에 성공하면 최고 실세가 되는 것이고, 실패하면 모든 걸 잃는다.

그도 그걸 알고서 도박을 건 것이었다.

그의 눈에는 독기가 가득했다.

"이렇게 된 이상 어쩔 수 없습니다. 당장 계획을 시작하겠습니다!"

"하, 하지만!"

"괜찮습니다, 공주님. 지난 전쟁으로 인해 다들 전쟁 대응 속도가 높아져 있는 상태입니다. 우리를 도와줄 세력도 금방 병력을 준비할 수 있을 겁니다."

"웨이드는요?"

"암살은 불가능합니다. 유일한 제거 방법은 군대를 사용하는 것이지만 지금 우리는 플라톤 내에서 군대를 사용할 권한이 없습니다."

심지어 군대를 이용한다 하더라도 2천에 가까운 병력을 써야 한다.

캘리퍼와 크로싱의 구역에 주둔하고 있는 각국의 병사들이 각각 1천씩 2천이 있기 때문이다.

시가전 양상에서 그런 대규모 전투가 벌어진다면 알스를 놓칠 가능성이 너무 높다. 괜히 벌집만 들쑤시는 꼴이 되는 것이다.

"그에 대해선 어쩔 도리가 없습니다. 그가 개입을 한다면 어떻게든 대처를 해야 할 겁니다."

"저, 전 무서워요. 그자가 대체 어떤 짓을 해 올지. 지금 대체 어떤 짓을 하고 있는 건지……!"

그만큼 첫인상이 강렬했다. 자신의 속내를 읽고 그 계획을 간파해 버린 알스에게 모종의 공포를 느꼈다.

그녀는 과연 지금 알스가 무슨 간계를 꾸미고 있는가를 상상하며 두려움에 떨고 있었다.

그러나 그녀의 상상과는 달리 알스는 행복한 한때를 보내고 있었다.

짠! 잔이 돌아갔다.

가신들은 유미르의 임신을 축하하기 위해 해가 저문 뒤 내 저택을 찾아와 있었다.

유미르는 분위기가 적응이 안 되는지 꼬리를 흠칫거렸지만 내가 한 팔을 이용해 가볍게 끌어안아 주자 안심했는지 꼬리가 축 늘어진다.

"크하하핫! 오늘같이 기쁜 날엔 진탕 취해야지! 애거트! 한 잔 더 따라라!"

"오옷! 알겠다고요, 가스파르 스승!"

콸콸 쏟아지는 술. 가스파르는 시원하게 원샷을 한다. 점심에 이미 애거트, 루트거와 한잔했다더니, 이미 반쯤 취해 있었다.

그걸 보던 애거트가 순수한 의문을 표했다.

"그런데 가스파르 스승, 스승은 왜 그렇게 기뻐하는 거예요?"

"뭐, 뭐!?"

"아뇨, 다른 사람들에 비해 혼자만 너무 기뻐하는 것 같아서요."

순간 가스파르의 동공이 흔들렸다.

"그, 그야 알스 녀석은 내 친동생이나 다, 다름없으니까 말이야!"

"흐음. 그런 겁니까. 난 또, 가스파르 스승이랑 저 유미르 아줌마랑 뭔가 관계라도 있는 줄 알았죠."

"이, 이놈아! 시끄럽고 빨리 술이나 따라!"

아줌마라는 호칭에 유미르의 귀가 바짝 섰다. 다만 이젠 타격이 없어졌는지 곧 미소를 짓는다.

반면 에오니아는 달랐다.

"아줌……마?"

에오는 애거트에게 무시무시한 시선을 보냈다.

이에 애거트의 옆에 앉아 있던 도로시가 애거트를 만류했다.

"애거트! 그런 말은 함부로 하는 게 아니야!"

"왜 그래, 약골 대장님. 아줌마를 아줌마라고 부르는 게 뭐 어때서."

"그러니까 쉿!"

에오가 충격을 받은 모습이 썩 통쾌했는지 리시테아가 비웃는다.

"어쩌겠습니까, 미라벨. 어린애가 그렇다는데."

"이……!"

25살의 리시테아는 승자의 미소를 짓고 있었다.

그런 그녀에게 애거트가 말한다.

"리아 아줌마! 안 마실 거면 거기 술병 좀 줘요!"

"뭐라는 거냐, 이 천둥벌거숭이가!"

벌떡 일어나 살기를 드러내는 리시테아.

"뭐요! 술병 좀 달라고요!"

"그게 아니고! 내, 내가 아줌마라고!?"

"그야 아줌마 맞잖아요."

말문을 잃는 리시테아.

애거트의 기준이 조금 이상하긴 해도 아주 틀린 말은 아니긴 했다. 이 세계는 혼기가 무척 빠르니까.

뭐, 내 입장에선 리시테아도, 에오도, 한창때처럼 보였지만.

꿀꺽! 그때 에스텔이 마른침을 삼키며 조심스럽게 물었다.

"저기, 애거트?"

"왜, 에스텔 누나?"

"……훗."

당연한 승리를 거머쥐며 승자의 미소를 짓는 에스텔.

리시테아는 입술을 잘근 깨물더니 소리친다.

"저, 저는 미래를 약속한 사람이 있습니다! 그러니 아무런 문제도 없어요! 미라벨과는 다르다고요!"

에오는 반사적으로 외친다.

"나, 나도!"

"나도, 뭐죠?"

"나, 나도…….."

에오는 주먹을 불끈 쥐더니.

"내가 전공 1위를 차지하면 어떻게 되나 잘 봐라!"

"갑자기 전공 1위는 왜 나오는 겁니까……. 게다가 당신, 듣자 하니 만년 2위라던데요?"

"하, 핫! 두고 보는 게 좋을 거다!"

어이없어하는 리시테아에게 에오는 억지로 승자의 웃음을 지어 보인다.

방향이 조금 이상하긴 하지만 파티 분위기는 기분 좋게 무르익었다.

그렇게 자정이 되어 갈 즈음. 카르텐으로 긴급하게 출장을 나갔던 올라프와 안톤이 돌아왔다. 말을 계속 갈아타며 강행군을 펼친 둘은 지친 기색이 보였다.

올라프는 좋이 난 듯한 분위기를 보며 아깝다는 표정을 지었지만 아직까지도 마시고 있는 가스파르를 보며 반색했다.

"오, 오. 조금은 마실 수 있겠는걸. 가스파르 씨, 내 것도 한 잔 채워 놔 줘요! 금방 오겠습니다!"

그러면서 올라프는 내게 눈짓했다.

나는 살며시 식당을 빠져나와 응접실로 향했다.

올라프는 새삼 임신에 대한 축하를 전한 뒤 곧장 용건으로 들어갔다.

"일이 예상 이상으로 심각한 모양이야."

"크로싱의 상부는 이 일을 알고 있었던 겁니까?"

"글쎄, 그 쥬라스 파밀리온이라는 놈이 어디까지 알고 있었는지는 모르겠어. 도저히 속을 읽을 수 없는 놈이더군. 다시는 만나고 싶지 않을 정도로 불길하고…… 불쾌한 놈이었다."

"제대로 된 감상입니다. 그래도 능력 하나는 출중해요."

쥬라스가 어떤 인물이건 한 가지 확실한 건 있었다.

믿기 힘들 정도로 유능하다. 그 능력은 타의 추종을 불허한다. 이것이야말로 내가 그놈과 함께 일을 하기로 마음먹은 이유였다.

내가 이렇게 마음 편히 파티를 즐길 수 있는 것도 그 녀석이 있기 때문이다.

그 녀석이라면 완벽하게 대처를 해 줄 테니까.

만약 그 녀석이 없었다면 나는 언제 어떤 일이 닥칠까, 상대가 어떻게 움직일까 하는 불안에 빠져 있었을 거다.

유능한 파트너를 뒀다는 건 이런 메리트가 있었다.

그 파트너가 너무 영악하다는 점이 유일한 불안 요소이긴 했지만, 못해도 천하이분지계가 성사되기 전까지는 내 뒤통수를 때리지 않겠지.

"지난 전쟁에서 알바드 왕국이 스벤너 측과 붙은 게 발라스 정복을 위한 거라는 것쯤은 쥬라스 녀석도 알고 있을 거예요. 그렇다는 건 어느 정도는 예측을 하고 있었을 거라는 겁니다."

"그래, 녀석도 그렇게 말하더군. 다만 이렇게까지 일을 빠르게 벌일 줄은 몰랐던 모양이야."

"흠."

"게다가 적의 개입 정도도 예상 이상인 모양이다."

"정확히 어디죠?"

"알바드. 그리고 서방 민족이야."

좌측에선 서방 민족이, 우측에선 알바드가 발라스를 노리고 있던 것이다.

6장

봄이 완연해짐과 함께 아카데미도 활기를 더해 가고 있었다.

플라톤의 봄 축제와 더불어 진행되는 행사 때문이다.

이곳은 제국 시절의 축제를 그대로 이어받고 있었다.

정식 명칭은 플라톤 경하제. 플라톤 부근에 흐르는 강을 농업용수로 사용하기 위해 관개공사를 하는 것에서 비롯된 농사 기원 축제다.

이것이 펜실론 제국의 수도라는 점으로 인해 대륙 최대 축제로 발달하게 되면서 여러 행사가 파생되었다.

아카데미의 군사과 대항전이 그중 하나였다.

1, 2학년을 합쳐 총 16개가 존재하는 군사과가 각각 모의

병력 500명을 지휘하여 자웅을 겨루는 것이다.

게임에서도 제법 비중이 있었던 행사로, 주인공은 3번 군사과의 핵심 인물로서 크게 활약을 한다.

'알스도 등장을 했었지 아마.'

기억하기로 캘리퍼의 7번 군사과였을 거다.

그랬던 게 지금의 나는 베카비아의 8번 군사과였으니 스토리대로 진행될 일은 없어졌다.

애초에 세세한 스토리는 이미 망가져 있었다. 굵직한 흐름만이 해일처럼 닥쳐오고 있을 뿐.

"――일라인. 듣고 있어요? 일라인!"

딴생각을 하고 있자니 소피아가 다그쳐 왔다.

"집중해 줘요. 이번 모의전의 핵심은 당신이니까."

"그러니까 전 빼놓고 하라고요. 내가 참가하면 흥이 식어 버린다니까요."

"그건 그럴지도 모르지만요……. 당신은 잠깐 남아 줘요. 따로 얘기를 하죠. 다른 학생들은 돌아가도 좋습니다."

마치 교무실에 불려 가는 기분이었다.

소피아는 둘만 남게 되자 하소연을 하듯 말한다.

"당신 혼자만의 일이 아닌 걸 알잖아요. 반의 학우들은 당신이 참가해 주길 기대하고 있어요."

"그럼 더더욱 안 되는 거 아닙니까? 이런 중요한 일을 저하나에게 의지한다니요. 그들 본인을 위해서도 그런 일이 있어선 안 돼요."

"어휴, 맞는 말이긴 하지만요! 조금은 맞춰 줄 줄도 알아
야죠. 그런 식이니까 당신이 친구가 없는 거라고요."

"……."

치사하게 아픈 부분을 찌르다니.

내게 마땅히 있는 동성 친구라고 하면 도로시밖에 없었다.
그나마 친했던 배닝스도 내가 웨이드라는 걸 알고는 서먹서
먹해졌고.

"다른 사람에게 조금 사근사근하게 대해 줄 수는 없는 건
가요? 당신이 조금만 느슨하게 해 주면 친구는 얼마든지 생
길 거라고요. 사람이 가끔은 망가져도 보고, 바보같이 굴어
도 보는 거예요."

"으음……."

친화력만 놓고 보면 나도 나쁜 편은 아니었다. 레인폴에서
도 어린애들이랑은 대부분 친하게 지냈고.

그저 계산적으로 행동하는 녀석들에 한해서만 상대를 하
지 않았을 뿐이다.

소피아는 그런 사람들도 포용할 줄 알아야 한다고 말하고
있었다.

"으흠……."

조언 자체는 틀린 게 아니었다. 굳이 나를 생각해서 조언
을 해 줬으니 응해 보기로 했다.

"그럼 이렇게 하죠. 소피아 당신이 모의전을 지휘해요. 저는 보조를 하겠습니다."

"제가요?"

"듣자 하니 모의전엔 교사도 참가한다고 하던데요. 틀립니까?"

"그렇긴 한데……. 알겠습니다. 그럼 당신도 열심히 하는 거예요!"

"옙, 선생님."

"후훗, 좋은 대답이네요. 그럼 작전 회의라도 할 겸 식사라도 같이할까요?"

요즘 그녀를 보면 나를 까칠한 동생 정도로 보는 듯한 기분이 든다.

나쁜 기분은 들지 않았다. 이게 인싸력인가 싶었다.

집으로 돌아온 나는 소피아의 조언을 곱씹었다.

틀린 조언이 아니라는 게 내 머리를 찔렀다. 옳은 길이 있음에도 가지 않는 건 멍청한 사람이나 하는 짓.

'친구인가…….'

고등 아카데미 때는 죄다 철없는 애들밖에 없는지라 그 비위를 맞춰 주면서까지 친구를 사귀고 싶지는 않았다.

사실 알고 있긴 했다. 그 철없음이야말로 그 당시의 특권이자 공감대라는 걸.

그래도 펜실론 아카데미에 오면 태도를 고쳐 보려 했으나 웨이드의 정체가 밝혀진 탓에 그것도 수월하지가 않았다.

이젠 내 스스로가 어떤 관계를 만들기가 어려워진 것이다.

그렇다고 포기하고 있을 수만은 없었다.

이젠 친구 만들기가 곧장 가신 만들기로 이어지게 됐으니까.

아카데미에 있는 인재 대부분이 또래이기 때문에 오히려 친구부터 시작하지 않으면 가신으로 만들 수 없게 됐다.

'내 스스로 관계를 만드는 게 힘들다면 다른 사람에게 소개를 시켜 달라고 하는 수밖에 없겠네.'

내게 있는 친구라고 하면 에스텔, 에리나, 베릴, 도로시, 멜로디아나 정도다.

고작 다섯 명. 조금 슬퍼진다.

그러던 차였다.

"하앗! 하아앗!"

저택 정원에서 무예를 단련하고 있는 리시테아가 보였다.

나는 마침 좋은 기회다 싶어 그녀에게 부탁을 해 보았다.

"뭐라고요?"

리시테아는 미간을 찌푸린다.

"애쉬와 다리를 놔 달라고요?"

"힘듭니까?"

"힘들진 않지만, 무슨 이유로요?"

"친교를 쌓아 보려고요."

"당신이 말입니까……."

"뭐요. 문제 있습니까?"

"으음……. 알겠어요. 한번 약속을 잡아 보도록 할게요."

역시 함께 지낸 기간이 길어진 덕인지 리시테아의 태도도 제법 유연해졌다. 에오와도 최근에는 티격태격 사이좋게 지내는 것 같고.

애쉬의 영입에 성공한다면 그녀도 자동으로 우리 진영에 남게 될 것 같았다.

주말의 휴일을 맞이한 나는 저택을 떠나는 유미르를 배웅했다.

그녀는 임신 소식을 가족들에게 전하기 위해 보름 정도 레인폴에 가 있기로 했다. 마음 같아선 나도 함께 있고 싶었지만 아카데미 일정이 있어 어쩔 수가 없었다.

그렇게 유미르가 일리야 스승과 함께 떠난 뒤에는 옷을 갈아입고 약속 장소인 시가지 광장으로 향했다.

그곳에 애쉬가 심드렁한 얼굴로 기다리고 있었다.

남자랑 데이트 약속을 잡은 것 같아 기분이 묘했지만 어쨌든, 리시테아가 놔 준 다리이니만큼 최대한 노력해 보기로 했다.

"애쉬."

"……!"

내 호명에 애쉬는 움찔했다. 그러고는 입맛을 다시며 말한다.

"……리시테아에게 들었다. 오늘은 무슨 용건이지? 물밑에서 일어나고 있는 발라스의 동태와 성녀에 대해 묻는 거라면 나도 자세히는 몰라."

"뭔 소리야. 그런 얘기를 하러 온 게 아니야."

알리시아에 관한 거라면 애쉬의 말대로 물밑에서 일이 진행되고 있었다.

도시는 축제를 앞두고 더없이 평화로웠지만 주변 정세는 그렇지 않았다.

서방과 알바드가 은밀하게 군대를 모은다는 첩보가 들어왔고, 발라스 내부에서도 잡음이 일어나고 있었다.

폭풍전야의 평화라고 할까.

"그런 얘기를 하러 온 게 아니라면 내게 무슨 용무지?"

"그냥 말이지. 친교라도 다져 볼까 해서."

"……."

"……."

"장난치냐?"

"장난이었으면 얼마나 좋았을까."

나도 어색해 죽을 것 같았다.

"전에도 말했지. 애쉬, 나는 너를 영입하는 데에 관심이 있다. 오늘은 그 일환이라고 봐 주면 좋겠어."

"그런 꿍꿍이를 그냥 실토해 버리면 뭐 어쩌게?"

애쉬는 어이없어하면서도 고개를 끄덕였다.

"뭐, 좋아. 리아가 굳이 주선을 해 줬다는 건 나쁜 일은 아닌 거겠지. 그녀에게는 잘 대해 주고 있는 것 같더군."

"업무 환경은 좋은 편이니까."

"그런데……. 뭘 하고 친교를 다질 건데?"

"글쎄다."

"그런 건 좀 생각해서 오라고!"

애쉬와는 댄스 수업을 같이 듣는 입장이었지만 댄스 수업의 참가자가 워낙 많은 탓인지 같은 반에 소속되지 못했다.

애쉬와 이렇게 대화하는 건 처음이었다.

애쉬는 잠시 고민하더니 고개를 끄덕인다.

"그렇담 내게 생각이 있어."

그러면서 애쉬는 헌팅을 하자 꼬드겼다.

"미쳤냐?"

그런 말이 절로 튀어나왔다.

아니, 이상한 일은 아니다. 애쉬는 게임에서도 바람둥이 캐릭터였으니까.

"리시테아한테 일러 버린다?"

"이, 이건 어쩔 수 없는 거라고!"

"어쩔 수 없는 거라니?"

"연기를 하는 거니까."

툰카이의 숨겨진 왕자 애쉬. 그는 두각을 드러내선 안 됐다.

능력이 출중하단 게 알려졌다간 제거를 당할 수도 있기 때문이다.

바람둥이 행동을 하는 것도 그런 일환이었다. 경박하고 모자라단 걸 보여 주기 위함이다.

"과연……. 그런데 그 표정은 도무지 연기가 아닌데? 좋아 죽으려는 게 보이잖아."

"훗, 꼭 해야 하는 일이라면 즐겨야 하지 않겠어?"

"……."

"뭐, 리아에겐 말하지 마. 그 녀석은 모르는 일이니까."

"쓰레기 자식."

"뭐라든 말해. 그보다, 할 거야 말 거야."

임신한 아내가 있는 판국에 헌팅이라니. 그래도 진지한 만남을 가진다거나 하는 건 아니니 괜찮지 않을까 싶었다. 그냥 어울려 주는 정도다.

내가 승낙 의사를 보이자 애쉬는 이러고 있을 게 아니라며 동지를 하나 더 불렀다.

"선배! 이쪽이에요!"

산 같은 덩치의 사내였다.

키가 족히 2m는 되어 보였고, 우락부락한 근육에선 당장이라도 땀이 배어 나올 것 같았다.

나는 그를 알고 있었다.

'강격의 귄터!'

게임에선 SR로 등장하는 캐릭터로 무력치는 84에 불과한 무장이었다.

다만 그렇다고 무예에 대한 재능이 없는 건 아니었다. 그의 무력치 84는 오러를 사용하지 않고서 나온 것이니까.

오직 힘과 무예 실력만으로 무력치 84를 기록한 게 바로 그였다.

그는 주인공이 베카비아 지역을 평정할 때 객장으로 활약하는 단역 캐릭터였다.

그가 사람 좋은 웃음을 지으며 달려왔다.

"애쉬! 드디어 출정을 하는 거냐!"

"그렇다고요, 선배님!"

"그런데 그쪽은······."

눈매를 좁히며 나를 뚫어지게 바라본 그는 순식간에 경계심을 드러냈다.

"웨이드······!"

"반갑습니다. 귄터 선배님."

"나를 알고 있나!?"

"소피아 베론에게서 들었어요. 베카비아 2학년생 중에 곰 같은 남자가 있다고."

"공주님께서……."

소피아의 이름이 나오고서야 귄터는 경계심을 낮췄다. 그게 신기해서 물어보니 귄터가 말한다.

"소피아 공주님께서 베카비아 학생들을 모아 두고 말하셨거든. 웨이드를 너무 원망하지 말라고. 캐링턴 전투에서 베카비아가 패한 건 전적으로 자신이 부족했던 탓이라고 말이야."

"흐음."

누구보다 웨이드를 증오해야 하는 소피아가 스스로 그렇게 말하니 베카비아 학생들도 마지못해 납득을 했다고 한다.

"어쨌든 반갑다. 오를레안 귄터다."

"알스 일라인입니다."

"그래서? 오늘 출정엔 너도 함께하는 건가?"

"길을 가는 여자들을 꼬시는 게 출정이라고 한다면 그렇게 됐네요."

"훗, 어쩌면 전쟁보다 어려울지도 모르지. 적어도 내겐 그래. 자랑은 아니지만 나는 지금껏 여자 손 한번 잡아 본 적이 없다."

"예……."

"심지어는 어머니 말고는 여자와 이야기조차 제대로 나눠 본 적이 없지! 흐하핫!"

그래도 의욕은 대단했다.

그렇게 우리 셋은 곧장 출정(?)을 시작했다.

말은 그렇게 해도 애들 모두 쑥맥이었다.

애쉬도, 귄터도 막상 하려고 하니 우물쭈물거리고 있었다.

애쉬도 헌팅은 이번이 처음인 모양이었다. 괜히 출정이라 표현한 게 아니다.

이윽고 결심을 했는지 애쉬가 말한다.

"그, 그럼 한 명씩 해 보기로 하자. 귄터 선배. 연장자인 당신이 먼저 보여 줘요!"

"크윽! 애쉬 네놈. 이런 때만 연장자 취급을 하는 거냐!"

"꼬우면 1년 늦게 태어나든가요."

"후우! 알겠다. 내가 해 보지."

귄터는 침을 꼴깍 삼키고는 근처를 지나가는 여성에게 향했다. 긴장했는지 표정이 잔뜩 굳어 있다.

그걸 마주한 여성의 입장에선 공포 그 자체였던 모양이다.

"꺄아ㅡㅡ!"

여성은 비명을 지르며 도망가 버렸다.

귄터는 10년은 더 늙은 얼굴로 돌아왔다.

애쉬는 은근히 미안했는지 품에서 손수건을 꺼낸다.

"서, 선배. 이 손수건을 이용해 보는 거예요. 혹시 떨어뜨린 거 아니냐고 물어보면서 자연스럽게 접근하는 거죠!"

"그런가! 그런 방법이 있었군!"

귄터는 곧장 그 방법을 시도했다.

그래도 이번엔 여성이 도망가지는 않았지만 귄터가 내민 손수건이 자신의 것이 아니란 걸 확인하자 마찬가지로 공포에 질려 버렸다.

그래도 몇 마디 얘기는 나눴다.

"후우! 성공했다."

돌아온 귄터는 만족했다며 이마의 땀을 닦는다.

"이게 무슨 성공입니까!"

애쉬는 윽박을 지른다.

"나 참. 안되겠네. 내가 보여 줄게요."

애쉬는 목청을 가다듬더니 귀족으로 보이는 영애에게 접근했다.

"잠깐 괜찮을까요, 레이디?"

"예?"

애쉬는 특출 나진 않지만 그래도 호감을 살 만한 외모를 하고 있었다.

게다가 화술도 뛰어나 이야기를 순조롭게 이끌어 갔다. 여성이 무심코 기침을 하자 이때다 하며 말한다.

"이런, 조심하는 게 좋습니다. 지금은 마로린 꽃잎이 흩날리는 시기니까요. 혹시 마로린병에 걸린 걸 수도 있다고요?"

"마로린병이요……?"

"모르시는 겁니까? 그러니까 말이죠, 발라스에는 마로린 나무란 게 있는데…….''

봄~여름 사이에 마로린 꽃에서 나오는 꽃가루가 변질되어 일어나는 일종의 바이러스성 폐렴이다.

'과연, 지식을 통해 이야기를 주도하는 건가.'

틀린 게 있다면 마로린병이 여름에만 창궐한다는 것이지만 애쉬는 굳이 그런 부분까지 얘기하지는 않았다.

"어머나, 그런 병이 있었군요. 몰랐어요. 전 북부에 있는 툰카이에서 왔거든요."

"툰카이! 저도 그렇습니다!"

애쉬는 이때다 하며 장소를 찻집으로 옮기려 했지만 여성은 씨익 웃으며 거절한다.

"미안하지만 거절할게요. 약속이 있거든요. 그럼 다음에 봐요."

돌아온 애쉬는 뭐가 문제였냐며 절규했다.

나는 그 의문에 답해 주었다.

"속셈이 너무 뻔히 보였잖아. 그러니 저런 반응이지."

"뭐가! 그럼 네가 해 보든가!"

"……진짜 나도 해야 되는 거냐."

"당연하지!"

하긴, 여기까지 와서 내뺄 수는 없었다.

나는 얼굴을 반쯤 가리고 있던 후드를 벗어 던지고 애쉬가 가리키는 여성에게 향했다.

사용인 하나를 데리고 있는 귀족 여성이었다.

"잠시 괜찮겠습니까?"

"……예? 무, 무슨 용무이신가요?"

"용무라고 할 건…… 없습니다. 저도 모르게 멈춰 세우고 말았네요. 실례가 됐을까요?"

"아뇨! 그렇지 않아요!"

나는 가볍게 신상을 파악했다.

"에우로페에서 온 아카데미 신입생이시군요."

"예, 저기 근데……. 제 착각이 아니라면……. 혹시 웨이드 님 아니신가요?"

역시 알아채는가.

"맞습니다."

"역시!"

초롱초롱 눈을 빛내는 여성. 그녀는 서둘러 집사에게 무언가를 꺼내 달라 부탁했다. 집사는 작은 배낭에서 책 한 권을 꺼내 든다.

여성은 그 책을 떨리는 손으로 집어 들더니 내게 내밀었다.

"패, 팬입니다! 사인을 부탁드려도 될까요!?"

"아……."

이런 식이다.

웨이드의 정체가 발각된 이후에 생긴 변화가 하나 더 있었다면 소설가 플래티나의 명성도 덩달아 올라갔다는 점이다.

내가 출간한 《그녀들의 사정》의 판매량이 폭등한 건 당연한 수순이었다.

책의 수준이 어떻든, 그 웨이드가 집필한 작품이니까. 그래도 여성들 사이에선 평작은 되는지 내 명성을 등에 업고 고공행진을 벌이고 있었다.

뭐, 그렇다고 그걸로 돈을 벌진 못했다. 무단 복제가 대부분이었으니까.

그러나 그런 만큼 내 사인이 들어간 책은 프리미엄에 프리미엄이 붙어 굉장한 가치를 지닌다고 한다.

"혹시 웨이드 님을 만나면 사인을 받을 수 있을까 싶어 계속 지니고 다녔어요. 부탁드릴 수 있을까요……?"

"물론 해 드려야죠."

"아……! 가, 감사합니다! 보물로 간직할게요!"

사인을 해서 건네주자 여성은 황홀한 얼굴이 된다.

이윽고는 자리를 옮겨서 얘기하자며 자신의 저택으로 초대해 왔다.

그 제안을 완곡하게 거절하고 나니 기회를 보고 있었다는 듯, 곧장 다른 여성이 말을 걸어왔다.

그것까지 거절하자 평민으로 보이는 어린 여자애 두 명이 말을 걸어왔다.

'이건 오히려…….'

내가 역으로 헌팅을 당하고 있다.

나는 어떻게든 그 자리를 수습하고 애쉬가 있는 곳으로 돌아왔다.

"……."

"……."

죽은 눈으로 나를 바라보는 둘.

귄터가 고함친다.

"얼굴이냐! 얼굴이 중요한 거냐!"

"옳소! 아무것도 하지 않는데도 여자들이 다가온다니. 그런 일이 있을 수가 있냐고!"

애쉬는 격앙하여 말을 이어 간다.

"아카데미에서도 그래요! 카시우스 로이드와 웨이드, 알스 일라인! 아가씨들 전부 이 둘의 얘기밖에 안 한다고요! 특히 알스! 너는 그런 관심을 받고 있으면서도 세상 모르는 척 아가씨들의 관심을 무시하기만 하고! 언젠가 벌 받을 거다!"

"그러니까 이런 거에 관심 없다고 했잖아."

"그럼 도와주기라도 하든가!"

"나 참. 알겠어. 어떻게 하면 되는데?"

"넌 분위기만 맞추면 돼. 분위기만. 절대 나서지 말고!"

그러면서 애쉬는 지나가는 세 명의 평민 아가씨를 목표로 삼았다.

내 서포트를 받자 귄터도 그나마 이야기를 이어 갈 수 있었다. 애쉬는 이번에야말로 성공을 할 것 같다며 주먹을 불끈 쥔다.

그러나 그때였다.

"······알스 님?"

"뭐 하고 있는 건가요, 애쉬."

찬바람이 부는 것 같은 목소리.

에스텔. 그리고 그녀의 호위 담당자인 리시테아였다.

둘은 무시무시한 눈으로 우리를 노려보고 있었다.

난 애쉬가 당황하고 있는 틈을 타 재빨리 선수를 쳤다.

"저는 싫다고 했는데 저기 저 애쉬라는 녀석이 억지로 꼬셨어요!"

"뭐!?"

에스텔의 시선을 받은 애쉬는 소름이 돋았는지 부르르 떤다.

좋은 떠넘기기였다. 나는 이참에 에스텔과 함께 돌아가기로 했다.

"그러고 보니 에스텔. 가다가 의복점이라도 함께 들를까요? 아이 옷을 좀 볼까 하는데. 겸사겸사 당신의 옷도 하나

사면 좋고요. 제가 선물할게요."

"정말요!?"

에스텔은 금방 기분을 풀었다. 애초에 내가 이런 짓을 할 사람이 아니란 걸 알고 있기에 의심도 금방 풀린 듯했다.

반면 애쉬는 달랐다.

"……애쉬."

"그, 그게 그러니까, 리아. 이건 일종의 보여 주기식의 행동으로……."

"긴말 필요 없습니다. 당장 따라와요."

"옙."

끌려가는 애쉬와 에스텔을 데리고 의복점으로 향하는 나를 보며 귄터는 얼음처럼 굳어 버렸다.

그러나 곧 부들부들 떨기 시작한다.

"이 기만자들! 기만자 놈들아! 우워어어어ㅡㅡ!"

그런 귄터의 처절한 절규가 등 뒤로 들려오고 있었다.

플라톤 경하제의 군사과 대항전은 일종의 국가 간 대결인 만큼 그 주목도가 상당했다.

전쟁이 많이 벌어지지 않던 시기에는 대리 전쟁이라 불릴 만큼 치열했다고 한다.

지금이야 진짜 전쟁이 마구 일어나고 있기에 그 의미는 퇴색됐지만, 승리할 시 얻을 수 있는 명예는 여전했다.

대외적인 체면을 세워야 하는 베카비아는 이 모의전에 대한 동기부여가 높았다.

첫 번째 대전을 눈앞에 둔 소피아는 반 학생들을 모아 두고 사기를 진작하고 있었다.

"모의전이라곤 해도 긴장을 늦춰선 안 돼요! 이건 단순한 모의전이 아니니까요. 물론 그렇다고 너무 위축될 필요는 없습니다. 안심하고 저를 믿어 줘요. 게다가 우리에겐 그 웨이드가 있잖아요! 분명 이길 수 있을 겁니다!"

절찬리에 내 이름을 팔아 치우고 있는 소피아.

새삼 내가 왜 베카비아 클래스에 왔는지 의문이 든다.

물론 교사만 베카비아 출신인 거지, 실제 이곳이 베카비아 클래스인 건 아니지만.

소피아는 비장한 표정을 짓고 있는 학생들을 보며 만족스럽게 고개를 끄덕이더니 내게 시선을 돌린다.

"일라인. 마지막 작전 회의를 하고 싶은데. 괜찮을까요."

"작전이라고 할 게 있나요. 평지에서 500 대 500의 병력 싸움을 하는 건데요. 제때 전술 지시를 하는 것밖에 없습니다."

"그러니까 그 포진을 정하자는 거예요. 대장 말 안 들을 거예요?"

"예이, 예이. 그럼 일단 적군의 성향을 알아내는 게 우선이에요. 적군에 대한 정보는 있습니까?"

"있어요."

소피아는 상대의 정보가 실린 서류를 내게 건네주었다.

우리의 첫 번째 대전 상대는 에우로페 계열의 2학년 클래스라고 한다.

정식 번호는 군사과 13번.

"적의 교관은 캐딜락 코넬리아라는 남자예요. 에우로페의 전 3장군이자 난전의 귀재라 불린 자이죠. 지금은 은퇴하여 교관을 맡고 있지만요."

"상당한 거물이네요. 난전의 귀재라……."

"뭔가 괜찮은 작전이라도 있나요?"

"적이 파고들어 와 준다면야 상대하는 방법은 여러 가지가 있으니까요."

나는 한 가지 전법을 소피아에게 제안했다.

소피아는 다양한 표정을 지으며 검토하더니 내 제안을 채용하기로 결정했다.

축제 개최와 함께 막을 올린 군사과 대항전.

알스는 첫날, 첫 번째 모의전을 치르게 되며 오프닝을 맡게 되었다.

　이것은 의도가 된 조치였다. 웨이드인 알스가 출전한다고 하면 흥행은 보장이 되니까.

　마치 콜로세움 같은 구조를 하고 있는 대연병장에는 수만에 달하는 관객들이 자리를 차지하고 있었다.

　평민, 귀족 들은 물론이고 각국의 VIP들과 심지어 몇몇 왕족들까지 자리하고 있었다.

　"기대가 되는군. 에우로페의 전 3장군과 초신성 웨이드의 대결! 모의전이라곤 하지만 간단히 끝나진 않을 거야."

　"그렇지. 모의전엔 항상 사망자가 나오곤 했으니까."

　그 사망자의 숫자는 하나둘 정도가 아니었다. 축제 기간을 통틀어 무려 100여 명에 달하는 사망자가 나오곤 했다.

　관객들은 그런 혈투가 보고 싶어 돈까지 들여 가며 입장을 한 것이었다.

　"어서 시작해라!"

　"싸워!"

　목숨이 걸린 전투에 열광하는 관객들.

　그런 모습을 안타깝게 지켜보는 남자가 있었다.

　"역시 이 나라는 바뀌어야만 해……."

　발라스 독립파의 수장인 레지날드 공작이었다.

　그는 발라스의 축제를 좋을 대로 이용해 먹는 다른 국가의 모습에, 뭣도 모르고 그에 열광하는 관객들의 모습에 역겨움을 느꼈다.

"……공작님."

그때 수행원으로 보이는 남자가 다가와 속삭인다.

"알바드 방면에서 진군을 시작했다고 합니다."

"빠르군. 서방은?"

"서방에서도 오늘 밤엔 진군을 시작할 거라고 합니다."

"야간에 진군을 하여 첩보망을 속여 볼 생각인 건가. 아주 영리하군."

"하지만 축제 기간에 공격을 한다니……. 정말 괜찮을까요?"

"오히려 지금밖에 없다. 축제가 중지됨으로써 본보기가 되는 거니까."

발라스가 더 이상 순수한 중립국이 아니라는 본보기가.

"이러고 있을 게 아니군. 당장 알리시아 공주에게 가 봐야 겠어."

웨이드의 실력은 그도 궁금하긴 했지만 이젠 큰 상관이 없었다.

그 실력은 곧 있을 전쟁에서 볼 수 있을 테니까.

모의전 개전 10분 전.

13번 군사과를 지휘하고 있던 캐딜락 코넬리아는 알스가 펼친 진형을 보고 입술을 둥그렇게 모았다.

"오호라……."

대장기를 전면에 내세운 진형.

대장기가 부러지는 순간 전투에 패배한다는 걸 생각하면 멍청한 판단으로 보였다.

이에 부관을 맡고 있던 2학년생 토란이 말한다.

"이 전투는 10분 만에 끝나겠군요. 설마 그 웨이드가 전술의 기본도 모르다니 말입니다."

"아니지, 토란. 그렇게 생각한다면 넌 장군은커녕 책사조차 될 재목이 아니라는 게다."

"……예?"

"물론 적의 명성만 보고 위축될 필요는 없다만, 적이 그 정도의 명성을 쌓았다는 건 그걸 가능케 한 어떠한 저력이 있다는 뜻이다. 적의 진형을 더 자세히 보도록 해라."

장군기를 앞에 세운 채 양 날개에 힘을 준 진형.

"우리가 대장기를 노리고 돌격해 들어오면 그 즉시 대장기를 가진 부대를 뒤로 빼면서 양옆으로 둘러치겠다는 뜻이지."

"그건……."

"그래, 우리를 유혹하겠다는 속셈이다. 뭐가 됐든 저것이 맛 좋은 먹이임에는 분명하니까."

실제 전쟁에선 이 대장기가 위장일 가능성이 높기에 말려 들지 않지만 이 모의전에선 저 대장기야말로 모든 것이다.

저것만 꺾어 내면 피해 상황이 어떻든 승리가 된다. 일종의 왕인 셈.

"적의 속셈이 그렇다면 신중을 기해야 하겠습니다."

"아니, 어울려 주도록 하지."

하얗게 세 버린 수염을 쓰다듬으며 입꼬리를 올리는 캐딜락.

"용병 웨이드와 베카비아의 천재공주라고 했나. 어디 한 번 시험해 주지. 이 몸이 일으키는 격류를 제어할 수 있는가 말이야!"

그 순간 개전 신호가 울려 퍼졌다.

캐딜락은 V 자의 쐐기 진형으로 전군 돌격을 시도했다.

그 목표는 돌출되어 있는 적의 대장기.

쿵! 부딪히는 병사들.

이때 캐딜락의 예상대로 대장기를 가진 부대가 뒤로 물러나며 알스의 부대는 양옆에서 협공을 가하기 시작했다.

"으랏차! 좋다! 예정대로 군을 전개한다!"

이에 캐딜락은 그 좌우군에 대응을 하며 전황을 난전으로 유도했다.

난전의 귀재라 불리는 캐딜락.

그는 직감으로 전장을 읽는 무장에 속했으며 그 수준은 제법 높은 편이었다.

　그렇기에 그 순간 느낄 수 있었다.

　전장 곳곳에서 느껴지는 불길한 냄새를.

　돌격해 들어간 코넬리아의 군대.

　관중석의 인물들은 이를 아주 흥미롭게 지켜보고 있었다.

　"과연 어떤 결과가 나올지 궁금하군."

　"그러게나 말이야."

　이야기를 나누고 있던 것은 뷜랑의 대장군 진 하이삭과 현 에우로페의 4장군이자 4번 군사과를 이끄는 카심 코튼이었다.

　과거 펜실론 아카데미의 동기였던 둘은 이 대결을 예의 주시하고 있었다.

　용병 웨이드와 에우로페의 호걸이라 불린 캐딜락의 맞대결.

　신시대와 구시대의 맞대결이라 할 수 있는 이 승부에 귀추가 쏠리고 있었다.

　"역시 캐딜락 님은 돌격해 들어갔군. 무모한걸. 상대가 유도를 한 상황에서도 들어가다니 말이야."

　"저것이야말로 캐딜락 장군님의 주 전술이니까. 저 난전에 한번 휘말리기 시작하면 상대는 정신을 차리지 못하고 진형이 무너지지. 하이삭. 자네도 한번 호되게 당해 보지 않았었나?"

"내가 아직 풋내기였을 적이지. 지금이라면 보기 좋게 받아칠 자신이 있네."

"모두 그럴듯한 계획을 가지고 있지. 캐딜락 장군님에게 얻어맞기 전까지는 말이야."

그만큼 캐딜락의 거친 난전은 감당하기 어려운 것이었다.

본인이 직접 난전을 주도하며 전장 곳곳을 휘젓고 다닌다.

그 움직임을 대처하다 보면 어느새 전세는 기울어져 있다.

하이삭과 카심은 이번 전투도 비슷하게 흘러갈 것이라 생각했다.

그러나.

"……이건."

"노, 놀랍군."

난전 상황에서 승기를 잡아 가고 있는 것은 캐딜락이 아니었다.

오히려 소피아의 군대가 더 거칠게 캐딜락을 몰아넣고 있었던 것이다.

주르륵! 캐딜락은 식은땀을 흘렸다.

'불쾌한 탁류가 이렇게나 많이……!'

난전을 벌이며 전장 곳곳에 변수를 만들 생각이었던 그는 당황할 수밖에 없었다. 변수를 만들 장소가 전혀 보이지 않는 것은 아니었으나 그것 모두 함정이었다.

그런 장소들은 그에게 있어 탁류로 보였다.

갔다가는 도리어 당해 버리는 그런 장소.

'수가 무척이나 깊고 복잡하군. 어디까지 읽고 있는가 짐작조차 가지 않을 정도야.'

캐딜락은 본능적으로 전장을 휘젓기는 해도 그 전술안은 여느 책사 못지않은 인물이었다.

그런 그에게 알스가 펼친 전술적인 움직임은 화려함의 절정이었다.

화려하다는 건 반대로 말해 움직임이 어수선할 수 있다는 것이지만 알스의 움직임에는 그 서투름도 보이지 않았다.

얼핏 보기에는 파고들어 갈 수 있어 보이는 틈은 모두 잘 만들어진 전술적인 함정이다.

"교관님! 적군이 우익을 파고들어 교두보를 마련했습니다! 우익의 허리가 끊어졌습니다!"

"……보르도! 네가 우익으로 향해라. 진형을 재편해."

"옛!"

본래 전장을 휘젓고 다녀야 하는 캐딜락은 그 자리에 발이 묶여 지휘를 하며 진형을 고쳐 잡고 있었다. 그러지 않고 혼자 날뛰면 진형 전체가 붕괴될 위기였으니까.

"토란!"

"예, 예."

처음 알스를 무시했던 토란도 침이 바짝바짝 마르는지 목소리가 갈라져 있었다.

"만약 이게 실제 전쟁이었으면 어땠을 것 같나."

"그건……."

"그래, 우리는 이미 끝났겠지. 하지만 이건 모의전일 뿐이다. 실제 전쟁과는 거리가 있지. 병사들은 서로를 죽이려 하지 않고, 항복한 병사들을 추스르기 위해 시간이 끌리고 있어. 아무리 웨이드라도 이런 상황은 겪어 보지 못했을 거다."

그로 인해 발생하는 불협화음이 있었다.

"결정적인 빈틈이 보이는군."

대장기를 이끌고 있는 소피아였다.

캐딜락에겐 소피아를 잡아먹을 수 있는 돌격 경로가 보였다.

"하, 하지만 이것도 함정일 수 있지 않겠습니까?"

"그것도 재밌겠지. 감히 이 몸을 제어할 수 있을지 시험해 보겠다."

철컥! 흉갑을 정비하고는 적 대장기를 노려보는 캐딜락.

그는 알스에게 휘둘리면서도 한 가지 전술적 교두보를 마련해 둔 상태였다.

바로 상대 대장기를 급습할 수 있는 돌격 경로였다.

소피아는 홀린 것처럼 전장의 움직임을 관찰하고 있었다.
"대, 대단해."
알스와 공동 전선을 펼친 것은 이번이 처음은 아니었으나 직접 지휘하는 것을 곁에서 본 것은 이번이 처음이었다.
그런 소피아에게 있어 알스의 전술적인 혜안은 경악스러운 것이었다.
"부대를 단위로 하여 모두 지휘하다니……."
그걸 통해 마치 이 전장을 체스판처럼 만들었다.
아니, 그것보다도 심오했다. 전장을 수읽기가 복잡한 바둑판으로 만들어 버렸다.
그러자 전장 곳곳에서 이득을 보기 시작하며 빠르게 우위를 점하고 있었다.
대륙에 퍼진 알스에 대한 인상은 책사 기질이 강했지만 실제 알스의 최대 강점은 전술이었다.
"이것이 웨이드……."
그녀는 알스에게 당했던 것도 당연하다며 납득을 하려는 자신을 다그쳤다.
그러던 때.
"공주님! 적들이 이곳으로 치고 들어옵니다!"
"앗……!"

마치 퍼즐이 맞춰지듯 일순간 대장기를 향해 나온 돌파 경로.

캐딜락이 이끄는 급습 부대 100이 그 경로를 타고 물밀듯이 밀고 들어온 것이다.

이는 알스의 전술적인 실책은 아니었다. 모의전이기에 발생한 자연스러운 빈틈이었다. 실제 전쟁이었다면 생기지 않았을 그런 빈틈.

"당했다……!"

"공주님! 어서 뒤로!"

그러나 캐딜락은 이미 접근해 들어와 있었다.

소피아를 눈앞에 둔 그는 눈을 부릅뜬 채 중얼거렸다.

"역시……. 역시 함정이었는가."

"……?"

소피아가 의문을 표하기도 잠시.

척! 척! 척! 척! 요소요소의 퇴로가 일사불란하게 끊기기 시작했다.

넓게 열렸던 것 같은 돌격 경로는 캐딜락의 부대가 돌파하자 숨통을 조이듯 그 문을 닫아 버렸다.

그러자 돌파해 들어온 캐딜락은 퇴로를 잃고 고립되고 만다.

그 순간. 진영 우측에 숨어 있던 알스가 50의 특공대를 이끌고 후방에 위치한 적의 대장기를 타격했다.

"크하하핫! 보기 좋게 당해 버렸군! 전부 손바닥 안에 있었다는 건가."

놀라기는 소피아도 마찬가지였다. 그녀는 아랫입술을 꽉 깨물었다.

'대장인 나한테 말도 안 하고 이런 작전을 벌이다니!'

그 부분이 서운하긴 했지만 뭐, 그 덕에 이 전투는 승리를 눈앞에 두게 되었다. 다만 아직 한 걸음이 남았다.

알스가 대장기를 무너뜨리기까지 남은 시간은 대략 20분. 이 20분 동안 소피아도 버텨야만 했다.

알스 나름대로 소피아를 믿어 주면서, 활약할 기회를 준 것이다.

소피아는 그 배려가 가증스럽기도 하면서 고맙기도 했다.

캐딜락이 씨익 웃으며 소리친다.

"애송이 계집! 네가 이 몸을 감당할 수 있을 것 같나?"

졸지에 애송이 계집이 되고 만 소피아는 욱하여 외친다.

"들어와 보시지요! 남김없이 격퇴해 드릴 테니까요!"

"기개는 좋다! 그럼 어디 한번 해보실까!"

소피아의 대장기를 향해 달려드는 캐딜락. 소피아는 병사들을 지휘해 그 기세를 받아치기 시작했다.

한편 알스는 대장기를 취하기 위해 50의 특공대와 함께 기습을 가하고 있었다.

"휘유! 할아버지가 제법이신걸. 소피아가 애를 먹을지도 모르겠네."

알스는 설령 소피아가 무너진다고 해도 개의치 않았다. 지면 지는 거다. 어차피 자신은 보조에 불과했으니 결정적인 고비 하나쯤은 소피아가 넘어야만 한다는 생각이었다.

그렇기에 적 대장기를 무너뜨리는 이 작업도 너무 급하게 하지는 않았다.

"이놈……! 막아라!"

대장기를 지키고 있던 캐딜락의 부관 토란이었다.

그는 직접 목검과 방패를 들고 알스에게 달려들었으나 중과부적이었다.

복부를 강타하는 알스의 창격에 토란은 헛구역질을 해 대며 무릎을 꿇었다.

픽! 알스는 그를 실신시킨 뒤 대장기 앞에 서서 병사들에게 대장기를 구부리도록 시켰다.

대장기는 화살로 인해 부러지는 것을 방지하기 위해 두꺼운 철봉으로 되어 있었기에 부러뜨리기 위해선 여섯 명 정도의 병사들이 온 힘을 다해 구부리는 수밖에 없었다.

"마, 막아요! 대장기를 내줘선 안 됩니다!"

"……?"

알스는 익숙한 목소리에 고개를 갸우뚱했다.

메이센이 병사 20을 이끌고 대장기를 구하러 온 것이다.

"대장기는 내줄 수 없습니다!"

"하핫, 의무관이 전쟁터에 나오면 어쩌자는 겁니까. 올라프가 걱정할 거라고요."

"읏……! 다, 다른 말은 필요 없습니다!"

"예, 그럼 덤벼 보세요."

목검을 쥐고 알스에게 달려드는 메이센.

그녀의 무예 수준은 보잘것없었다.

어차피 뭘 하든 대장기는 지킬 수 없는 상황이었기에 알스는 적당히 어울려 주었지만 툭! 메이센 본인이 돌부리에 걸리며 넘어지려 했다.

"어이쿠!"

알스는 그걸 낚아채며 그녀를 안아 들었다.

"검을 휘두를 때는 무엇보다 하체가 중요하답니다. 특히 발밑이 불안정한 전장에서는 더더욱 말이죠. 명심해 두세요."

"놔, 놔주세요!"

아등바등거리며 날뛰는 메이센. 그대로 놔줬다간 바닥에 고꾸라질 것이 분명했기에 알스는 더욱 강하게 끌어안는 수밖에 없었다.

"내려 줄 테니까 일단 진정해요!"

"으으……."

얌전히 내려선 메이센은 추태가 부끄러웠는지 얼굴을 붉혔다.

그러기 무섭게 그녀를 구하기 위해 남자들 여섯이 알스에게 달려든다.

"이 저열한 놈! 이런 상황에서도 희롱을 하려 하다니!"

"로이피어를 놔! 어서 놈을 쳐라!"

평소 그녀에게 호감을 사기 위해 노력하는 남자들이었다.

메이센은 공작가의 영애였고, 미모도 뛰어난 편이었기에 이런 자들이 많았다. 그녀가 넘어지지 않게 끌어안은 게 그들이 보기에 희롱처럼 느껴진 것이다.

"아, 아니에요! 일라인 후배님은 그저 저를 도우려고……!"

메이센이 오해를 풀려 했지만 남자들은 살기등등하여 듣지 않았다.

그 심상치 않은 기백에 메이센은 알스가 다칠 것이라 생각하고 피하라 소리친다.

알스는 쓰게 웃는다.

"적군을 걱정해 줘서 어쩌자는 거예요."

알스는 스륵! 등에 메고 있던 검을 꺼냈다. 상대의 행동 원리는 둘째 쳐도 사관생들이니만큼 그 실력은 경시할 수 없었다.

창 한 자루로는 고전을 할 수도 있다고 판단한 알스는 검까지 꺼내 들었다.

"내가 웨이드라는 걸 알고도 덤비는 그 의욕은 칭찬해 주지. 덤벼."

"이, 이놈!"

달려드는 상대를 농락하는 체스터류의 우아한 기예.

상황은 채 1분도 되지 않아 정리가 되었다.

"크, 크헉!?"

"컥!"

무릎을 꿇는 남자들. 알스는 그들의 머리에 가볍게 추가타를 가해 실신시켰다.

"……!?"

입을 떡 벌리는 메이센.

알스는 여유롭게 말했다.

"대장기를 구부리는 데에 시간이 좀 걸리는 것 같네요. 이렇게 된 거 이야기나 하고 있을까요? 올라프에 대해 당신에게 묻고 싶은 게 있었거든요."

"예……."

메이센은 자기도 모르게 대답을 했다.

그만큼 알스의 무위는 믿기지 않는 것이었다.

지금 실신해 있는 남자들 모두 2학년. 알스보다 고학년 생들이었으니까. 알스가 웨이드라곤 하지만 그렇기에 놀라운 것이었다.

웨이드는 책사라 소문이 난 자였으니까.

그런데 이런 무예 능력이라니.

"메이센 선배님."

"예, 예!?"

"머뭇거리다간 올라프를 다른 사람이 채 가 버릴 수도 있다든가. 그런 생각은 해 보지 않았나요? 올라프는 제법 인기가 있다고요. 몇몇 여성들이 그에게 관심을 드러내는 걸 본 적 있어요."

"······."

메이센은 입술을 질끈 깨물었다. 알스는 이때다 하며 말한다.

"원하신다면 제가 선배님을 위해 적극적으로 다리를 놔 줄 수도 있는데요."

"어, 어떤 식으로 말이죠?"

"올라프는 제 부하이니까요. 예를 들어 당신이 데이트 일정을 잡으면 그날만은 올라프에게 휴가를 줄 수도 있죠."

전략적 동맹을 맺자는 알스의 제안에 메이센은 구미가 당겼다.

그러나 그녀가 대답을 하기도 전에 대장기가 구부러지며 8번 군사과 학생들의 환호성이 높이 울려 퍼졌다.

"어이쿠, 끝났네요. 혹시 생각이 있다면 추후 제게 연락을 주세요. 그럼 이만."

승리를 거머쥔 8번 군사과.

1학년 군사과가 2학년 군사과를 이긴 건 5년 만에 처음 일어난 것이었을 만큼 놀라운 일이었지만, 알스는 별거 아니라는 듯 어깨를 으쓱일 뿐이었다.

이번 축제에선 입학 시기에 하지 않은 신입생 환영회가 함께 진행이 된다.

축제 기간 정오에서 자정까지 매일매일 파티가 진행된다.

오늘 하루 치러진 네 번의 모의전이 끝난 뒤에는 대연병장에서 성대한 파티가 진행됐다.

모의전에 참가한 병사들에게도 기름진 음식들이 돌아갔고, 학생들은 파티를 벌이기 시작했다.

"감탄이 절로 나오는 군략이었습니다, 소피아 공주님!"

"역시 공주님께선 베카비아의 희망이십니다!"

베카비아 측의 인물들은 주위에 몰려들어 침이 마를 새가 없이 칭찬을 늘어놓고 있었다.

소피아는 그 노골적인 띄워 주기에 곤혹스러운 얼굴을 하고 있었다.

"그러니까 핵심 작전은 웨이드가 수행을 했다니까요."

"그렇다 해도 캐딜락 코넬리아를 막아 낸 건 공주님이 아니십니까."

그래도 기분이 나쁘진 않은지 소피아의 입꼬리가 씰룩인다.

나는 나대로 귀찮은 상황에 처해 있었다.

"놀랍군. 그 화려하면서도 실속을 챙기는 전술. 웨이드의 명성이 헛된 것은 아니었어."

"잠깐 얘기를 할 수 있겠나?"

귀족이나 대상인 같은 여러 유명 인사들이 내게 접근을 했기 때문이다.

'심상찮은 자들이 더러 섞여 있는걸.'

대표적인 게 빌랑의 대장군 진 하이삭이나 엘드릭 왕자였다.

축제 축하를 위해 빌랑의 1왕자 오스카를 대신하여 왔다고는 하지만 시기가 시기이니만큼 다른 의도가 있는 게 아닐까 의심할 수밖에 없었다.

그 외에도 국가의 핵심 외교관들이 더러 모습을 보였다.

마치 곧 발라스에서 커다란 외교전이 일어날 것을 이미 알고 있다는 듯이.

'뭔가 일이 생긴 모양이군. 뭐, 그건 가 봐야 알 일이겠지.'

일단은 허기진 배를 채우기로 했다.

나는 에오를 대동한 채 파티장을 전전했다.

파티의 음식들을 조금씩 맛보며 움직이고 있자 아는 얼굴이 다가왔다.

"야, 알스."

"애쉬?"

애쉬는 주변을 미친 듯이 살피며 내게 속삭여 왔다.

"리시테아도 여기 왔냐?"

"왔겠지. 에스텔도 파티에 참석한 거 같으니까. 아마 밖에서 대기 중일걸. 근데 왜?"

"휴우! 파티장엔 오지 않은 거군."

애쉬는 안도의 한숨을 내쉬더니 말한다.

"오늘은 그 뭐냐. 좋은 자리잖냐. 저번에 못다 한 걸 해 보는 게 어떨까 해서 말이야."

"제정신이냐 너……."

답도 없는 녀석이다.

"며, 몇 번이나 말하지만 이건 보여 주기식의 연기다! 그런 만큼 사람이 많은 곳에서 해 줘야지!"

"난 오늘 빠질란다."

"그러냐. 그럼 어쩔 수 없지. 귄터 선배랑 둘이서 노력해 보는 수밖에. 그런데……."

애쉬는 내 옆에 서 있는 에오를 보며 전율했다.

"그, 그쪽의 그분이 에오니아 미라벨인가?"

"그런데?"

애쉬는 침을 꼴깍 삼켰다. 내게 포로로 잡힐 때 에오를 본 적이 있긴 했지만 맨얼굴을 보는 건 처음이니만큼 감회가 남다른 모양이다.

그는 홀린 듯이 에오를 바라보고 있다. 조금 기분이 나빠져서 그 눈을 슬쩍 찔러 주었다.

"악! 뭐 하는 거야, 인마!"

"눈이 야해서. 감히 내 에오니아를 그런 눈으로 보지 마."

"크윽! 나, 난 그저 인사를 하려고 한 거야. 리시테아가 신세를 지고 있는 모양이니……."

"그런 거라면 나한테 해."

"쳇!"

때마침 귄터가 합류를 했다.

귄터도 에오를 보곤 입을 떡 벌렸다. 장신인 그에게 마찬가지로 키가 큰 에오가 취향 저격이었는지 돌처럼 굳어 아무런 움직임도 취하지 않는다.

"이, 일라인. 그, 그분은……."

마치 자신에게 소개를 해 달라는 듯한 눈빛에 언짢음이 더욱 강해졌다.

'이건…… 질투를 느끼고 있는 건가?'

에리나나 에스텔에 대해선 질투를 거의 느끼지 않는데도. 에오에 대해선 이상하게 독점욕이 생긴다.

"다들 에오에게서 신경 꺼요."

나는 바보 둘은 내버려 두고 에오의 손을 이끌어 억지로 자리를 옮겼다.

그때의 에오는 왜인지 더없이 기쁜 표정을 하고 있었다.

그렇게 정처 없이 파티장을 떠돌던 중, 껄끄러운 무리와 마주하게 되었다.

"웨이드……!"

오만상을 찌푸리는 엘드릭 왕자.

그 곁엔 테나 우드모어와 주인공 카시우스가 있었다.

그중에서도 테나는 죽일 듯이 나를 노려보았다. 딱히 할 얘기가 없어 무시하고 지나가려 했지만 갑자기 카시우스가 말을 걸어 왔다.

"오늘 전투는 잘 봤다. 역시나이던걸."

"……?"

내가 의문을 표하자 카시우스는 호방하게 웃는다.

"잘한 걸 잘했다고 한 것뿐이야. 네 녀석이 아무리 내 적수라 해도 백을 흑이라 말할 수는 없는 법이지. 훌륭한 전투였다. 알스 일라인."

이게 주인공의 인싸력인가 싶었지만 나는 문득 에스텔이 했던 말이 떠올랐다.

'주인공이 내게 호의를 가지고 있다고 했었지…….'

에스텔이 왜 그렇게 느꼈는가는 아직도 이해하지 못했지만 나도 주인공의 태도에서 묘한 위화감이 느껴졌다.

만약 정말로 주인공이 내게 호의가 있다고 가정해 보자.

혹여 그가 내 정체. 다시 말해 자신의 배다른 동생이라는 걸 알고 있다고 한다면.

'나를 도우려 하고 있다……?'

그렇담 음악 수업에서 했던 말도 납득이 간다. '곧 상황이 바뀔 거다, 웨이드. 그때도 그런 소리를 할 수 있는지 보자.' 그는 그렇게 말했다.

그땐 왜 경솔하게 그런 말을 했나 의문이 갔지만 내게 넌 지시 힌트를 주기 위함이었다고 하면 납득이 간다.

지금도 그렇다.

굳이 엘드릭 왕자와 이야기를 하게 함으로써 무언가를 전달하려는 걸 수도 있다.

얘기를 해 볼 가치를 느낀 나는 조심스럽게 운을 뗐다.

"다망하신 엘드릭 왕자님께서 이곳까지 찾아올 줄은 몰랐군요. 뷜랑에선 하이삭 대장군이 온 것만으로 충분했을 텐데 말입니다. 혹여 다른 용건이라도 있는 것 아닙니까?"

엘드릭은 대답할 가치를 느끼지 못한 것 같지만 이번에도 주인공이 말한다.

"왕자님께선 매년 이 펜실론 경하제에 방문을 하셨다. 이번에도 똑같아."

"……."

이것도 해석에 따라 힌트가 될 수 있었다.

엘드릭 왕자는 매년 이 축제를 방문했다. 즉, 예전부터 발라스에 대한 관심이 높았다고 해석할 수 있으니까.

'이거 정말로……?'

그때 테나가 카시우스에게 주의를 준다.

"카시우스! 그런 말을 이자에게 해서 뭘 어쩌자는 거야!"

"테나, 왕자님은 떳떳하게 이 축제를 방문하셨어. 그걸 굳이 숨길 필요는 없는 거야."

"그, 그렇긴 하지만……."

"그렇지 않습니까. 왕자님."

엘드릭은 고개를 끄덕이곤 내게 말한다.

"조금 전에 다른 용건이 있는 것 아니냐고 물었나? 용건이라면 있다. 아주 중요한 용건이지."

"발라스를 전복시키기 위한 음모라든가?"

성녀에게 했던 것처럼 기습을 가할 생각이었으나 엘드릭 왕자에겐 통하지 않았다. 그렇다기보단 부정하지 않았다.

"그런 일이 벌어진다고 해도 이상하지 않지. 발라스는 대륙 정세에 있어 애물단지 같은 존재가 되어 버렸으니까."

"제가 묻고 싶은 건 당신이 그 일에 관계가 되어 있는가입니다만."

"글쎄. 어떨 것 같지?"

"……."

의미심장한 침묵.

엘드릭은 별로 내 상대를 하고 싶지 않은지 코웃음을 치며 몸을 돌렸다.

"흥. 카시우스, 테나. 가자꾸나."

나는 한동안 그들의 등을 바라보고 있었다.

파티는 오후 8시가 되자 절정을 이뤘다.

본격적으로 무도회가 시작되고, 눈이 맞은 파트너는 따로 자리를 옮겨 농밀한 사랑을 나누기 시작했다.

  에리나, 에스텔과 나란히 춤을 춘 나는 피곤하여 테이블에 늘어져 있었다.

  에리나와 에스텔이 함께 돌아가지 않겠냐고 제안을 했지만 볼일이 남아 있던 만큼 둘을 먼저 보내기로 했다.

  볼일이라고 함은 간단했다.

  쥬라스 녀석이 파티장에 나타났기 때문이다.

  녀석이 나타나면 어김없이 사건이 일어났기에 이번에도 똑같을 거라 생각했다.

  그래도 쥬라스가 다른 인물들과 먼저 인사를 나누고 있던 지라 시간에 여유가 있었다.

  나는 고민한 뒤 에오에게 조심스럽게 말했다.

  "에오, 나랑 춤이라도 출까?"

  "······예!?"

  에오니아는 화들짝 놀라 기성을 내질렀다.

  "아니, 이젠 경호도 조금 여유로워졌겠다. 춤을 춰도 상관없을 것 같아서."

  "저, 저와 말입니까?"

  "이상해?"

  "이, 이상하진 않습니다만."

  "그럼 혹시 나랑 춤을 추는 건 싫어?"

"싫지 않습니다! 오히려 영광입니다!"

에오는 얼굴을 붉히며 어쩔 줄을 몰라 했다.

나는 그 손을 이끌어 무도회 구역으로 향했다.

에오는 쭈뼛거리면서도 응해 주었다. 나는 에리나, 에스텔과 춤을 추던 때보다 더 낯간지러운 느낌을 받았다.

그제야 내가 그녀를 어떻게 생각하고 있는가를 확실히 깨달았다.

'나란 놈이 이렇게 절조가 없었을 줄은.'

뭐, 이상한 건 아니다.

나는 근 3년간 에오와 찰떡같이 달라붙어 있었으니까. 그런 마음이 생겨나는 건 자연스러운 일이다.

그래도 당장 마음을 전한다거나 할 생각은 없었다.

한다고 하면 일단 아이가 태어난 다음에 하는 게 순서라고 생각했다.

그렇게 댄스가 끝난 뒤에는 사적인 이야기라도 나눠 볼까 생각했으나 에오는 과부하가 걸린 건지 주변에서 대기하고 있던 안톤과 교대를 하겠다며 후다닥 도망친다.

그 모습을 미소 지으며 바라보고 있자니 주변에서 원망의 목소리가 울려 퍼졌다.

"이 기만자!"

"대체 몇 명이랑 춤을 추는 거냐!"

애쉬와 귄터. 바보 듀오였다.

권터는 주먹을 부들부들 떨었다.

"그란셀의 재녀라 불리는 에리나 살레온에 더불어 그 유명한 에스텔 디안테까지! 심지어는 자기 가신과도 그런 춤을 추다니. 이 부러운 녀석!"

"권터 선배. 심지어 저 녀석에겐 아이를 가진 부인도 있다고 들었어요!"

"뭐라고!?"

폭발하는 둘.

마침 내 쪽으로 다가온 도로시는 의문을 표했다.

"저 사람들 왜 저래? 알스, 네 지인이야?"

"아니, 모르는 사람들이야."

"그렇구나."

도로시는 측은하게 둘을 보았다.

그때 애쉬가 눈을 빛냈다.

"너, 도로시 그림우드지!"

"그런데?"

"들었다고. 너, 여자애들과 두루 친하게 지낸다며."

"응…… 친한 사람이 많긴 한데. 왜?"

"좋아, 이제 너도 우리 동료다!"

도로시를 끌어들이며 애쉬는 트리오의 결성을 노리려 했다.

거절을 못 하는 성격인 도로시는 둘에게 잡혀갔다.

'저래 봬도 도로시도 인기가 많은데 말이지.'

분명 동료는 되지 못할 거다.

"알스 님. 미라벨 님을 대신하여 왔습니다."

"마침 잘 왔어요."

슬슬 쥬라스를 만나러 갈 시간이었다.

나는 안톤과 함께 녀석에게 향했다.

쥬라스 녀석이 이곳에 왔다는 건 일이 이미 임박했다는 걸
뜻했다.

아나나 다를까, 녀석은 곧장 본론으로 들어갔다.

"알스, 군대가 움직였습니다."

"규모는요?"

"알바드가 3만. 서방이 7만입니다."

"도합 10만입니까……."

발라스의 상비군 규모는 8만이다. 중립국의 위치를 유지
하기 위해 상비군의 규모가 제법 컸지만 속 빈 강정이었다.

그도 그럴 게 발라스의 정규군은 실전 경험이 전혀 없기
때문이다.

병사들은 물론이고 장교들도 실전 경험이 없으니 그 전투
력이 평균 이상을 가기는 어려웠다.

"하지만 발라스에겐 외교 능력이 있지 않습니까."

"그렇죠. 그 외교 능력 때문에 지금껏 발라스가 안전할 수
있었던 겁니다만 이제는 상황이 바뀌어 버렸어요."

외교 채널의 핵심이 되는 빌랑이 모든 국가와 불가침조약을 맺고 외교 무대에서 퇴장했기 때문이다.

"빌랑이 없어짐으로 인해 국제 정세는 다소 단순해졌습니다."

그러면서 쥬라스는 이번 일의 배경을 설명해 주었다.

배경은 지난 꼬리 전쟁이었다.

꼬리 전쟁에서 맺은 일시 휴전이 끝나게 됨으로써 재차 전쟁의 불씨가 피어올랐다.

먼저 스벤너가 에우로페를 침공하기로 결정했다. 이는 에우로페가 발라스에 개입하지 못하도록 막기 위함도 있었다.

마찬가지로 툰카이가 베카비아의 국경에 병사를 배치하며 베카비아의 발도 묶이고 만다.

그 형태가 되자 캘리퍼와 크로싱을 제외하고는 발라스를 즉각적으로 보호할 세력이 없어지게 되었다.

크로싱과 캘리퍼가 있긴 하지만 두 국가가 발라스에 지원을 보내기 위해선 알바드를 경유해야 한다.

하여 알바드는 발라스로 파견한 3만의 병력 외에는 전부 동부 수비에 집중하며 시간을 끌기로 했다.

"알바드가 제법 이를 갈았더군요. 언제 지었는지 모를 군사 요새가 동부에 몇 개나 설치되어 있어요. 거기서 농성을 한다면 시간이 크게 지연될 겁니다. 발라스를 돕기 위해선 베카비아와 에우로페를 경유하는 수밖에 없게 됐죠. 하지만 이건 비효율적이기도 하거니와 보급로 확보에 문제가 생깁니다."

"빌랑을 경유하는 방법은요?"

"빌랑의 불가침조약으로 인해 타국의 군대는 빌랑에 들어갈 수 없게 됐습니다. 그쪽도 불가능합니다."

"자기 발등을 찍은 격이군요."

이 진입 불가 조항은 훗날 내가 빌랑을 정복할 때를 위해 삽입한 것이지만 지금은 그로 인해 발이 묶이고 말았다.

"어떻게 할 겁니까."

사실 우리 입장에선 발라스가 멸망하건 말건 크게 상관이 없었다.

그렇기에 심각하게 대처하지 않았던 것이다.

게다가 이번 일의 결정권은 쥬라스에게 있었다.

녀석은 희미하게 미소를 지으며 말했다.

"저도 이번 일에 대해선 고민을 좀 했습니다만……. 알스, 내가 짠 연극에 어울려 줄 수 있겠습니까?"

7장

군대가 움직이며 감돌기 시작한 전운.

나는 그 분위기를 피부로 느낄 수 있었다.

'플라톤에 대한 군의 경비가 삼엄해졌군.'

이곳 플라톤엔 다른 국가의 병력이 상주해 있기 때문이다.

각국이 1천씩 도합 8천.

군사과 대항전에도 사용되는 병사들이다.

만약 이곳에 상주해 있는 알바드의 병력이 왕궁을 습격하기라도 한다면 발라스는 난처한 상황에 처하게 된다.

플라톤에서 발라스의 왕궁까지는 엎어지면 코 닿을 거리니까.

알바드와 서방 민족이 침공을 시작한 지금은 이들을 당장

구속하고 포로로 잡아야 마땅했지만 외교적인 문제라는 게 있다.

여덟 개의 구역으로 나뉜 플라톤은 발라스의 영토이자 발라스의 영토가 아니다. 그 구역에 상주한 병력을 제압하는 행위는 발라스가 알바드를 공격하는 것과 다름없었다.

게다가 그렇게 될 경우 현재 진행되고 있는 플라톤 경하제도 파행이 되고 만다.

발라스는 상징성을 통해 중립의 위치를 유지하고 있는 국가.

그 상징성이 흔들리는 상황이 벌어지게 되는 건 그들에게 있어 치명적이었다.

'그걸 위해 일부러 축제 기간에 침공한 거군. 제법 머리를 썼는걸.'

이미 발라스의 왕궁엔 각국의 주요 외교관들이 이번 일에 대해 설전을 벌이고 있었다.

어제 파티에 쥬라스를 비롯한 핵심 인사들이 모습을 비친 게 우연은 아니라는 뜻이다.

다만 그런 살벌한 분위기와 달리 아카데미는 평화로웠다.

아직 알바드와 서방의 침공이 공론화되어 있지 않았기 때문이다.

오히려 축제는 이틀째를 맞아 더욱 열기를 더해 갔다.

나도 오늘은 중요한 일이 있었다.

바로 《그녀들의 사정》의 속편을 발표하는 날이었으니까.

예전에 레인폴 축제에서 첫 권을 발표했던 것처럼 축제 기간에 발표를 하기로 했다.

그걸 위해 아카데미의 연회장 하나를 통째로 빌렸다.

'오늘은 얼마나 팔릴까나.'

예전엔 완전한 무명이었기에 내가 직접 발품을 팔아야 했지만 이제는 다르다. 팬층이 생겼다. 듣기로는 이번 신작 발표회에 수많은 영애들이 내 친필 사인이 담긴 책을 사기 위해 찾아온다고.

소설 집필에 딱히 열정은 없었으나 다들 좋게 봐준다고 하니 기분이 나쁘진 않았다.

나는 콧노래를 부르며 행사가 예정된 연회장으로 향했다.

그러던 중. 소피아 베론이 굳은 얼굴로 나를 불러 세웠다.

"일라인."

"무슨 일이시죠. 소피아 선생님."

"무슨 일이냐니…… 당신은 알고 있지 않습니까."

썩어도 베카비아의 총군사라고. 소피아도 상황을 파악하고 있는 모양이었다.

"지금 이러고 있을 때가 아니잖아요!"

"그럼 뭘 하고 있어야 되는 겁니까?"

"그야……!"

"진정해요. 지금 우리가 할 수 있는 일은 없으니까."

우리가 발라스 소속이라면 모를까 그게 아니니 당장은 외교전을 지켜봐야만 했다.

그 외교전의 결과에 따라 내가 개입할지 말지가 정해진다.

'쥬라스 녀석, 자신이 짠 연극에 어울려 달라고 했었지.'

그 연극의 내용에 대해선 알려 주지 않았다. 본인도 확신을 하지 못하고 있거나, 단순히 내게 서프라이즈를 하고 싶거나. 둘 중 하나일 거다.

뭐가 됐든 지금의 내가 할 수 있는 건 기다리는 것밖에 없었다.

가레스 국왕을 통해 캘리퍼의 외교 전략을 정할 수는 있었지만 나도 발라스에 대해선 별다른 관심이 없었다.

구하면 구하는 거지만 멸망해도 큰 상관은 없다.

"그러니 외교전의 담판이 지어지기 전까지는 축제를 즐겨야죠."

소피아는 어느 정도 납득을 했다는 듯 고개를 끄덕인다.

"냉정하게 보면 당신 말이 맞긴 하죠. 그래서……. 그건 새로이 발매하는 책인가요?"

"맞아요. 전편은 읽어 봤습니까?"

"예, 뭐. 웨이드가 낸 순애 소설이라고 해서 아가씨들 사이에선 워낙 유명하니까요. 정작 내용은 별거 없었지만."

이게 정상적인 평가다. 아가씨들이 가볍게 읽을 만한 평범한 책이 유명한 걸로 유명해졌을 뿐이다.

"그래도 이번엔 기대해도 좋아요."

두 번째 권이라 그런지 나도 제법 실력이 붙었으니까.

에리나의 적극적인 검수도 있었고, 나름 자신작이었다.

그렇게 300여 권의 책을 가지고 연회장에 가 보니 척 봐도 300이 넘는 사람들이 오매불망 기다리고 있었다.

귀족들은 물론이고 플라톤에 거주하는 평민들. 그리고 소식을 듣고 온 타국의 여성들. 불법 복제를 위해 초판을 구하려는 상인들까지.

"워우."

나도 모르게 그런 감탄사가 나왔다.

내가 얼굴을 비치자 새된 환성이 새어 나왔다. 그래도 교양을 중시하는 영애들이 많은지라 소란이 발생하진 않았다.

"그러니까…… 오늘은 찾아와 주셔서 고맙습니다."

나는 준비한 인사를 전한 뒤 본격적으로 책 판매에 들어갔다.

"몇 번이나 말하지만 이 책은 웨이드로서가 아니라 일개 작가인 플래티나로서 쓴 것입니다. 그러니 괜한 착각과 오해는 하지 말아 주시길. 그럼 가장 앞에 계신 분부터 나와 주세요."

첫 순서는 에리나였다.

그녀는 후속편 제작의 일등공신으로서 상징적으로 첫 구매의 주인공이 되기로 정해져 있었다.

"드디어 나왔네요……! 드디어 이리나의 누명이 풀리는 거예요!"

에리나는 흥분한 표정을 숨기지 못했다. 1권에서 자캐인 이리나 팔레온이 당한 수모를 되갚아 주겠다고 벼르고 있었으니까.

그다음 구매 순서는 1권의 스토리를 담당해 줬던 에스텔이다.

그녀는 영문을 모르겠다는 표정이었다. 내게 책을 받아 들고는 나직이 속삭였다.

"알스 님? 속편이라니요. 저는 처음 듣는 소리예요. 어떤 내용인 거죠?"

"그건……. 읽어 보면 알아요."

"음? 일단 알겠어요."

이 연회장엔 독서회를 위한 준비까지 되어 있었다. 오로지 돈이 목적인 상인들을 제외하고는 곧장 자리를 잡고 책을 읽기 시작했다.

내 바로 옆에는 가장 먼저 책을 산 에리나와 에스텔이 있었다.

아카데미에서 평소에도 자매처럼 붙어 다니는 둘이 그러고 있는 건 이상하지 않았지만 오늘만큼은 분위기가 싸했다.

"휴! 다 팔렸네."

300권을 다 팔았을 즈음에는 중간 부분을 읽고 있는지 에스텔이 검은 아우라를 내뿜으며 중얼거리고 있었다.

"흐음, 그랬구나. 그런 거였어. 제법이네, 에리나. 감쪽같이 숨기다니."

다른 영애들에게서도 반응이 터져 나왔다.

"그런……! 이리나에게 그런 딱한 사정이 있었을 줄이야!"

"이리나를 나쁘게 생각한 저 자신이 한심해요!"

"이리나아아아아ー!"

1권에서 에르텔 디온테와 기사 엘니아 펜타벨을 괴롭히며 악행을 저질렀던 악역 영애 이리나 팔레온.

그러나 그 악행에는 흑막이 있었다.

바로 에르텔 디온테의 아버지이자 주인공의 상관인 대장군 파리스였다.

주인공 윌슨이 자신의 자리를 뺏을지도 모른다고 우려하고 있던 파리스는 주인공을 좌천시키려고 하지만 이리나가 가문의 힘을 이용해 이걸 막아 주고 있었다.

그 도중 파리스는 우연히 이리나가 속한 팔레온 가문의 약점을 쥐게 되고, 이리나는 가문과 주인공을 지키기 위해 눈물을 삼키며 파리스가 시키는 대로 악행을 벌였던 것이다. 그러면서도 파리스에게 되갚아 주기 위해 물밑에서 여러 공작을 한다.

"……."

에스텔은 그 부분에서 잠시 침묵하더니.

"……가족 건드리기 있기야?"

"에, 에스텔? 가족이라니. 이건 소설에 불과하다는 거 알고 있지?"

그렇게 끝까지 읽은 에스텔은 복잡한 한숨을 내쉬었다.

무작정 에리나에게 화를 내기엔 스토리가 너무 좋았기 때문이다.

최후엔 파리스가 에르텔의 친부가 아니라, 도리어 에르텔의 친부를 죽이고 아버지 행세를 한 원수였던 것이 밝혀지고 주인공과 이리나 그리고 에르텔이 힘을 합쳐 파리스를 몰아낸다.

그렇게 일이 끝난 뒤엔 주인공을 두고 선의의 경쟁을 약속하며 엔딩. 에스텔은 이것이 에리나가 보낸 메시지인 걸 알았는지 독기가 빠진 모양이다.

다른 영애들의 반응도 폭발적이었다.

"감동적이에요!"

"이런 이야기가 감춰져 있었다니……!"

"이걸 저만 알고 있을 순 없어요. 당장 친구에게 알려 주러 가겠어요!"

1권의 떡밥을 완벽하게 회수하며 이리나&에르텔 엔딩으로 끝이 난 2권.

그렇게 《그녀들의 사정》은 훌륭하게 완결이 나는가 싶었으나…… 그날 밤의 일이었다.

"……알스 님."

에오가 시무룩한 얼굴로 내게 항의를 해 온 것이다.

"주인공은 여기사와 맺어진 거라 하지 않으셨나요?"

"어……."

거짓말을 한 거였냐며 처연한 표정을 짓는 그녀를 보고 있자니 반사적으로 그런 말이 나오고 말았다.

"아, 아니야! 3권에서 여기사와의 내용이 나와."

나도 모르게 후속작을 약속해 버린 것이었다.

축제 3일 차.

이 시점이 되자 일반 국민들도 상황을 알아채기 시작했다.

알바드와 서방의 대대적인 침공.

발라스가 건국되고 30여 년간 벌어지지 않았던 전쟁이 발발했음을 말이다.

이로 인해 당장 오늘 예정되어 있던 군사과 대항전 8강전은 취소가 되어 버리고 말았다.

나는 내심 발라스가 대외적인 체면을 세우기 위해 축제를 강행할 수도 있다고 생각했지만 외교전의 판도가 생각 이상으로 좋지 않았던 모양이다.

당일 오전에 있었던 외교전이 끝난 뒤, 쥬라스에게서 소식을 전달받은 안톤이 내게 말해 왔다.

"알스 님. 아무래도 일이 간단히 끝날 것 같지는 않습니다."

오늘 외교전에선 전쟁에 대한 명분으로 설전이 오고 갔다고 한다.

거기서 알바드는 이렇게 주장했다. 중립국이자 각국의 전쟁을 중재해야 하는 발라스가 제 역할을 하지 못하고 있다고.

－최근 있었던 굵직한 전쟁들에서 발라스가 한 역할이 없다.

－그리고 그 굵직한 전쟁의 대부분에 크로싱이 관련돼 있었다.

－발라스가 의도적으로 크로싱의 행태를 눈감아 준 것 아니냐.

－발라스는 크로싱에 이미 포섭되어 있으며 중립국의 순수함을 이미 잃어버린 상태다.

억지 주장이긴 했으나 논리는 있었다.

대륙을 혼란에 빠뜨린 첫 단추는 크로싱이 벌인 삼사자 전쟁이 맞았으니까.

"알바드가 벼르고 나왔군요. 하지만 그런 논리라면 스벤너도 자유롭지 못한 것 아닙니까? 키메라 전쟁을 일으킨 건 그쪽인데요."

"예, 그렇기에 스벤너 측은 인정을 해 버렸습니다."

"인정을 했다……?"

"발라스 내부에 자신들이 심어 둔 세력이 있다는 사실을 말이죠. 그 세력을 통해 키메라 전쟁에 발라스가 개입하지 않게끔 조치를 취했었다고 자백했습니다."

"오호라. 자기가 자폭을 하면서 크로싱을 물귀신으로 끌고 가는 겁니까. 머리 썼네요."

그로 인해 스벤너 본인도 욕을 먹게 됐지만 알바드가 주장한 억지 명분이 힘을 얻게 됐다.

"서방의 침공에 대해선 뭐라고 설명했습니까?"

"서방이 알아서 벌인 일이라고 했습니다. 지금은 밝힐 수 없지만 서방에도 명분이 있다고 말하면서요."

"서방의 명분……."

나는 그게 주인공 카시우스라 확신했다.

카시우스는 펜실론의 황자.

그가 펜실론 제국의 옛 수도인 플라톤을 수복하는 건 자연스러운 일이었으니까.

'그랬군. 그런 식으로 발라스를 전복시킬 셈이었어.'

아마 성녀 알리시아는 주인공과 관계가 있다. 주인공을 발라스의 새로운 왕으로 추대시켜 서방과 스벤너 측에 서게 할

셈이다.

그 경우 서방과 스벤너는 전략적인 이점을 얻게 된다.

발라스는 대륙 중심부에 위치한 국가.

즉, 어떤 방향으로도 진군을 할 수 있는 요충지다. 괜히 발라스를 정복한 국가야말로 대륙의 주인이라는 말이 나오는 게 아니다.

스벤너는 서방의 손을 빌려 그 발라스를 꿀꺽하려 하고 있었다.

'일이 곤란하게 되어 가고 있군.'

스벤너는 그와 동시에 에우로페를 공략하고 있다.

만약 그들이 모든 전쟁에서 승리해 에우로페와 발라스를 멸망시킨다면 스벤너 세력은 대륙의 절반을 차지하게 된다.

알바드가 어떤 생각인지는 모르겠지만 알바드는 적어도 크로싱과는 적대 관계에 있다. 아군이 될 가능성은 낮은 셈.

"쥬라스는 어떻게 대응하고 있죠?"

"스벤너의 우방인 툰카이를 우리 쪽으로 끌어들이고 있습니다."

"툰카이를……!"

"만약 에우로페가 스벤너에 의해 멸망하면 스벤너가 툰카이까지 공격할 거라 주장하고 있는 중입니다."

"과연, 툰카이의 입장에선 꽤나 난감한 상황이군요."

스벤너가 우방이라곤 하지만 중립국인 발라스까지 억지로

공격할 거라곤 생각하지 못했을 거다. 그런 저돌적인 모습을 보게 되니 자연스럽게 그런 생각을 할 수밖에 없게 된다.

에우로페와 발라스 다음엔 자신을 공격하려는 게 아닌가 하는 생각을.

"예, 그러니 툰카이를 아군으로 끌어들여 대처하는 방향으로 가려는 중입니다."

쥬라스가 그렇게 결정했다면 툰카이를 설득하지 못할 리가 없다.

나는 외교전의 결과가 이미 나왔다고 생각했다.

발라스, 툰카이, 에우로페, 크로싱, 캘리퍼, 베카비아의 연합과 스벤너, 알바드, 일부 빌랑과 발라스 세력, 그리고 서방 민족의 연합.

숫자만 보면 우리가 우세해 보이지만 지리적인 상황이 좋질 않다.

캘리퍼와 크로싱은 알바드에 가로막혀 지원군을 보낼 수 없는 상황이고, 툰카이와 에우로페는 스벤너 하나를 상대하기도 벅차다.

그렇기에 그날 밤 그런 결론이 나온 것이다.

실력 있는 장교들을 발라스에 투입하여 전쟁을 도울 것을 말이다.

발라스 군대의 최대 약점은 당연히 실전 경험이 전무하다는 것이었다.

심지어 훈련도도 좋질 않았다.

그 훈련을 지휘했던 장교들조차 실전 경험이 없었으니까.

하여 발라스는 도움을 주기로 한 국가에게 능력 있는 장교들을 객장으로 파견해 줄 것을 요구했다.

그중 하나가 내가 됐음은 당연한 수순이었다.

명성도 높고, 무엇보다 당장 발라스 내부에 있었으니까.

동부와 서부, 양쪽을 막아야 했던 발라스는 객장을 두 부류로 나눴다.

먼저 동부군의 지휘에는 에우로페에서 급히 파견된 2장군 살라르 오레온이 투입됐다. 20인의 군웅에 속한 지장으로, 공수 양면에서 밸런스가 좋은 장군이었다.

동부에서 침공 중인 3만의 알바드군은 숫자도 적거니와 일단 알바드 동부 쪽으로 캘리퍼와 크로싱이 공격을 가하고 있는 만큼 접전이 벌어질 거라 예상하긴 힘들었다.

발라스는 1만 5천의 정규군을 주어 수비를 요청했다.

최대 격전지로 꼽히고 있는 건 서부에서 침공 중인 서방 민족의 7만 군대였다.

이에 발라스는 내게 총대장을 맡아 줄 것을 정식으로 요청해 왔다.

그 임명을 받기 위해 왕궁으로 향한 나는 왕궁 내부의 흉흉한 분위기를 감지할 수 있었다.

'완전히 분열되어 버렸군.'

자중지란이 일어난 듯, 왕의 곁엔 가신이 얼마 없었다. 게다가 왕궁 주변을 1만의 병력이 철저하게 지키며 쿠데타를 경계하는 모습까지 보이고 있다.

나는 말하지 않을 수 없었다.

"지금은 1만의 병력도 소중한 상황입니다. 정변의 우려는 이해하나 전쟁의 승리를 위해 그 숫자를 절반으로 줄여 줬으면 합니다."

"그, 그럴 순 없다!"

발라스의 국왕은 초췌해진 얼굴로 소리쳤다.

이 아저씨. 전에 휴전협정에선 내게 투구를 벗으라며 호쾌하게 소리쳤던 것 같은데.

'딸의 배신이 어지간히 충격이었나 보네.'

첩보에 의하면 성녀 알리시아는 레지날드 공작가의 영지가 위치한 남부에 가 있다는 것 같다. 그곳에서 쿠데타를 준비 중인 거겠지.

'상황이 많이 안 좋아.'

나는 알리시아가 왜 레지날드 공작을 공범으로 택했는지를 알 것 같았다.

발라스 남부 영토라고 함은 즉, 뷜랑과 인접한 곳.

'그곳에서 뷜랑의 병력을 은밀히 받아 카시우스와 함께 왕궁을 칠 생각이군.'

서방 민족의 군대는 일종의 미끼다. 군대의 대부분을 서부에 배치하게 하기 위한 미끼.

왕도 그 부분을 잘 알고 있는지 내게 많은 병력을 주길 꺼려 했다. 오히려 수도 주위에 1만의 병력을 더 배치할 심산이었다.

그렇게 되면 남아 있는 정규군은 4만 5천에 불과해진다. 대략 5천은 보급고와 보급로를 지켜야 한다고 보면 그걸로 4만으로 7만을 상대해야 한다.

"어쩌자는 겁니까. 그런 식으로 나온다면 전 지휘를 맡을 생각이 없다고요."

"긴급하게 징병한 민병이 있다. 서둘러 1만을 준비해 주지."

"그렇다 해도 부족하다고 말하고 있는 겁니다."

"뭔가, 천하의 웨이드가 겁이라도 먹은 것인가? 너라면 능히 1만의 병력으로 10만을 상대할 수 있을 거다!"

"그런 도발이라면 통하지 않습니다만? 전쟁의 기본이 되는 건 병력의 숫자. 보급이 허용하는 한도 내에서 최대한의 병사를 요구하는 바입니다. 그런 게 아니라면 전 지휘를 맡지 않겠습니다!"

내 단호함에 국왕은 눈에 띄게 당황했다. 옆에 있던 재상이 급히 속삭인다.

미뤄 보건대 '폐하, 웨이드만 한 객장은 존재하지 않습니다.'라고 말하는 듯했다.

국왕은 눈을 질끈 감으며 고심하더니 이윽고 고개를 끄덕였다.

그렇게 내가 받은 병력의 규모는 6만. 정규군 4만과 징집병 2만이었다.

이렇게 해도 상대보다 1만이 적긴 했지만 수비를 하기만 하면 되는 상황이었으니 충분히 할 수 있다는 판단이 섰다.

병력을 받은 나는 즉각 군부 회의를 소집.

새로이 합류한 툰카이, 베카비아의 뉴 페이스들과 함께 작전 회의에 들어갔다.

플라톤 서부에 위치한 중규모 도시 벨렌에서 소집된 군부 회의.

축제 기준 5일 차에 벌어진 일이었다.

'지금 이것도 축제나 다름없긴 하지.'

이 전쟁은 그만큼 요란했다. 당장 외적의 침공 자체가 미끼였으니까.

'진정한 전쟁은 음지에서 벌어지고 있는 건데…….'

쿠데타를 준비 중인 성녀와 주인공 일행. 그 쿠데타를 저지하려는 발라스 왕가. 그리고 각자의 이해관계에 따라 움직이는 다른 국가들까지.

그쪽에서 어떤 결과가 나오느냐가 중요했으니 나는 이 축제를 화려하게 해 주는 조연에 불과했다.

주어진 역할도 그러했다.

전선을 유지하고 적을 수도에 접근시키지 마라. 그게 내게 떨어진 작전이었다.

이건 그렇게까지 어려운 지시가 아니었던 만큼 나는 큰 걱정 없이 군부 회의에 참석을 했다.

"다들 모였나 보네요."

"……."

딱딱한 침묵으로 나를 맞이하는 장교들.

새로이 합류한 뉴 페이스들이 눈에 띈다.

먼저 베카비아에선 소피아 베론과 그 호위로 귄터가 따라왔다. 귄터는 2학년생 중에선 손에 꼽히는 강자로서, 소피아가 직접 선발을 했다고 한다.

다음 툰카이에선 급히 파견된 4장군 랜던 크로우가 와 있었다. 그 부관으론 랜던 크로우와 친분이 있는 애쉬가 붙어 있다.

세 번째 에우로페 측에선 3장군이자 올라프의 아버지인

유겐트 드레스덴 백작이 메이센을 대동하고 합류를 했다.

"어흠!"

유겐트는 계속해서 불편한 기침을 하고 있었다. 올라프는 정체를 숨기기 위해 머리카락과 수염을 덥수룩하게 기른 상태였지만 그럼에도 아버지의 눈썰미는 속일 수 없었던 모양이다.

유겐트는 해명을 요구하듯 올라프를 노려보았고, 올라프는 죽을 맛인지 표정이 좋질 않다.

이런 3국의 장교들에 더불어 발라스의 3장군인 마인츠 람스트롱이 군영에 참가해 있다.

그 외엔 내 가신들이다. 레인폴에 돌아간 유미르와 일리야 스승을 제외하면 모두가 모여 있다.

'장관이네.'

마땅한 가신이 에오와 일리야 스승밖에 없었을 때를 생각하면 가슴이 웅장해질 정도다.

나는 상석에 앉아 회의의 시작을 알렸다.

"루트거, 준비해 둔 브리핑을 시작해요."

"알겠습니다."

평소 내게 하대를 하던 루트거도 자리가 자리이니만큼 깍듯하게 존대를 한다.

"적의 숫자는 대략 7만에서 8만. 보급고 수비나 점령 영토의 관리를 위해 배치해야 하는 병사의 숫자를 감안하면 실제 우리 군이 마주하게 될 적의 병력은 7만 정도라 추정됩니다."

"적의 현재 위치는요?"

"적은 현재 사드반 산지에 자리를 잡고 있습니다."

"사드반 산지……? 금시초문인데요?"

"조금 전에 막 들어온 첩보에서 확인된 사안입니다. 몰랐더라도 무리는 아닙니다."

나는 전도를 확인해 보았다.

사드반은 험산지대였다. 침공해 온 그들이 자리를 잡기에는 애매한 지형이다.

이에 발라스의 장군 람스트롱이 말한다.

"그들이 진을 치고 있는 건 아마 중턱에 위치한 평지일 거요. 과거 펜실론 제국 시절 군사 요새를 짓기 위해 개발을 했던 지역으로, 산지 내부에서도 특별하게 지대가 평평하여 자리를 잡고 적을 맞받아치기에 용이한 지역이지. 작년엔 그곳에서 화전 농법을 시행한 걸로 알고 있소. 지하수를 끌어오기 위한 우물도 많이 만들어져 있어 군대를 배치하기에 알맞은 상황이오."

전도를 자세히 살펴보니 그의 말대로 상당한 요지였다.

중턱의 평야 지대를 두고 동, 서, 북이 고산지대로 막혀 있었다. 중턱에 위치해 있는 적군을 찌르기 위해선 남쪽의 언덕을 타고 공략을 하는 수밖에 없는데, 언덕을 타고 올라가야 하기 때문에 제대로 된 진군이 불가능하다.

소피아가 말한다.

"적들이 저곳에 자리를 잡아 버린다면 우리로선 소탕할 방법이 없어지겠네요. 그 정도의 지역입니다. 하지만 침공해 온 적들이 자리를 잡고 수비할 일은 없을 테니 크게 걱정할 필요는 없을 거라 생각되네요. 그렇죠, 일라인?"

"……."

"일라인? 왜 그래요?"

나는 한 방 먹은 기분이었다.

"설마……."

곧장 시선을 루트거에게 돌렸다.

"적장의 정체는 판명됐습니까?"

"아직입니다. 적어도 발라스의 군부는 그런 정보를 가지고 있지 못했습니다."

서방 민족은 많은 부분이 베일에 감싸여 있기 때문이다.

"안톤! 당장 크로싱의 첩보부의 힘을 빌려 적장의 정체를 알아내도록 하십시오! 에우로페와 툰카이도 마찬가지입니다. 첩보 능력을 총동원해 적장의 정체를 파악하도록 하세요! 당장 움직이세요! 우선 그것부터 시작을 하겠습니다!"

내 지시에 각국의 인물들이 움직였다. 각자 할 얘기들이 있는지 랜던 크로우는 애쉬와 리시테아를 데리고 갔고, 올라프는 아버지에게 끌려간다.

반면 소피아는 뾰로통하여 나를 노려보았다.

"왜 우리 베카비아엔 부탁하지 않는 거죠?"

"그야 당신들 첩보 능력은 이미 알고 있으니까 그렇죠."

"흥! 적어도 서방 민족에 대한 정보는 에우로페보다 많이
알고 있다고요! 귄터! 첩보부에게 이번 일에 대해 물어보도
록 하세요!"

귄터는 평소 경박한 모습은 일절 보이지 않은 채 각을 잡
아 경례를 하고는 회의장을 떠나갔다.

소피아는 내 안색을 살피더니 조심스럽게 묻는다.

"당신답지 않게 조급하네요. 왜 그래요? 우리는 급할 이유
가 없어요."

"저도 처음엔 그렇게 생각했어요."

하지만 적의 첫 움직임을 보고는 확신했다.

만약 적이 내 생각대로 움직인다면 이번 전쟁은 좋은 의미
로도, 나쁜 의미로도 외통수였으니까.

사드반 산지에 자리를 잡은 서방 민족의 군대.

그들은 바쁘게 움직이고 있었다.

침공을 위한 준비는 아니었다.

오히려 그 반대였다.

"어서 물자를 옮겨라! 시간이 많지 않다!"

진지 내부에 요새를 건설하기 시작하는 병사들. 그 진지 공사의 총지휘를 맡고 있던 건 여성이었다.

호리호리한 체격의 여성. 나이가 있었음에도 그 뇌쇄적인 미모는 남심을 홀리기에 충분했다.

그렇다고 흑심을 가지고 그녀를 훔쳐보는 자는 없었다. 오히려 눈을 마주치지 않으려 필사적이었다. 잘못 눈이 맞으면 어떻게 될지 잘 알고 있으니까.

"훗."

여성, 테토라 아니스트리는 그런 분위기를 즐기고 있었다.

그런 그녀의 엉덩이 밑에는 중년의 남자가 깔려 있었다.

남자는 무릎을 꿇고 뻗친 자세로 테토라의 무게를 버텨 내고 있었다. 자그마치 1시간을.

"으윽……!"

마침내는 팔이 부들부들 떨려 풀썩 엎어지자 테토라는 여전히 그 등에 앉은 채 말을 걸었다.

"이봐, 쓰레기."

"예, 예……. 천모님."

천모. 테토라가 자신의 세력에게서 불리는 이름이었다.

하늘이 내려 준 어머니. 신의 계시를 받은 자로 불리며 그녀는 자신을 신격화하는 것에 주저함이 없었다.

"너는 이번 작전의 진의가 뭐라고 생각하지? 들어 줄 테니 어디 한번 말해 봐.”

“그, 그것이……."

침공해 들어와선 대뜸 자리를 잡고 요새를 만들어 수비를 준비하는 테토라.

남자는 그 진의를 쉽사리 파악하지 못했다.

‘어째서 적의 영토에 침투하여 수비 태세를 갖추고 있단 말인가?’

이 경우 가장 위험한 건 포위를 당해 보급로를 끊기는 경우지만 테토라는 그 상황을 염두에 두어 막대한 양의 식량을 운반하고 있었다.

마치 이러한 구도를 미리 예상했다고 말하듯, 1달 치 분량의 식량을 진영 내부에 만든 지하 식량고에 저장하기 시작한 것이다.

게다가 이곳엔 화전 농법을 할 때 만들어 둔 우물이 많아 식수 걱정도 없었다.

적이 포위를 한다고 해도 보급 없이 능히 1달은 버틸 수 있다.

그렇다면 어째서?

“다른 지원군이 있으신 것 아닙니까. 가령 쿠데타를 일으키기로 한 세력이라거나……."

“흥, 그래. 잡졸의 머리론 거기까지 생각하는 게 고작이겠지.”

"큭……!"

남자는 절대 잡졸로 불릴 입장이 아니었다.

그는 빌랑의 5장군이었던 제크 월터라는 자였으니까.

그는 지난번 꼬리 전쟁 때 서방 민족의 침공을 막기 위해 파견이 됐다가 전투에서 테토라에게 패해 사로잡히고 말았다.

목숨을 잃기 싫었던 그는 전격 투항. 테토라의 노예로서 생활하고 있었다.

"이건 말이야. 그 웨이드란 녀석을 시험해 보는 거야."

"시험……?"

"웨이드 그놈은 이번 우리 군의 침공에 대해 아무런 준비도 하질 않았어. 그야 당연하지. 발라스는 놈의 국가가 아니니까. 심지어 대비를 해야 했던 발라스 놈들까지도 얼이 빠져 아무런 대응도 하지 못했지. 그 반면 나는 미리 알고 준비를 했어. 하나부터 열까지 전부! 그러니 이런 상황이 나오게 되는 거야. 상대는 아무것도 하지 못하고 외통수에 걸려 버리는 거지."

외통수라는 말에 월터는 이해하지 못해 미간을 좁혔다.

수비를 하는 것만으로 어떻게 외통수가 나온다는 말인가.

"후훗, 후후후훗……! 웨이드 그놈이 이 해답이 없는 상황에 어떻게 대처를 할까 궁금해 미치겠단 말이야."

자신이 내민 난제에 알스가 곤경에 빠지고 좌절할 것을 생각하니 그녀는 황홀감에 몸을 배배 꼬았다.

그러던 차. 흑갑을 착용하고 있는 남자가 그녀에게 다가와 말했다.

"천모님, 모든 준비가 완료됐다고 합니다. 개시 신호를 주시면 당장이라도 작전을 시작할 수 있습니다."

"빠른걸. 과연 피에 굶주린 디엘럼의 수인들이라는 건가? 구데리안은?"

"……이번 작전은 거부하였습니다."

"흥, 고지식한 척하긴. 좋아, 시작해. 웨이드란 녀석에게 피의 축배를 보내 주자고."

"옛!"

작전 개시의 신호. 그녀의 지시가 떨어지자 7만에 달하던 군영에서 1만의 병력이 홀연히 자취를 감춰 버린다.

개전 2일 차이자 축제 6일 차.

나는 최악의 시나리오가 현실로 다가왔음을 피부로 느꼈다.

"적장의 정체가 판명됐습니다! 서방에서는 천모라 불리는 여성으로 이름은 테토라 아니스트리라고 합니다!"

구데리안이 내게 주의를 줬던 자. 서방 민족의 우두머리

중 하나이자 뷜랑을 침공했던 적의 총대장.

나는 눈을 질끈 감았다.

'이번 전쟁에 대한 준비성의 차원이 달랐다는 건가.'

하긴, 내가 발라스의 전쟁에 대해선 너무 무관심했다. 관심을 가져 봤자 할 수 있는 게 없어 그랬던 거긴 하지만.

뭐가 됐든 크게 한 방 먹고 말았다.

내 기색을 눈치챘는지 소피아가 묻는다.

"어제부터 왜 그러는 거죠? 적장의 정체가 이번 전쟁과 중요한 관련이 있나요?"

"관련이 있고 말고요. 어림짐작이라고는 하지만 적의 수법을 알아낼 수 있거든요."

"그렇담 당신은 적의 수법을 알아냈다는 거군요. 테토라 아니스트리……. 테토라 아니스트리……?"

그때였다.

"설마!?"

애쉬였다.

그는 험악한 얼굴로 내게 묻는다.

"알스, 설마 그런 거냐?"

"나 지금 총대장이거든! 존댓말해라."

"그런 건 어찌 됐든 좋아! 네가 말하고자 하는 거……. 크라우스 포크너와 관련이 있는 거냐?"

도적 출신의 장군인 크라우스 포크너.

그는 테토라 아니스트리에게서 군략을 배웠다고 한다. 이건 크라우스를 포로로 잡아 심문했던 캘리퍼 군부에서 얻어낸 정보였다.

이 정보는 크라우스가 소속돼 있던 툰카이도 알고 있었던 모양이다.

"그래, 크라우스 포크너의 군략 스승 테토라 아니스트리. 아마 둘의 기본적인 전법은 비슷하겠지. 그걸로 미뤄 보면 지금 적이 하려는 작전은 짐작이 가."

크라우스가 포로를 처형하며 조급함을 유도했던 것처럼.

지금의 상대도 비슷한 짓을 할 거다.

바로 민간인 학살이다.

아니나 다를까. 전령이 하얗게 질린 얼굴로 군부 회의장에 들이닥쳤다.

"급보! 전선 부근의 영지인 호라딤이 약탈당했습니다! 호라딤을 점거한 적은 남녀노소 가리지 않고 주민들을 모조리 처형했다고 합니다!"

군부 회의장에 일순 침묵이 흘렀다.

그런 급보가 하나가 아니었다.

연이어 들어오는 학살의 보고들.

적은 본대가 자리를 잡은 시점에 별동대를 이용해 주변 영지를 모조리 약탈하기 시작한 것이다.

그 별동대의 숫자는 대략 1만에서 1만 7천 정도.

그걸로 끝이 아니었다.

약탈은 새벽부터 시작이 됐는지 그 보고를 받을 정오 무렵엔 우리 부대가 주둔하고 있던 벨렌으로 서너 대에 달하는 마차가 들어온다.

말 세 마리가 끌고 있는 마부 없는 기괴한 마차.

그 마차는 피 칠갑을 하고 있었고, 마차의 창문에선 피가 흘러내리고 살과 뼈가 끼어 있었다.

그 마차의 문을 열어 본 병사는 기겁하여 주저앉았다.

주르륵 흘러내리는 육편들. 머리, 다리, 팔 할 것 없었고, 내장도 섞여 있었다.

"으, 으아아아——!"

병사들은 기겁하여 마차에서 거리를 두었다.

그 마차의 행렬은 그걸로 끝이 아니었다.

계속해서 시체를 실은 마차가 우리 군영으로 배달되고 있었다.

"이게 무슨……."

경험이 많은 루트거도 뭐라 말을 잇지 못했다.

에오와 리시테아도 그 참상에 자기도 모르게 눈을 돌렸고, 소피아의 경우엔 참지 못하고 구토를 하고 있었다.

"뭐, 뭐야 이게……."

애거트가 절규했다. 평민인 녀석은 죽은 사람들이 어떤 사람들인지 잘 알고 있었다. 근처의 친한 아저씨, 할아버지들,

아줌마들. 꼬맹이들. 그런 민간인들이 무차별적으로 살해당한 것이다.

"고, 곱상한 대장님. 이, 이건 대체……? 대체 뭐야!"

"뭐긴 뭐야, 전쟁이지. 올라프!"

나는 그를 불러 지시했다.

"병사들 중에 잔뼈가 굵은 자들을 선발해 주세요. 그들에게 이 마차 처리를 일임하겠습니다."

"하지만 알스, 발라스의 병사들 중에 그런 자들은 많지 않아."

"그렇담 어쩔 수 없죠. 지금 발라스는 용병들을 많이 구하고 있는 중일 거예요. 그중에서 마차를 처리해 줄 용병들을 구해 오도록 해요. 이건 시급을 요하는 일입니다. 서둘러 줘요."

"알겠어!"

아픈 곳을 찔리고 말았다.

발라스의 병사들 대부분은 실전 경험이 없다. 우리 장교들도 기겁하고 있는 이 참상을 목격했다간 공포에 휩싸여 탈영을 해 버릴지도 몰랐다.

소문이 도는 것만으로도 사기가 떨어질 수 있었다.

그런 만큼 시체 마차에 대한 관리는 필수적이었다.

문제는 그걸로 끝이 아니라는 점이다. 이 시체 마차는 어디까지나 부가적인 것일 뿐, 적도 장난 삼아 하는 것에 불과하다.

한참이나 구토를 한 소피아도 그제야 모든 것을 깨달았는지 내게 말해 온다.

"그랬군요……! 그래서 당신이 조급해했던 거군요. 상황이 이렇게 되면 우리는 아무것도 할 수 있는 게 없으니까!"

보통의 국가들은 이런 경우를 대비한 대응 체계가 잡혀 있다. 국토 곳곳에 대피소 기능을 하는 성채 같은 것이 건설되어 있어서, 주민들은 그런 곳에 대피를 해 시간을 벌곤 한다.

하지만 발라스는 그런 부분에서 취약했다. 건국 이후 전쟁을 벌이지 않은 국가였으니까.

주민들은 그런 성채가 있는지도 잘 몰랐고, 심지어 그 성채도 제대로 관리되지 않았다.

발라스 왕국의 초동 대처마저 좋지 않았다. 쿠데타를 막는 것에만 전전긍긍하며 제대로 신경을 쓰지 못했다.

대피령을 선포하긴 했지만 정작 대피 유도도 하지 않고, 어떻게 대피하는지도 제대로 알려 주지 않았다.

그저 내게 맡기면 그만이라는 듯, 미리 했어야만 하는 일을 게을리했다.

"……."

내가 침묵하자 귄터가 침을 꼴깍 삼키며 소피아에게 묻는다.

"공주님, 그게 대체 무슨 뜻입니까? 아무것도 할 수가 없다니요?"

"말 그대로의 의미예요. 우리는 이 학살을 지켜볼 수밖에 없는 상황이에요. 이 학살을 막기 위해선 구원을 위한 별동대를 파견하는 수밖에 없으니까."

다만 병력상 열세에 있는 우리가 별동대를 편성했다간 역으로 당할 가능성이 높아진다. 혹은 적의 본대가 우리의 별동대를 노리고 새로운 추격대를 조직할 수도 있다. 그런 난전이 될 경우 손해를 보는 건 병력이 적은 우리다.

그러니 별동대를 파견하기 위해선 적의 본대를 소탕하거나, 포위해 놔야 한다는 전제가 생긴다.

하지만 적의 본대는 사드반 산지에 자리를 잡고 요새화를 꾀하고 있다. 이 수비적인 이점을 깨부수려면 못해도 1.5배에 달하는 병력이 필요하다.

그 숫자는 대략 9만에서 10만이다. 그러나 우리가 가진 병력은 6만뿐.

"자, 잠깐!"

올라프의 아버지인 유겐트였다.

"이렇게 된다는 건 적도 침공을 하지는 않는다는 뜻 아닌가? 최소한 작전의 목표는 달성할 수 있게 되는 거네."

우리 작전의 목표는 이 전선을 지키고 적을 수도까지 진입시키지 않는 것. 그러니 유겐트의 말은 틀리지 않았다.

그리고 적의 노림수도 그거였다.

작전은 성공하게 해 줄 테니 수십만이 넘는 민간인 학살을 손가락을 빨며 지켜보고 있어라.

그렇기에 좋은 의미로도, 나쁜 의미로도 길은 하나뿐.

외통수의 상황인 것이다.

민간 학살을 시작한 서방의 군대.

군부회의장은 아수라장이 되어 있었다.

발라스의 장군인 마인츠 람스트롱을 비롯한 몇몇 장교들이 민간인들을 구출해야 한다면서 목소리를 높였기 때문이다.

"지금까지 죽은 숫자만 10만이 넘는 걸로 추정된다고 하오! 이 속도대로라면 수배에 달하는 민간인이 더 죽을 것이오! 그걸 외면하겠다는 겁니까! 자고로 군대란 국민을 지키기 위해 존재하는 것! 우리가 움직여야 합니다!"

그의 말에 올라프와 애쉬, 랜던 크로우가 동의를 표했다.

그 반면 반대파도 있었다.

"그렇담 어떻게 해야 한단 말인가? 적을 물리칠 방법이 없단 말이네! 패배할 걸 알면서도 움직이라는 건가? 그러느니 차라리 병력이라도 온존해야 하지 않겠나!"

루트거의 주장이었다.

이에 유겐트 드레스덴, 소피아가 동조한다.

소피아의 동조는 그녀의 행적을 미루어 봤을 때 의외라고 할 수 있었다.

과거 베카비아에서 일어난 전쟁에선 민간인을 위험에 빠뜨리지 않겠다고 내 작전을 아득바득 거절했으니까.

물론 그때와는 상황이 완전히 다르긴 하다.

소피아도 자신의 일을 예로 들며 말했다.

"이전에 비슷한 일이 있었어요. 웨이드는 민간인의 안전보단 작전의 성공을 중시했고, 저는 민간인의 안전을 우선시했죠. 누구의 선택이 옳았냐는 중요치 않아요. 그야 각자가 그렇게 생각한 근거가 있었고, 어떤 방법을 선택해도 승산 자체는 있었으니까요. 하지만 이건 다릅니다. 전혀 승산이 없어요! 자살행위입니다!"

좋은 지형에 자리를 잡고 요새까지 지은 상대를 상대한다는 건 그런 일이다.

쾅! 애쉬가 탁자를 내리치며 외쳤다.

"그렇담 수십만에 달하는 민간인들이 죽는 걸 손 놓고 지켜보자는 겁니까! 뭐라도 해 봐야 하지 않겠습니까!"

"그러면 당신이 그 방법을 말해 보세요! 자리 잡고 있는 적을 소탕할 방법을!"

"그건 머리를 맞대고 다 함께 생각해 보면 나올 겁니다! 그걸 하지도 않고 포기하는 그 태도가 마음에 들지 않는다는 거라고!"

"없으니까 그런 거예요! 방법 따위 없어요! 이미 외통수라고요!"

베카비아의 공주인 소피아와 툰카이의 왕자인 애쉬. 둘은 비슷한 입장에 있었으나 아무래도 소피아가 더 냉정했다.

두 갈래로 나뉘어 설전을 벌이는 장교들.

에오나 안톤처럼 중립을 유지하는 장교들이 더 많긴 했지만 그 중립파도 점점 설득이 되어 어느 한쪽의 편을 들기 시작했다.

마침내는 내게 답을 요구하기 시작한다.

소피아는 고개를 절레절레 흔들며 내게 말한다.

"일라인, 당신이 총대장으로서 이 무의미한 논쟁의 끝을 내 줘요."

나로 말하자면 소피아와 의견이 같았다.

이건 불가능한 전쟁이다.

굳이 상대를 소탕하지 않고 포위만 해 둔 다음 민간인 구출 작업을 진행할 수도 있긴 했지만 큰 효과는 없다.

그 경우의 문제는 후퇴를 할 때다. 상대가 후퇴하는 우리의 꽁무니를 쫓아올 게 분명하기 때문이다.

그랬다간 가지고 있는 이 병력조차 제대로 간수하기 어려워져 전쟁 자체를 패배해 버릴지도 모른다.

민간인을 구출하는 것도 좋지만 전쟁에서 패배했다간 전

부 물거품이 된다. 훨씬 더 많은 민간인들이 고통을 받게 된다.

당장 민간인들이 죽어 나가는 건 안타깝지만 마땅히 할 수 있는 게 없다.

그렇지만.

'마음에 들지 않는걸.'

나는 은연중에 느끼고 있었다.

상대는 내가 이런 식으로 끙끙대는 모습을 즐기고 있다는 걸.

내 발버둥을 보며 무의미하다 비웃고 있을 거라는 걸 말이다.

나는 속이 부글부글 끓는 감각을 느꼈다. 나를 한 방 먹인 상대에 대한 호승심과, 민간인 학살이라는 저열한 수를 사용한 상대를 향한 분노였다.

그렇기에 조금은 감정적인 선택을 하고 말았다.

"아무것도 하지 않는 건 있을 수 없는 일이긴 합니다. 그러니 일단은 애쉬의 말대로 머리를 모아 방법을 강구해 보도록 하죠."

"방법이라고 할 게 없다니까요! 당신도 그걸 모르지 않잖아요!"

"그렇다고 해도 하지 않는 것보단 낫겠죠. 소피아 선생님? 당신이 늘 말하지 않았습니까? 전쟁의 활로는 언제나 의외의 곳에 숨어 있는 거라고."

"그건……!"

그녀가 했던 말로 돌려주니 반박할 말이 없는 모양이다.

소피아는 한숨을 쉬며 고개를 끄덕인다.

그렇게 이 상황을 타파할 수 있는 방법에 대해 장교들이 툭 터놓고 이야기를 나누기 시작했다.

먼저 운을 뗀 건 애쉬였다.

"우리 쪽엔 용장들이 많아. 에오니아 미라벨도 그렇고, 나도 그렇고, 거기 그쪽의 안톤이라고 하는 무시무시한 형님도 그렇지. 우리가 앞장서서 적의 선진을 꿰뚫는다면 그 요새 공략도 무모한 짓은 아닐 거라고."

이에 루트거가 곧바로 반박한다.

"무모한 짓이 아니라니. 정확히 그런 걸 두고 무모한 짓이라고 하는 것이네. 이번 작전에서 우리가 할 수 있는 거라고 해 봐야 적절한 병력으로 적의 본대를 포위한 뒤 남은 병력으로 민간 구출 작업을 진행하는 것 정도야. 그걸로 마음에 들지 않는다면 적의 본대를 소탕할 방법을 제안하는 게 좋을 거야."

"군량을 노리는 방법은 어떻습니까?"

그러한 올라프의 물음에 루트거가 이번에도 반박한다.

"적은 구덩이를 파 그곳에 막대한 양의 식량을 보관하고 있다고 하네. 그 식량 저장고로 침투할 수 있는 고위 첩자가 있다면 모를까 그런 게 아니라면 불가능해. 식수도 마찬가지야. 우물이 아주 잘 갖춰져 있더군."

상류에서 지하수 자체를 끊어 버리는 방법이 있긴 하지만 그걸 위해선 커다란 공사가 필요하다. 하루 이틀이 아니고 못해도 3달은 필요한 큰 공사다. 당연히 지금 상황에선 불가능하다.

"화공은 어때요?"

애거트가 당돌하게 말한다.

"적진의 동, 서, 북이 고산지대라면서요? 높은 곳에서 불화살을 쏘다가 우연히 군량에 맞기라도 하면 대박이잖아요!"

"말하지 않았냐, 애거트. 적은 지하 창고에 식량을 보관하고 있어. 눈먼 불화살이 군량에 맞을 일은 없다는 거야. 게다가 그곳은 지난해 화전농법을 취했던 곳인지라 불이 옮겨 붙을 나무와 풀도 거의 없는 상황이야."

"그렇담 반대로 수공은 어때요?"

"산지만큼 배수가 잘되는 지형이 어디 있다고! 아무렇게나 지껄이지 마라!"

이에 애거트의 옆에 있던 도로시가 만류한다. 애거트는 재미없다는 듯 혀를 찬다.

"쳇! 뭐든 말해 보라며! 말했더니 면박이나 주고 말이야."

"애거트! 쉿!"

나는 빠져들듯 모두의 의견을 주워 담으며 해답을 향한 길을 찾고 있었다.

알스의 영특한 머리와 내 빠른 계산 능력이 최고조로 발휘됐다. 그건 지금 이 상황이 그만큼 어려운 상황이라는 뜻이기도 했다.

그때 올라프가 해답을 찾아냈다는 것 같은 표정을 지었다.

"……수공이 아주 틀린 말은 아닐지도 몰라요."

"그게 무슨 뜻인가?"

"루트거 씨. 당신이 준 자료대로라면 이 사드반 산지는 펜실론 제국 시절 군사 요새를 짓기 위해 개발을 한 지역이라고 했죠."

"그렇다만."

"그건 중턱의 진지는 물론이고 산지 고지대에 있는 망루 시설도 마찬가지 아닙니까? 분명 망루 시설을 짓기 위해 고지대도 개발을 했을 거예요. 그렇단 건 그쪽도 지대가 멀쩡하지는 않을 거라는 뜻입니다. 잘만 조치를 취하면 고지대에서 산사태가 일어나게끔 할 수 있지 않겠습니까?"

"산사태를!?"

회의장이 웅성였다.

올라프는 힘을 받아 말을 이어 간다.

"먼저 적을 포위하고 있다가 비가 내리는 날에 산사태를 유도해 놈들의 진지를 덮치는 겁니다. 그렇게만 하면 적의 요새를 일정 부분 무력화할 수 있을 거예요. 그 무력화된 지점을 파고들어 적의 요새를 공략하는 겁니다!"

올라프는 즉시 내게 수락의 사인을 보냈지만 나는 고개를 흔들었다.

"안 돼요. 산사태를 우리 마음대로 유도할 수 있다고 보긴 어려워요. 비가 언제 올지도 모르고요. 어지간한 운이 따르지 않으면 불가능하겠죠. 그런 운에 맡긴 작전은…… 운에 맡긴 작전은……? 운에 맡긴 작전……?"

순간 한 가지 아이디어가 뇌리를 스쳐 지나갔다.

그 기색을 알아챈 소피아가 묻는다.

"뭔가 작전을 생각해 냈군요."

"……예. 한번 시도는 해 볼 만할 것 같네요."

"뭐죠?"

"화공입니다."

"화공이라고요!?"

설마 애거트가 막 던진 말이 정말로 힌트가 될 줄이야.

"대체 뭘 어떻게 하겠다는 거죠?"

"지금은 말해 줄 수 없겠네요."

나는 눈앞의 서류들에 작전에 필요한 준비물을 적은 뒤 자리에서 일어났다.

"올라프! 당신은 여기에 적힌 물자를 빠르게 준비해 주세요. 지금 바로 움직여도 좋습니다."

"그래. 알겠다!"

"다음 안톤! 당신은 당장 쥬라스에게 가서 이걸 보여 주세요. 녀석이라면 알아서 알아들을 겁니다."

"옛!"

그 외의 장교들에게도 지시를 하달하자 남은 건 발라스의 장군인 람스트롱과 메이센, 그리고 도로시뿐이었다.

도로시는 어색하게 웃는다.

"어쩐지 다른 사람들에게 미안하네. 우리만 마땅히 맡을 수 있는 역할이 없으니."

메이센도 유겐트의 수행원으로 따라온 것에 불과했기에 군부회의 자리를 줄곧 불편해 했었다.

또 하나 람스트롱 장군은 이번 군부회의에서 거친 언사를 한 것으로 내게 문책을 받을 거라 생각했는지 표정이 좋지 않다.

"알스, 나는 이만 가 봐도 될까?"

"가다니?"

"나랑, 저기……. 메이센 선배님에겐 따로 시킬 일이 없는 거잖아. 람스트롱 장군님과는 할 이야기가 있는 거고. 아니야?"

"무슨 소리야. 본격적인 작전 수립은 지금부터인데."

"뭐?"

이 자리에 남아 있는 셋.

이 셋이야말로 이번 작전 수립에 필요한 핵심이었으니까.

개전 5일 차의 아침.

사드반 산지에 자리를 잡고 있던 테토라는 온갖 금은보화에 둘러싸여 있었다.

민간인들을 약탈하여 얻어 낸 것들이었다.

그 물자들이 계속해서 이 진지로 오고 있었던 덕에 식량은 물론이고 모든 부분에서 풍족했다. 병사들의 사기도 하늘을 찌르고 있었다.

"흐응, 대륙의 보석은 이런 식으로 만드는 건가. 나쁘지 않은걸."

테토라는 만족스럽게 웃었다.

약탈한 물자도 물자지만 그 웨이드를 아무것도 하지 못하게 만든 것에 대한 쾌감이 더 컸다.

대륙에선 초신성이라 불리는 웨이드조차 자신에겐 쩔쩔매고 있다.

이건 내부적으로도 의미가 있었다.

웨이드라고 하면 서방의 우두머리 중 하나인 한네만을 혼쭐낸 녀석 중 하나다. 그런 웨이드를 자신이 가지고 놀았다는 건 자신이 한네만보다 위에 있다는 걸 증명하는 것과 다르지 않았다.

"아까워라. 쥬라스 파밀리온이라는 녀석도 상대해 주고

싶었는데 말이야."

그 쥬라스라는 녀석도 자신의 앞에선 별거 아닐 거라고. 테토라는 진심으로 그렇게 믿었다.

그렇게 그녀가 도취감을 느끼던 도중이었다.

"보고드립니다! 벨렌에 주둔하고 있던 적군이 전진! 목표는 이쪽 사드반 산지인 듯합니다!"

"……뭐라고?"

설마 움직이는 선택을 할 줄이야.

지금 적군이 취할 수 있는 최선의 수는 그저 가만히 있는 것이다.

그런데도 굳이 움직이다니.

"적의 규모는?"

"전군이 모두 움직였습니다! 숫자는 대략 6만에서 6만 3천 정도인 걸로 보입니다!"

그들이 주변 영지를 철저하게 약탈을 했다곤 하지만 도주한 자들이 없을 수가 없었다. 그렇게 벨렌으로 도주한 자들 중 많은 수가 복수심에 불타 군대에 자원을 했다. 그 숫자가 3천이었다.

알스는 그들을 부대 곳곳에 배치해 사기를 진작하는 데에 사용했다. 서방의 만행을 병사들에게 전파하며 복수심을 심어 준 것이다.

"멍청하긴. 진심으로 나를 이길 수 있다고 생각한 건가?"

그러면서도 테토라는 알스가 자신의 본대를 노린다고 생각하진 않았다.

　자신이 구축해 놓은 이 요새는 철옹성이다. 이걸 뚫어 내려면 1.5배의 병력 차로도 부족하다. 족히 3배의 병력을 준비해 와야 한다.

　다시 말해 18만 명은 데리고 와야 겨우 함락시킬 수 있다는 뜻이다.

　그런데 비슷한 숫자인 6만 3천으로 덤비다니. 다른 의도가 있을 거라 추측할 수밖에 없었다.

　"어디 한번 추한 발버둥을 지켜보실까?"

　그녀는 패배할 거라고는 추호도 생각지 않았다. 지금 알스의 행동도 보여 주기식의 정치적인 모션이라고 생각했다.

　민간인을 구하기 위해 노력은 했다 식으로 포장을 하기 위해서다.

　민간인을 죽게 놔뒀다는 게 알려지면 명성에 흠이 갈 테니까.

　그렇게 개전 5일 차의 오후.

　알스가 이끄는 발라스의 병력이 산지 남쪽 언덕을 타고 올라와 테토라가 구축한 요새를 눈앞에 두게 된다.

　"……놀랍군."

　루트거는 그 요새의 견고함과 정밀함에 혀를 내둘렀다.

　가장 먼저 외벽은 두꺼운 돌로 세워져 있어 병사들의 진군을 방해했고, 그 바로 뒤에 1m 높이의 목책이 서 있었다. 그 목책은 성벽의 형태로 만들어 병사들이 그 위에 올라가 창을 겨누고 있었다. 그런 목책이 원형으로 둘러쳐져 모든 방위를 수비하고 있었다.

고작 1m의 높이라곤 하지만 고저차로 인한 전투력 차이는 무시할 수 없다. 능히 한 명의 병사가 두 명의 적을 상대할 수 있다.

그런 목책이 한 겹이 아니었다.

진형 내부에 한 겹의 목책이 더 서 있었다. 중심부에 있는 테토라를 치려면 그 벽을 두 개나 넘어야 한다는 것.

"으……."

정면 돌파를 주장했던 애쉬조차 말문을 잃었을 정도의 요새.

알스는 그 요새를 앞두고 가볍게 웃었다.

"각자 자신의 위치를 잡으십시오!"

테토라는 과연 알스가 어떤 식으로 나올까 궁금해 미칠 지경이었다.

그런 그녀에게 이어진 알스 행동은 예상을 크게 빗나가는 것이었다.

남부 언덕을 올라와 자리를 잡은 알스가 적의 화살에 닿지 않는 지점에 멈춰 서더니, 돌연 요새를 짓기 시작한 것이다.

"뭐……라고?"

테토라는 그 기행에 눈살을 찌푸렸다.

무기가 아닌 망치와 수레를 들고 요새를 짓기 시작하는 적 병사들.

이에 테토라의 노예 생활을 하던 빌랑의 장군 제크 윌터가 소리친다.

"천모님, 적의 의도가 뭔지는 모르겠으나 지금이 기회입니다! 병사들을 돌격시켜 적을 밀어내야 합니다!"

현재 발라스 군대가 자리를 잡고 있는 건 언덕 지형이다. 심지어는 선진에 있는 병사들이 무기를 놓고 건설 작업에 착수하고 있으니 지금 강하게 밀어붙인다면 선진을 부수고 경사로를 통해 발라스 군의 진형을 완전히 무너뜨릴 수 있다.

전술적으로는 그게 맞았다.

하지만 테토라는 그 전술인 정답이 마음에 들지 않았다. 요새를 박차고 나가기가 싫었던 것이다.

'놈은 그걸 노리고 있는 건가? 내가 요새를 나와 공격을 하게끔? 그래, 그때를 노려 무언가를 할 생각일지도 몰라.'

그녀가 생각하는 필승법은 요새를 지키고 있는 것이었다. 그것만 해도 반드시 승리할 수 있다.

그러니 괜한 짓을 할 필요는 없다는 생각이었다.

"천모님, 제게 병력을 주십시오! 그리하면 제가 적들을……."

"닥쳐라! 쓰레기 주제에 입을 놀리지 마!"

테토라는 알스의 이 행동이 마음에 들지 않았다. 감히 자신이 예상할 수 없는 짓을 한다는 것에 불쾌감을 느꼈다.

마치 알스가 자신을 시험하는 것같이 느껴졌으니까.

'시험하는 입장은 나야!'

그런 와중 포로로 잡혀 있던 서방의 척후병을 통해 알스의 편지가 그녀에게 도착한다.

"천모님, 이런 것은 굳이 읽어 볼 필요가 없습니다."

"닥치라고 했지!"

테토라는 제크의 진언을 무시하고 신경질적인 손짓으로 편지를 펼쳐 보았다.

그대의 어리석음에 경의를 표한다.

그런 서두로 시작한 편지에는 민간인을 약탈한 것에 대한 비난과 그 행동에 대한 조롱과 비웃음이 어려운 말로 포장되어 있었다. 소설을 쓰기 시작하며 글 솜씨가 향상된 덕인지 상대를 빡치게 하는 교묘한 문장들이 많았다.

그 내용을 속되게 요약하면 이랬다.

하여간 야만인 수준 어디 안 가네? 새삼 놀랍지도 않다, 인마ㅋㅋ

뿌득! 테토라는 자신도 모르게 이를 갈았다.

알고 있다. 이건 허세일 뿐이다. 그런데도 너무나도 교묘한 조롱에 열이 오르고 말았다.

그녀는 곧장 포로로 잡아 놓은 민간인을 이용해 마찬가지로 조롱이 담긴 답장을 보냈으나, 알스는 편지를 읽어 보지도 않고 보란 듯이 불태워 버리고는 테토라가 있는 쪽으로 특유의 손가락 욕을 보냈다. 펜실론 제국 시절부터 내려온 욕으로, 서방에서도 이 손가락 욕은 굉장한 모욕이었다.

"저놈이——!"

화가 치밀어 오른 테토라는 한동안 알스를 노려보고는 몸을 돌렸다.

"언제까지 기고만장해할 수 있는지 두고 보자고……!"

언젠가 저놈이 자신의 발바닥을 핥게 만들어 버리겠다고. 테토라는 굳게 다짐하고 있었다.

대치를 시작한 양군.

남쪽 경사로에 자리를 잡은 알스의 군대는 요새 건설 작업에 착수했다.

마치 성벽을 세우듯, 벽을 길게 세우고, 그걸 높이기 시작했다.

그 모습을 지켜보고 있던 제크 월터는 미간을 찌푸렸다.

"용병 웨이드……. 평범한 장군은 아니라고 들었지만 이 정도로 기묘한 자일 줄이야."

왜 벽을 세우고 있는가에 대해선 짐작 가는 바가 있었다.

"우리를 완전히 포위하겠다는 거군."

소탕은 불가능하다고 판단하고 포위망을 구축하기 위해서다.

당장 진지의 북, 동, 서는 고산지대로 막혀 있으니 포위망을 구축하기 어렵지 않았지만 남쪽의 경사로는 다르다.

서방의 군대가 마음만 먹으면 돌파해서 나갈 수 있다.

그러니 알스는 그 남부 방면으로 거대한 벽을 세워 막아 놓기로 한 것이다.

그러기 위한 목적이었기에 그 벽에는 체계라는 게 없었다. 일정한 석벽도 아니었고, 목책도 아니었다.

오히려 단순 흙과 진흙의 비중이 훨씬 더 높았다.

알스는 그러한 건축물을 어떻게든 높이 세우고 있었다. 높이만 높은 얇은 흙벽이라고 할까. 그렇기에 병사들은 사다리를 타고 올라가 작업을 해야만 했다.

2만여 명의 병사들이 이 건축 작업에 밤낮으로 투입되어 있었고, 건축 물자도 근처 산지에서 무한하게 조달할 수 있었기에 흙벽은 급격하게 높아졌다.

마치 옆에 있는 산 하나를 이쪽으로 옮겨 놓는다고 할까.

군대 시절에 했던 삽질이 생각나 기분이 조금 묘했다.

개전 9일 차이자 대치 4일 차가 된 시점엔 높이가 무려 20m는 되어 있었다.

"대체 어디까지 높이려 하는 것인가……."

높아도 너무 높다. 제크 월터는 그제야 자신이 착각을 하고 있는 게 아닐까 하는 우려를 느꼈다.

자신들을 포위하는 것 외에 다른 목적이 있는 게 아닐까 하는 우려를.

그런 그에게 번뜩이는 무언가가 스쳐 지나갔다.

"그랬군, 그랬던 거였어!"

월터는 곧장 테토라에게 달려갔다.

"천모님! 적의 의도를 알아냈습니다!"

"……"

불쾌한 표정을 짓고 있던 테토라가 나직이 답한다.

"말해 봐."

"예! 적은 저 흙벽을 우리 진지의 방향으로 넘어뜨리려는 겁니다! 그걸 통해 우리가 세운 요새를 무력화시키려는 셈이지요!"

저 정도의 흙벽이 진지를 향해 무너지면 흙벽이 무너진 지점에 한해선 1차 방어선이 무의미해진다. 발라스의 군대는 그 틈을 파고 들어와 요새로 침투하려 한다는 것이다.

"산사태를 임의로 만들어 버리겠다는 건가."

"바로 그렇습니다! 실로 놀라운 발상이 아닐 수 없습니다."

용병 웨이드의 기책. 하지만 제크는 그걸 읽어 냈다.

그가 무능한 장군이 아니라는 뜻이었다.

제크는 빌랑에서도 유망한 장군이긴 했다. 가문의 힘이 뒤따라 주지 않아 출세하지 못했을 뿐.

그는 노예로 잡힌 지금 상황에 좌절하지 않았다. 오히려 이걸 기회라 생각했다.

이번 전쟁에서 테토라의 눈에 들어 출세를 하고자 하는 욕심이 있었다.

"천모님, 명령을 주신다면 제가 대처를 해 놓겠습니다."

"……어떻게 하겠다는 거지?"

제크는 신중하게 말을 골랐다. 지금 테토라는 적을 공격하는 걸 꺼리고 있다. 웨이드가 그녀 자신을 시험하고 있다고 생각하고 있기 때문이다.

'병사들을 이끌고 가 저 흙벽을 토대부터 무너뜨리고 싶지만……. 그 부분은 적도 대비하고 있을 테니 위험 부담이 크고, 이 여자도 마음에 들어 하지 않겠지.'

그렇담 적이 노리는 결과물에 대한 대처를 하면 된다.

"저 흙벽이 우리 쪽으로 무너지는 걸 대비하여 요새를 재구축하겠습니다. 우리가 그리 나온다면 적은 힘이 빠질 겁니다."

"나쁘지 않네. 의도가 읽히고 당황하는 모습을 볼 수 있겠어. 맡겨 둘 테니 해 봐."

"옛!"

발라스군이 흙벽을 이용해 만들어진 산사태를 발생시킬 거라 판단하고 요새 재구축에 들어가는 서방의 군대.

흙벽의 정상에 올라 있던 알스는 그 모습을 보며 입꼬리를 올렸다.

"나름대로 괜찮은 판단인데? 완전히 헛짚었다는 것만 뺀다면 말이지."

그 옆을 지키고 있던 도로시는 불안한 얼굴로 말한다.

"알스, 정말 괜찮을까? 만약 통하지 않는다면……."

"걱정 마. 책임은 내가 질 테니까. 그보다도 상대가 이렇게 나와 줬으니 이젠 다음 단계로 넘어가도 괜찮겠어."

"응, 준비는 만전이야."

"그래, 바로 시작하자."

알스의 두 번째 모션.

그것은 적에 대한 완전한 포위였다.

남쪽의 경로를 흙벽으로 막아 놓은 우리 군은 동, 서, 북에 위치한 고산지대를 점거하여 목책을 세우고 진정한 의미로 요새화를 꾀했다.

남쪽의 흙벽을 포함해 동서남북으로 우리를 만들어 적을 포위한 것이다.

그 건설 지휘자로 북쪽엔 올라프, 동쪽엔 도로시, 그리고 서쪽에선 내가 진지 공사의 지휘를 맡았다.

"조금이라도 틈이 있어선 안 된다! 지급한 설계도대로 건설을 진행해라! 설계도와 지형의 오차에 대해선 곧장 장교에게 보고하도록!"

그렇게 공사를 진행하고 있자니 소피아가 불편한 얼굴로 내게 다가왔다.

"일라인, 이건 대체 뭐죠?"

"뭐긴요. 포위망을 구축하고 있는데요?"

"그렇담 첫날부터 했어야죠!"

버럭 소리치는 소피아. 그녀가 불만인 점은 어째서 포위망 구축을 대치 5일 차에 시작했냐는 것이다.

일찌감치 포위망을 구축했다면 하루라도 빨리 민간인 구출 작업을 시작할 수 있었을 테니까.

내가 일찍 포위를 하지 않고 흙벽을 만들고 있던 사이에 죽어 나간 민간인의 숫자도 15만에 달했다.

지금에 와서 민간인 구출을 하러 가는 건 소피아가 보기에 소 잃고 외양간을 고치는 것처럼 보였을 테다.

"혹시라도 있을 적의 습격을 대비하기 위해서라도 여유 병

력은 2천 정도밖에 없어요. 소피아, 당신이 그 병력을 이끌
고 민간인 구출 작업을 진행해 줘요. 적과의 교전을 피하면
서 대피시키는 것에만 집중하면 될 거예요."

"⋯⋯."

소피아는 입을 다물었다. 그러고는 깊은 눈으로 묻는다.

"대체 이번 건 무슨 작전이죠? 처음엔 흙벽을 무너뜨려 적
의 진지를 덮치려는 건 줄 알았는데, 그런 게 아니군요."

"설마 그런 뻔한 방법을 사용하려고요."

"그러니까 뭐냐고요!"

"아직은 말할 단계가 아니에요. 당신을 못 믿는 건 아니지
만 그만큼 보안을 요하는 일이라고 생각해 줘요."

"큭⋯⋯!"

"불만이 있을 수 있다는 건 압니다. 하지만 이것 하나만
기억해 줘요. 발라스의 마인츠 람스트롱 장군이 제 작전을
지지하기로 했다는 걸."

"⋯⋯!"

소피아는 눈을 부릅떴다.

"그, 그러고 보니 이상하네요. 람스트롱 장군은 어째
서⋯⋯?"

민간인 구출을 강하게 주장했던 람스트롱이 지금 이 상
황에 대해 침묵하고 있다는 것에 소피아는 새삼 놀라고 있
었다.

더더욱 내 작전의 진의가 궁금해졌는지 근질거리는 모양이었지만 민간인 구출 작전이 코앞에 있었다.

나는 소피아와 랜던 크로우를 지휘관으로 하여 애쉬, 리시테아, 귄터, 안톤 등등. 무장들을 죄다 구출 작업에 투입했다.

유일하게 에오니아를 제외하고서 말이다.

에오는 내게 뭔가 생각이 있겠지 납득하면서도 시무룩해하고 있다. 왜인지 그녀는 최근 들어 전공을 따는 데 목이 말라 있는 듯한 느낌이 든다.

그 모습이 위태로워 보여서 민간 구출 작전에 투입하지 않은 것도 있었고, 무엇보다 달리 맡기고 싶은 역할이 있었다.

"에오, 네게 맡길 임무가 있어. 아주 중요한 임무야."

"중요한 임무……! 그건 전공으로 치면 어느 정도인 건가요!?"

"글쎄, 전공의 정도는 잘 모르겠지만 이 임무가 실패로 돌아간다면 작전 전체에 차질이 생길 수도 있으니 무척 중요하다고 할 수 있지."

"그런 중요한 임무를 저에게……! 뭐든 말씀해 주십시오!"

"그래, 그러면 부탁할게. 에오, 너는 이제부터 하늘을 유심히 관찰해 줘."

"……?"

어째서 하늘을 관찰하는 게 중요한 임무인가.

그녀는 고개를 갸웃하고 있었다.

대부분의 장교에게 명령을 하달하고 난 뒤 조금 여유가 생긴 나는 그 남자와 이야기를 해 보기로 했다.

북쪽의 진지에서 올라프와 함께 목책 구축 작업을 하고 있던 에우로페의 유젠트 드레스덴 장군이다.

변절해 버린 아들을 보고 그가 어떤 생각을 하는지 알고 싶었다.

그 화제를 꺼내자 유젠트는 쓰게 웃었다.

"좋지 않은가."

"좋다……고요?"

"자네가 왕자의 포로 교환 조건으로 아들 녀석을 달라고 요구했을 때였나. 대신들이 찾아와 간곡하게 부탁을 하더군. 국가의 앞날을 위해 부디 받아들여 달라고 말이야."

"흠, 그 국가의 앞날을 위해 눈물을 머금고 아들을 보냈다는 겁니까."

"아니, 그런 느낌은 아니었네. 오히려 내가 부탁을 했지. 아들놈을 데려가 달라고 말이야."

"예?"

"그야 그렇지 않나. 그놈은 자신의 생각을 알아주는 주군을 기다리겠다며 관능 소설이나 쓰면서 수년간을 방에 틀어박혀 있었으니까 말이야. 웨이드가 갑자기 그놈을 포로 교환의 대가로 원한다고 하니 느낌이 오더군. 둘 사이에 뭔가 오고 간 이야기가 있는 거라고 말이야. 자네와 아들 녀석이 만났었던 건 이미 알고 있기도 했고."

하긴, 올라프를 처음 만났던 곳은 드레스덴 백작가의 저택이었다. 사용인들이 그걸 유겐트에게 보고하지 않았을 리 없다.

"그렇기에 받아들였지. 그 쓸모없는 녀석이 왕자님의 포로 교환 대가가 됐을뿐더러, 그놈이 국가의 굴레를 벗어던지고 그토록 원하는 주군을 만날 수 있다면 그것도 괜찮을 거라 생각했으니까. 뭐, 자네가 녀석을 죽였다는 소문이 나돌았을 때는 화가 치밀어 오르긴 했지만 그런 게 아닌 걸 확인했으니 화를 낼 이유도 없지 않나?"

"하하…… . 그렇게 생각할 수도 있겠군요."

"녀석에게 이야기를 들어 보니 중용해 주고 있는 것 같더군. 새삼스럽지만 아들을 잘 부탁하겠네. 바보 같은 녀석이지만 도움이 될 거야."

"명심하겠습니다."

그때 올라프가 후다닥 달려왔다.

"잠깐 알스! 아버지랑 무슨 얘기를 하고 있는 거야!"

자신의 흑역사를 얘기하는 줄 알고 부리나케 달려온 그는 안절부절못하며 아버지를 끌고 나간다.

"아버지, 괜한 얘기 말고 일이나 도와주십쇼!"

"나 원. 네가 수인 불량배들을 교화시키려다 흠씬 두들겨 맞은 이야기는 아직 하지도 않았다."

"지금 했잖아요!"

"네가 쓴 야설을 내게 들켰을 때의 이야기도 하지 않았어."

"그러니까 지금 하고 있으시다고요!"

이러나저러나 사이좋은 부자인 듯했다.

겹겹이 구축되는 포위망. 그에 더불어 흙벽도 계속해서 높아져만 갔다.

마침내 그 높이가 30m를 넘어갈 즈음. 알스는 본격적인 작전 개시의 신호를 보냈다.

개전 11일 차의 일이었다.

"전군! 지시를 따라 움직여라! 겁먹지 마라! 전쟁이란 지키기 위한 것! 너희들과 너희 가족들의 목숨을 지키기 위해서다! 그러니 용기를 내라!"

"우오오오!"

알스의 호령에 함성을 내지르는 병사들.

제크 월터는 오만상을 찌푸린 채 그 모습을 지켜보고 있었다.

"공격해 들어온다고!?"

그렇담 어째서 포위망을 구축한 것이란 말인가.

발라스군이 구축한 포위망은 그가 보기에도 훌륭했다.

자신들이 건설해 놓은 요새도 좋았지만 알스가 만든 목책도 굉장했다. 이 목책을 뚫고 나가려다간 커다란 손해를 보고 말겠지.

이젠 서방의 군대 또한 상대를 공격할 수 없는 입장이 되어 버렸다는 뜻이다.

서로 공격할 수 없는 이 상황에서 불리한 건 당연히 발라스 쪽이었다.

여기 이곳에서야 병력 상황이 비슷하다고 하지만 외부는 다르다.

외부에서 민간인들을 약탈하고 있는 별동대의 숫자만 2만에 달한다. 그들을 본진으로 불러들이면 포위망은 쉽게 깨부술 수 있다.

다만 테토라는 굳이 그렇게 하지 않았다. 오히려 외부 별동대에겐 본대의 상황은 신경 쓰지 말고 철저하게 약탈을 지속할 것을 지시했다.

별동대가 본대를 과도하게 신경 쓰다간 자칫 상대의 거짓 정보에 휘둘릴 수도 있기 때문이다.

그러니 별동대는 완전히 독립을 시켜 움직이게끔 만들었다.

유일하게 예외를 둔 것은 상대에게 지원군이 올 때였으나 그럴 기미는 없었다.

　지원을 보낼 수 있는 에우로페는 스벤너와 격전을 벌이는 중이었고, 발라스 왕국 또한 쿠데타를 막기 위해 남아 있는 병력 모두를 수도에 집중시키고 있었다.

　알스에게 올 수 있는 지원 병력 따위는 없다.

　그러니 서방은 비축해 둔 군량이 떨어질 때까지 탱자탱자 버티고 있기만 하면 된다.

　그런 상황에서 알스가 공격을 준비하고 있는 이 모습은 의외일 수밖에 없었다.

　알스는 구축한 포위망 그대로 동서남북, 전방위적으로 병력을 전개했다.

　무려 4만에 달하는 보병들이 방패를 들어 올린 채 서방이 구축한 요새로 접근해 들어왔다.

　'일제 공격으로 공략을 시도해 보겠다는 건가?'

　하지만 그건 자살행위에 불과하다. 광범위적으로 많은 손해를 볼 뿐이다. 정말로 이 요새를 공략할 거라면 차라리 일점돌파를 하는 게 효율적이다.

　'무슨 숨은 의도가 있는 건지는 모르겠지만…….'

　월터는 망루에 올라 있는 테토라에게 눈짓을 보냈다. 테토라는 고개를 끄덕여 보인다.

　허락 사인을 받은 월터는 전면에 나서 소리쳤다.

"무서운 줄도 모르고 덤벼드는구나! 전군 전투준비! 저 멍청한 놈들에게 우리 군의 무서움을 알게 해 줘라!"

척! 척! 일사불란하게 수비 태세를 잡는 병사들.

월터는 승리를 확신했다.

전술적인 이점도 극명했고, 무엇보다 병사들의 훈련도 차이도 크다.

전진해 들어오고 있는 발라스의 병사들은 겁에 질린 반면 서방의 병사들은 올 테면 와 보라는 듯 호기로운 표정을 짓고 있다.

'볼 것도 없군. 이건 웨이드 녀석의 실책이다!'

월터는 발라스의 병력이 더 가까이 접근해 들어오자 지휘대를 치켜들었다.

"쏴라!"

피피피피핑! 비산하는 화살.

이 화살을 눈앞에 두고 발라스의 보병들은 겁에 질린 얼굴로 방패를 세웠다.

앞에 있던 보병이 무릎을 꿇은 채 방패를 땅에 박고, 뒤에 있던 보병이 그 뒤로 바짝 달라붙어 땅에 박아 놓은 방패 위에 자신의 방패를 사선으로 겹치며 방벽을 세운 것이다.

쿠구구구궁! 방패를 타격하는 화살.

월터는 기선제압을 위해 화살을 아끼지 않았다.

계속해서 화살이 쏘아지자 발라스의 보병들은 접근을 할

생각조차 하지 못하고 그 자리에 못 박힌 듯 서 있어야 했다.

"하하핫! 전혀 움직이지 못하는군!"

조소하는 월터.

발라스의 병사들이 묘한 행동을 보인 건 그때부터였다.

화살 세례가 멈추자 장교들이 기다렸다는 듯 소리쳤다.

"지금이다! 준비해 뒀던 것들을 꺼내라!"

그 신호에 병사들은 주섬주섬, 간이 군장에 챙겨 온 것들을 땅에 풀어놓기 시작했다.

그건 잡동사니들이었다. 온갖 생활 물품들은 물론이고 불쏘시개용의 마른 장작이나 건초들도 있었다.

다시 말해 쓰레기들이다.

병사들은 그 쓰레기들을 땅에 펼쳐 놓고는 그 위에 액체를 붓기 시작했다.

그 작업을 끝낸 병사들은 후퇴하기 시작했다.

"저 액체는……?"

눈매를 좁히는 월터.

그의 예상은 틀리지 않았다.

가장 후미에 남아 있던 병사들이 그 쓰레기 더미에 불을 놓으며 화르르륵! 불길이 치솟기 시작했다.

화공.

월터는 말문을 잃었다.

"이게 대체 무슨 짓이란 말인가……?"

요새에 불을 지르는 것도 아니고 요새 바깥의 땅에 불을 지르고 도망간다? 대체 무슨 의미가 있는 거란 말인가.

화려하긴 했다. 둥그렇게 포위한 채 불을 질렀기 때문에 서방의 진지는 불의 우리에 갇히게 되었다.

다만 그것이 큰불로 이어질 가능성은 없었다.

현재 서방이 진지로 삼은 곳은 지난해 화전농법이 시행됐던 곳. 이미 거하게 불타 버렸던 곳이다.

나무도 없었고, 마땅히 풀도 자라지 않는 황폐한 땅이었다.

있는 거라곤 산지에서 흩날려 온 꽃잎이나 잎사귀 정도. 그것들이 불쏘시개 역할을 한다고 해도 큰불로 이어질 가능성은 없다.

'잠깐, 그러고 보니 웨이드는 키메라 전쟁 때도 비슷한 짓을 한 적이 있었지.'

그때도 화공을 하는 척, 연기를 이용해 작전을 벌였다.

"연기!?"

그제야 월터는 하늘 높이 치솟은 연기에 주목했다. 탁한 연기가 시야를 완전히 방해하고 있었다.

그때 테토라가 소리친다.

"이봐 쓰레기! 온다!"

"······!"

피피피피핑! 고지대에서 쏟아진 불화살이 서방의 진지를

덮친 것이다.

연기로 인해 화살이 날아오는 걸 제대로 확인할 수 없었던 탓에 가시적인 손해를 보고 말았다.

몇몇 막사가 불타올랐고, 자그마한 화재가 일어나기도 했다.

다시 말하면 고작 그뿐.

그런 혼란을 타고 상대의 본대가 요새로 침투해 들어온다면 모를까 그런 것이 아니다.

애초에 불가능하다. 전방위적으로 불을 질렀으니 그들도 접근할 수가 없다.

그렇담 이 행동의 진위는 무엇인가? 해답을 알아낸 월터는 자기도 모르게 손뼉을 쳤다.

"그런 거였나! 우리가 가진 화살을 소비시키기 위함이었어!"

일반적으로 화살은 재활용이 가능하다. 아까 발라스군을 상대로 쏘아 낸 화살들도 밤이 된다면 한다면 일정 부분 회수를 할 수 있다.

하지만 지금은 어떤가.

적이 불을 지른 탓에 땅에 박혀 있던 화살들이 불타 버리며 쓸모없게 되어 버리지 않았는가.

"진정한 공격은 화살을 전부 사용하게 한 뒤에 하려는 거군. 하하하하핫! 제법 머리를 썼구나, 웨이드!"

하지만 자신의 눈썰미를 벗어나지는 못했다고.

기고만장하게 웃는 월터에게 있어선 의외의 상황이 벌어진다.

그날 밤. 발라스군은 또 한 번 같은 행동을 했다.

이번에는 견제를 위한 화살을 거의 쏘지 않았음에도 땅에 불을 지르고, 진지를 향해 불화살을 쏘았던 것이다.

기묘한 행동을 보이기 시작한 발라스의 병사들.

그들은 하루에 세 번. 방패를 들고 다가와 땅에 불을 지르고, 그 뒤에 진지를 향해 불화살을 쏴 댔다.

이러한 기행에 테토라의 심기는 불편해질 대로 불편해져 있었다.

알스의 의중이 여전히 오리무중이었기 때문이다.

'뭐지? 설마 병력을 빼내고 있는 건가?'

기만작전일 수도 있다고 생각했다. 연기를 통해 시야를 가리고 불화살을 쏜 건 어디까지나 속임수.

화려한 눈속임을 하며 몰래 병력을 빼낸 것일지도 모른다.

'하지만 그런 거라면 어디로 빼냈다는 거지?'

예상해 볼 수 있는 건 바깥을 돌아다니고 있는 별동대를 잡아먹는 것밖에 없다.

분명 별동대가 기습을 당해 전멸이라도 당해 버린다면 제법 곤란해지겠지만, 그에 대한 대비책도 있었다.

별동대에는 따로 지휘권이 있고, 체계도 잘 잡혀 있어서 테토라가 굳이 명령하지 않아도 알아서 대처할 수 있는 능력이 있다.

게다가 병력이 분산되어 있기 때문에 아무리 기습을 당한다 해도 단번에 소탕을 당하진 않는다.

'무엇보다 첩보망이 탄탄해. 빼낸 병력이 있다면 금방이라도 발각할 수 있을 거야.'

첩보망이 없는 곳은 이 사드반 산지뿐이다. 없다기보단 상대가 장악하고 있다는 편이 옳지만.

"……일 겁니다. 혹여나 적이 병력을 우회시켰다고 해도 우리 첩보망을 피해 갈 수는 없는바. 그 부분에 대해선 걱정하지 않아도 될 겁니다."

테토라의 머릿속을 그대로 해석한 듯한 제크 윌터의 브리핑이었다.

테토라는 이게 굉장히 거슬리고, 불쾌했다.

자신이 이런 잡졸과 똑같은 생각밖에 하지 못하는 것처럼 느껴졌으니까.

"그러니 우리 군은 이대로 지키고만 있으면 문제없습니다. 약탈을 하여 이곳으로 옮긴 식량들 덕에 군량도 여전히 한 달 치가 남아 있으니까요."

"……시끄러워."

"예?"

"닥치라고 했어."

"아······. 옛!"

테토라는 본능으로 느끼고 있었다.

분명히 뭔가가 더 있다.

한데 그게 도무지 무엇인지를 알 수가 없어 불안감이 들었다.

'혹시 모르니 외부의 별동대 일부를 움직여 놓을까.'

지레 겁을 먹은 행동이긴 했지만 테토라는 본능의 외침을 거스르지 않기로 했다.

'그래, 이건 보험이야. 보험일 뿐이라고. 절대 놈에게 겁을 먹은 게 아니야!'

그녀는 1만의 별동대를 복귀시켜 적이 동서남북으로 쳐놓은 포위망 중 한쪽을 부숴 놓기로 했다.

그렇게 테토라는 전서구를 이용해 외부의 별동대에게 연락을 취하기로 한다.

일제히 날아가는 여섯 마리의 새.

전서구는 연락망으로서 그 속도가 대단히 높았다.

통신이 개발되기 전까지는 독보적이라고 할 수 있었을 정도로. 심지어는 통신이 개발된 이후에도 사용이 됐다.

세계 1차, 2차 대전에서도 전서구를 사용했다는 기록이 심심치 않게 있을 정도다.

다만 속도는 빠를지언정, 안정성이 높은 연락 수단은 아니었다. 결국 동물이 하는 일이니만큼 변수가 너무 많았던 것.

목적지를 잃고 그냥 야생에 방생되는 경우도 있고, 다른 동물에게 사냥을 당한다거나 하는 경우도 있다.

테토라가 날린 전서구들도 비슷한 운명에 처했다.

피피핑!

줄곧 하늘을 관찰하고 있던 에오니아는 신속한 손놀림으로 두 발의 화살을 발사. 서방의 진지에서 날아오른 새들을 떨어뜨렸다.

마지막으로 족히 400m까지 거리가 벌어진 한 마리를 더 격추하면서 도합 3마리를 잡아낸다.

"후우……!"

요 며칠간 알스의 지시를 받고 전서구들의 방향을 계속해서 관찰하던 에오니아는 중요할 때 세 마리를 격추시키는 전과를 올린다.

나머지 3마리의 운명도 비슷했다.

이 산지 주변은 발라스군의 첩보부대가 장악하고 있었다.

그리고 그중엔 알스가 쥬라스에게서 빌려 온 크로싱의 특수 첩보부대가 있었다. 작전을 수립하던 날 안톤에게 명령해 빌려 온 자들이다.

이들의 주특기는 정보전. 전서구 차단도 그중 하나였다.

에오니아와 마찬가지로 최근 며칠간 전서구들의 움직임을

파악했던 그들은 산지 곳곳에 함정을 파 두었다.

먹음직스러운 먹잇감을 발견한 전서구 한 마리는 임무를 잠시 잊은 채 먹잇감을 낚아채기 위해 강하했다.

그렇게 먹이를 낚아챈 녀석은 함정에 걸리며 생을 마감한다.

나머지 한 마리의 운명은 더욱 비참했다.

첩보부대가 풀어놓은 맹금류들의 사냥감이 되어 처참하게 죽어 버린 것이다.

이러한 포식자의 위협에 나머지 한 마리도 공포에 떨며 멀리 도망가 버렸다. 임무 같은 건 망각해 버리고서.

그 보고를 받은 알스는 안도의 한숨을 내쉬었다.

'다행이야. 정보가 새어 나갔다면 제법 곤란해졌을 테니……'

알스는 에오니아를 대견하게 바라보았다.

"잘했어, 에오. 네가 절반을 격추해 주지 않았다면 위험했을지도 몰라."

"대수롭지 않은 일이었습니다."

"대수롭지 않긴. 네가 아니면 불가능한 일인데."

"……"

에오니아를 바라보는 알스의 눈엔 애틋함이 가득했다. 그녀에 대한 감정을 자각한 이후에는 그런 눈빛이 더 강해졌다.

에오니아가 그걸 눈치채지 못할 리 없었다.

"그보다도……. 상대도 제법 날카로운걸."

알스는 화살에 맞고 떨어진 전서구의 편지를 확인하고 있었다.

"작전의 진위를 파악하지 못한 상황에서도 조치를 취하려 하다니."

알스는 입안이 바짝 마르는지 마른침을 삼켰다.

"생각보다도 시간이 부족할지도 모르겠어. 어서 성과가 나와야 할 텐데……."

이때 알스는 겉으로는 평정을 유지하고 있었지만 내심 굉장히 조마조마한 상태였다.

이번 작전은 결국 운에 맡긴 작전이었으니까.

실패로 돌아갈 확률도 분명히 있었다.

계속해서 지속되는 기묘한 화공.

그것이 4일째 지속되던 날이었다.

민간인 구출 작업을 진행하고 있던 소피아 베론이 넝마가 되어 돌아왔다.

무의미한 화공에 대해 불만이 있는지 그녀는 심통이 나 있었다.

"……일라인, 이제는 설명해 줘야겠어요. 대체 무얼 노리고 있는 건지!"

요 며칠간 적 별동대와 치열한 신경전을 벌였는지 소피아는 지친 기색이 역력했다.

그녀의 직설적인 불만에 다른 장교들도 은연중에 동의를 표했다.

올라프도 고개를 끄덕이며 거든다.

"그녀의 말이 맞아. 이젠 설명을 해 주지 않겠어? 병사들도 이번 작전에 대해선 의문을 품고 있다고."

나는 고개를 흔들었다.

"이번 작전에 대해선 보안이 최우선입니다. 단 한 명의 첩자라도 작전의 진의를 알게 되면 이번 작전은 수포로 돌아갈 겁니다."

"아무리 그래도 우리들에게 정도는 말해 줘도 되잖아?"

"……좋아요, 그렇담 소피아 베론. 노골적으로 불만을 표하고 있는 당신에게는 알려 주도록 하죠. 당신이 납득하는 모양새를 보이면 다른 자들도 알아서 납득을 할 테니. 숨을 고른 뒤에 내 막사로 와요. 기다리고 있을 테니까."

소피아는 고개를 끄덕이곤 지휘 막사를 나섰다.

나는 지끈거리는 머리를 감싸 쥐었다.

작전에 대한 스트레스에 더불어 장교들의 불신의 시선까지.

속이 울렁였던 나는 올라프에게 지휘 막사를 맡기고 밖으로 나왔다.

그리고 인적이 드문 곳으로 빠르게 걸어갔다.

"우웨엑……!"

아침에 먹은 것들이 역류했다.

'젠장, 확실하지 않은 작전이 이 정도로 압박감이 강한 것이었다니.'

내가 장교들에게까지 작전을 알려 주지 않은 이유는 간단했다. 불확실하기 때문이다.

만약 지금까지 했던 행동들이 그 불확실한 작전을 위해서라는 걸 알게 된다면 더욱 커다란 혼란과 불신이 생길 테다. 그러니 올라프와 같은 최측근에게조차 말하지 않은 것이다.

나는 지금까지 확신이 있는 전술, 전략만을 사용했다. 근거가 있었고, 나만 제대로 하면 작전을 성공할 수 있으니 문제가 없었지만 이번엔 아니었다.

나의 의사와는 상관없이 운이 따라 주지 않는다면 작전은 실패한다.

내가 좋아하는 형태가 전장을 체스판처럼 움직이게 하는 거라면 이건 궤가 달랐다.

확신이 없는 작전에 수만에 달하는 병사의 목숨. 그리고 민간인들의 목숨이 걸려 있다고 생각하니 도무지 소화가 되질 않았다.

나는 실컷 속을 게워 낸 뒤 내 막사로 돌아왔다.

'이럴 때 유미르가 있었으면……'

그러던 차였다.

"알스 님, 괜찮으신가요?"

에오니아였다. 내 안색이 좋지 않았던 게 마음에 걸렸는지 뒤따라온 모양이다.

꿩 대신 꿩이라고. 나는 그녀를 막사에 들였다.

그리고는 그녀를 응시하며 침대를 두들겼다.

"여기 앉아."

"예? ……예!?"

에오는 잘 삶은 새우처럼 붉어져 어쩔 줄을 몰라 했다.

나는 그녀를 억지로 침대에 앉히고 그 무릎에 머리를 뉘었다.

유미르와 같은 포근함은 없었지만 효과는 있었다. 지끈거리던 머리가 진정됨이 느껴졌다.

"잠깐만 이렇게 있을게."

"계, 계속 그러고 있으셔도 됩니다."

에오는 떨리는 손을 내 머리에 올려놓는다.

나는 얼굴을 돌려 배 쪽으로 얼굴을 묻었다. 점점 졸음이 몰려오는 게 느껴진다.

그렇게 힐링을 받고 있던 차.

"……이거야 원. 방해를 한 걸까요."

내 막사를 찾은 소피아가 어이없다며 한숨 쉬었다.

"방해한 건 아니지만……. 그래도 조금은 천천히 와 줬으면 했네요."

"나 참, 누워서 얘기해도 괜찮아요."

소피아는 근처 의자에 앉았다.

나는 그녀의 호의를 받아들여 누운 채로 이번 작전에 대해 설명을 시작했다.

그 설명에 따라 소피아의 표정이 시시각각 변해 갔다.

"그런 게……. 가능한 건가요?"

"몰라요. 하지만 이것밖에 방법이 없다고 생각했어요. 알 잖아요? 이번 전쟁은 정석적인 전술, 전략대로라면 애초에 외통수였어요. 그 외통수를 피해 가기 위해선 이런 식으로 도박을 거는 수밖에 없죠."

"설마 그 거대한 흙벽을 지은 건……!?"

"도박의 확률을 높이기 위해서입니다. 흙벽을 지은 것도, 불을 지르고 불화살을 쏜 것도 전부. 만약 이걸로 효과가 나오지 않는다면 후퇴를 할 거예요. 그 기간은 앞으로 10일."

남부에 있는 주인공과 성녀의 쿠데타 세력이 준동하기 시작했기에 남은 시간이 많지 않았다.

소피아는 이윽고 고개를 끄덕였다.

"왜 작전의 보안이 필수라고 했는지 알겠네요. 이런 말도 안 되는 작전…… 아니, 애초에 작전이라고 부를 수 있는 걸까요."

"왜 그러십니까, 소피아 선생님. 전쟁은 병력 간의 싸움만
이 아니라 자연과의 싸움이라고 말했던 건 당신이잖아요."

"하여간, 수업 태도가 불량한데도 어떻게 그렇게 수업 내
용을 일일이 다 기억하고 있는지."

이 면담 이후 소피아는 더 이상 나에 대한 불만을 표하지
않았다.

오히려 솔선해서 다른 장교들의 불만을 다독여 주었다.

그 모습을 보니 새삼 소피아가 내 인재가 됐으면 좋겠다는
생각이 들었다.

능력도 평균 이상이고, 무엇보다 나에게 부족한 친화력과
부하 관리 능력이 있다.

뭐, 그녀의 신분과 위치를 생각하면 영입 가능성은 거의
없었지만.

남은 기간 10일.

알스는 초조하게, 테토라는 의미 불명의 불안감에 시달리
며 대치하고 있는 이 상황에서 사건은 발생했다.

그것도 첫날의 일이었다.

촤르륵!

테토라는 욕조에서 몸을 일으켰다. 최근 그녀는 이런 식으로 욕조에 몸을 맡기는 일이 잦았다.

계속해서 먼지가 끼고, 옷이 더러워졌기 때문이다.

발라스군이 계속 불을 지르고 불화살을 쏜 탓이었다.

물이 풍부한 덕에 목욕을 하며 그것들을 씻어 낼 수 있었지만 일반 병사들은 아니었다. 물이 풍부하다지만 단체로 목욕을 할 수 있는 수준은 아니었다.

테토라는 자신의 몸을 닦는 시녀들의 거뭇한 얼굴을 보며 눈살을 찌푸렸다.

"더러운 손 치워라!"

테토라는 타월을 낚아채 스스로 몸을 닦기 시작했다.

그때.

"콜록! 콜록! 콜록!"

기침을 시작한 시녀. 그 기침에 기껏 씻은 몸이 더럽혀졌다는 생각에 분노한 테토라는 퍽! 시녀의 얼굴을 주먹으로 가격했다.

그 주먹에 묻어 나온 땟물을 보곤 더더욱 분노하여 무차별적으로 구타를 했다.

"젠장!"

시녀를 피 떡으로 만들어 버린 그녀는 다시금 욕조에 몸을 담갔다.

다른 시녀들은 벌벌 떨며 그녀의 눈치를 보기 바빴다.

그러던 때였다.

"처, 천모님!"

기겁을 한 표정으로 달려온 월터였다.

그는 적잖이 당황했는지 얼굴이 하얗게 질려 있었다. 그는 나신으로 있는 테토라를 보고도, 피 떡이 된 시녀를 보고도 아무런 반응을 보이지 않았다. 그런 것들은 신경 쓸 새도 없다는 듯.

그 모습에 테토라는 줄곧 느끼고 있던 불안감이 극에 달하는 것 같았다.

"뭔데 호들갑이야?"

"병사들이, 병사들이 하나둘 쓰러지고 있습니다!"

"……뭐라고?"

테토라는 아연하게 되물을 뿐이었다.

나는 나도 모르게 쾌재를 불렀다.

"체크메이트!"

적진에서 병자가 나왔다는 첩보를 듣고 나서였다. 소피아도 안도의 한숨을 쉰다.

도로시와 메이센도 마찬가지. 람스트롱 장군은 이제야 반격의 때가 왔다며 이를 갈고 있었다.

반면 다른 이들은 이야기를 따라오지 못하고 어리둥절한 표정을 짓고 있다.

"뭐, 뭔데? 설명이라도 해 주고 기뻐하라고."

올라프가 멍한 표정으로 묻는다.

나는 간단히 설명을 해 주기로 했다.

"올라프, 당신도 알다시피 이 발라스 지역에 서식하는 마로린 나무에서는 붉은색 꽃이 피어요."

"그, 그랬었지."

"이 마로린의 꽃은 기본적으로는 큰 해가 없지만 몇몇 경우에 그 변이를 일으켜 해를 가져와요. 그게 바로 마로린병이라는 전염성 폐렴이죠."

이에 애쉬가 눈을 부릅떴다.

"마로린병이라고!?"

그 반응에 리시테아가 슬쩍 묻는다.

"뭔가요, 애쉬? 짚이는 게 있습니까?"

"아, 아니. 그냥."

차마 여자들을 꼬시기 위해 습득한 지식이라고 말하진 못하겠는지 대충 얼버무린 그는 곧 표정을 바꾸며 내게 말한다.

"하지만 알스, 마로린병은 여름에나 유행한다고 알고 있는데. 어째서 그게 지금 발병한 거야?"

"여름이라 유행한 게 아니야. 기온이 높아지기 때문에 유행하는 거지. 뭐, 그게 그거긴 한데."

"기온……?"

마로린 꽃은 꽃임과 동시에 열매이기도 해서, 말라서 시드는 게 아니라 부패하는 성질을 지녔다. 하여 부패가 쉬운 여름이 되면 악취와 함께 유독성 물질을 내뿜으며 사람들을 골치 아프게 한다. 은행나무를 생각하면 쉽다.

"그렇지만 지금은 아직 봄이라고. 아직 그렇게 덥지도 않아."

"그렇지. 그러니까 그런 작업들이 필요했던 거야."

내가 했던 것은 크게 둘. 남쪽에 산과 비슷한 높이의 흙벽을 쌓은 것.

그리고 화공을 펼쳤던 것.

"가장 먼저 남쪽에 흙벽을 세운 것. 2만이 넘는 인력과 막대한 재원을 투입하여 만든 그 모조산에 대한 거지만……."

"모조산이라고?"

루트거가 미간을 찌푸리며 묻는다.

"예, 사실 그건 요새 같은 역할을 하는 게 아니에요. 단순히 바람을 막기 위한 장벽이죠."

그렇기 때문에 첫날 상대가 공격을 해 왔더라면 계획에 차질이 생길 수도 있었다. 그 벽이야말로 핵심이었으니까.

"이곳의 지형은 천혜의 요새입니다. 중턱의 평지를 두고 동, 서, 북이 고산지대로 막혀 있죠. 저는 단순히 뚫려 있는 한 곳. 남쪽을 막은 것뿐이에요. 이 경우 이 평야 지대는 동서남북이 모조리 가로막혀 분지가 되죠."

"아앗……!?"

올라프와 루트거가 동시에 기성을 내질렀다.

"분지 지형으로 바뀐 이곳은 이제 대기 순환이 느려집니다. 통풍구 역할을 해야 하는 남쪽 루트가 모조산으로 막혀 있기 때문이죠."

게다가 이 중턱의 평지는 지난해 화전 농법을 위해 나무를 베어 내고 잡초들도 모조리 태워 버렸다.

그로 인해 이 사드반 산지 내에선 햇빛으로 인한 복사열이 가장 높은 구역이었다. 기본적으로 다른 지역에 비해 기온이 3~4도가량 높다.

"그렇다면 화공을 한 것도……."

"비슷한 이유죠. 눈속임 용도도 있었고."

침묵이 흐르는 회의장. 누구도 이 작전을 예상하지 못했던 것이다.

"하지만 그렇다고 무조건 병이 걸린다는 보장은 없지 않아?"

애거트가 말한다.

"예전에 우리 마을에 전염병이 돌았을 때도 나는 멀쩡했었거든!"

"물론 그럴 수도 있지."

사람의 면역력은 천차만별이기 때문이다.

예를 들어 이 마로린병도 발라스의 국민들에 한해선 현재 그렇게까지 위험하지 않다고 한다.

유전으로 인한 면역 체계가 갖춰진 건지, 경험을 통한 면역 체계가 갖춰진 건지는 몰라도 중증으로 가는 비율이 높진 않다.

다른 지역의 사람들에 비해선 말이다.

보통 이 마로린병으로 인해 중증을 겪는 건 주로 타 지역에서 온 사람들이다. 애쉬가 지난번 헌팅에서 툰카이 출신의 아가씨에게 마로린병을 조심하라고 한 것도 일리가 있었던 셈이다.

그런 의미에서 서방 민족의 병사들은 이 병에 대한 면역이 있을 수가 없다.

그들은 100년 이상 대륙에서 떨어져 있었으니까.

"설령 그렇다고 해도 감염자가 나오는 건 낮은 확률입니다. 그래서 작전의 성공 확률은 5할 정도로 생각했어요. 그래서 말하지 않은 거기도 하고요."

"5할이라면 충분히 해 볼 만한 수준인데요?"

"대기의 순환이 더디니 변이된 꽃가루가 장기간 적진에 머무를 테니까요. 일단 한 명이 감염되기만 하면 그다음부터는 굳이 꽃가루에 의지하지 않아도 되고."

불길로 인한 연기와 먼지도 한몫을 한다.

굳이 쓰레기를 비롯한 잡동사니를 태운 이유는 어떻게든 여러 가지를 태워 대기를 더럽히기 위해서였다. 그렇게 해 놓으면 기관지 문제가 일어나 기침을 많이 하게 될 테니까. 그걸 통해 병의 확산 속도를 높이려 한 것이다.

"첩보원은 그 감염자를 확인한 것 같아요. 이제 적진에 마로린병이 퍼지는 건 순식간일 테죠."

마로린병은 기관지에 치명적으로 작용하는 병으로 6할 이상이 심각한 폐렴을 동반한다. 전염성과 치사율이 제법 높은 질병이다.

거기에 일단 발병을 하면 고열과 함께 호흡이 어려워지므로 그 병사는 즉시 전력에서 제외된다.

"이걸로 체크메이트입니다. 상대도 이대로 가만히 있지는 못하겠죠. 탈출구를 만들기 위해 반드시 공격해 들어올 겁니다. 우리는 그걸 받아칠 거예요."

요새를 건설한 채 수비를 고집하고 있던 상대를 공격하게 만든다.

그것이 이 작전의 진짜 목적이었다.

하나둘 쓰러지는 서방의 병사들. 이미 격리로 해결될 단계를 넘어서 있었다.

어느새 퍼져 버렸는지 어디라고 할 것 없이 환자가 속출했기 때문이다.

"이봐, 쓰레기! 이게 대체 어떻게 된 일이야!"

발라스 지역의 풍토병에 대해서는 잘 알지 못하는 테토라는 당황할 수밖에.

제크 월터도 마로린병에 대해선 아는 바가 많지 않았다.

"이, 이건 마로린병이라는 전염병인 것 같습니다."

"그럼 치료를 해! 발생할 수 있는 전염병에 대해서는 치료약을 준비해 왔을 거 아니야!"

"그게…… 마로린병은 지금 유행할 시기가 아니어서 따로 치료약을 준비해 놓지는 않았습니다."

마로린병이 본격적으로 창궐하는 시기는 앞으로 두 달 후다.

마로린병이 창궐하지 않는 해도 더러 있다.

근데 어떻게? 월터는 그제야 주변…… 병사와 진형이 아닌 자연을 바라볼 수 있었다.

꽉 막힌 남쪽의 벽. 어째서인지 더 높은 기온과 온갖 먼지들로 탁해져 있는 공기. 불지 않는 바람.

마로린병이 창궐하는 게 당연해 보이는 환경이었다.

"방법이 없어? 치료약을 만들 방법은 없냐고!"

"있습니다. 마로린병은 케플리트의 풀을 다져 섭취하면 금방 병세가 호전되는 걸로 알고 있습니다."

"케플리트라면 그 흔한 잡초를 말하는 거야? 산 곳곳에 널려 있는 그걸 말하는 거지?"

"예."

"그럼 빨리 움직여! 아직 움직일 수 있는 병사들을 데리고 갔다 와!"

눈을 질끈 감는 월터.

외통수다. 그는 그렇게 생각했다.

케플리트 풀을 확보할 수 있으면 분명 병은 다스릴 수 있다.

하지만 그걸 상대가 모를까.

당장 불화살을 쏜 의도만 봐도 알 수 있다.

이곳이 지난해 화전 농법으로 초토화가 됐던 곳이라곤 해도 잡초가 아예 없었던 건 아니다.

그 잡초 중에는 분명 케플리트 풀도 있었겠지.

하지만 상대가 높은 지역에서 불화살을 쏘기 시작한 시점부터는 상황이 바뀌었다.

화염이 바닥의 잡초를 타고 커질 위험이 있었던 탓에 모조리 제초를 했던 것이다.

그때 제초해 놓았던 것들은 이미 방치되어 썩어 버렸다.

지금에 와서는 귀중한 약재가 되는 그것들을 자신들의 손으로 쓰레기로 만든 것이다.

이렇게 철두철미한 상대다. 약초를 구하게 놔둘 리가 없다.

"상대가 불화살을 쏜 의도가 바로 그것이었던 겁니다. 우리가 스스로 케플리트 풀을 버리도록. 그러니 산지에서도 상대가 충분히 준비를 하고 있을 겁니다. 그것보다는 지금은 가용할 수 있는 전 병력으로 포위망을 뚫고 나가는 게 어떻겠습니까. 지금 유일한 활로는 그뿐……."

먼저 공격해 들어간다고? 테토라는 질색하며 고개를 흔들었다.

"필요 없어! 이미 외부의 부대에게 연락을 해 뒀으니까! 포위망은 그들의 도움을 받아 뚫어 내면 돼!"

"하, 하지만 그 연락은 차단됐을 가능성이 높습니다! 이렇게나 철저하게 준비하고 있던 상대가 고작 그런 걸 놓칠 리가 없지 않습니까! 게다가 지금 이 약초 수색도 적의 습격을 받을 가능성이 높습니다!"

"닥쳐! 그러면 병력을 더 가져가면 되잖아! 어떻게든 찾아내!"

테토라는 이성을 반쯤 상실해 있었다.

자신을 조롱했던 알스에게 진짜로 크게 한 방 먹어 버리자 평정심이 깨져 버린 것이다.

거기에 더불어 본인의 초조함도 있었다.

그녀의 가슴을 스쳐 가는 이질감.

"콜록! 콜록! 커흑! 이, 이봐, 쓰레기. 당장 가지 않으면 지금 널 죽이겠다!"

"……예. 바로 출발하겠습니다."

6천의 병력을 동원해 산지로 향한 월터는 망연하게 하늘을 바라보았다. 이제는 그 또한 깨달은 것이다.

"내 상대가 아니었구나."

테토라 아니스트리마저 놈의, 웨이드의 상대는 아니었다.

놈의 술법은 그런 누구나 예상할 수 있는 평범한 것이 아니었다.

지형 조작을 이용한 역병이라니. 그 누가 예상이나 할 수 있을까.

"이건 이제 끝이군."

월터는 이번 전쟁에서 패하리라고는 꿈에도 생각지 않았다. 테토라가 만들어 낸 전황은 그런 것이었다.

상대 입장에선 손을 쓸 수도 없는 그런.

하지만 놈은 보란 듯이 상황을 타파해 냈다.

"월터 장교님, 케플리트의 풀을 도저히 찾을 수가 없습니다."

"그럴 게다. 당연히 그렇겠지."

발라스군이 구축한 포위망의 바깥쪽은 이미 제초가 끝난 상태였다. 약초를 대량으로 구하기 위해선 포위망을 뚫고 들어가야만 했는데, 그건 이런 소수 병력으론 불가능했다.

"단 하나도 찾지 못했나?"

"하나를 찾긴 했습니다만."

"지금 즉시 천모에게 전달해라."

"장군님?"

"가라!"

"예, 옛!"

이것이 군의 장교였던 자로서 해 줄 수 있는 마지막 의리였다.

게다가 테토라. 민간인을 그렇게나 학살한 그 여자는 병으로 편하게 죽어서는 안 됐다.

못해도 대중의 앞에서 욕을 보이며 참수를 당해야 한다.

"모두 잘 들어라. 곧 적의 습격이 있을 것이다. 목숨이 아까운 자는 투항하도록 해라. 막지 않겠다."

사실상 항복을 선언한 월터.

얼마 지나지 않아 발라스의 유격군이 모습을 드러냈다.

케플리트 풀을 찾아 헤매고 있는 서방의 군대.

"우장."

교활하고, 영악하다고는 해도 경험은 없다.

패배의 경험 말이다.

나는 장군으로서 테토라 아니스트리의 본질을 알 것 같았다.

그녀는 언제나 자신이 유리한 입장을 만들고, 약속된 승리를 쟁취해 왔을 것이다.

판짜기의 달인이라고 할까.

그 방식이 위협적인 건 사실이다. 하지만 그 판짜기가 무너져 역으로 본인이 궁지에 몰렸을 때는 제대로 된 해법을 내놓지 못한다.

지금도 그렇다.

지금 적의 유일한 활로는 가용할 수 있는 모든 병력을 사용하여 포위망을 돌파하는 것이다.

지형과 진형은 이쪽이 유리하니 4 : 6 정도로 불리한 싸움을 하게 되겠지만 지금 4 : 6의 싸움이라도 하는 게 얼마나 감사한 일인지 그녀는 알지 못한다.

단지 자신이 먼저 공격해 들어가는 모양새에 자존심이 상하여 정답을 외면한 채 다른 방법을 택한 것이다.

"하지만 약을 구하면 상황은 다시 원점으로 돌아가는 게 아닌가요?"

창을 꼬나 쥐고 있는 에오의 말이다.

"구할 수 있다면 말이지."

이미 쥬라스가 빌려준 특무 부대를 이용해 포위망 안쪽의 케플리트 풀은 대부분 제초를 했다. 적들이 찾아낼 수 있는 건 기껏해야 몇 개 정도.

"때가 됐네. 에오."

"옛!"

"선봉을 부탁할게."

"명 받들겠습니다!"

에오는 병력을 이끌고 약초를 수색하고 있는 적을 습격했다.

이건 동서남북 모든 지역에서 일어난 일이었다.

북부에선 올라프와 가스파르가. 동부에선 랜턴 크로우와 애쉬, 리시테아. 내가 있는 서부에선 에오니아 안톤. 남부에선 루트거와 소피아가 작전을 맡았다.

"하아아앗!"

에오는 저돌적으로 돌격해 들어갔다.

"뭐, 뭐야!"

"적습! 적습이다! 커헉!"

콱콱콱콱! 창이 한번 번뜩일 때마다 하나의 목숨이 사라졌다.

그 후 3천에 달하는 보병들이 그녀의 뒤를 따라 들어가 혼란해 있는 적들을 무자비하게 정리했다.

지휘관으로 보이는 자가 병사들을 추스르며 지휘하려 했지만 그 지휘가 그의 명을 재촉했다.

"거기였군. 안톤, 가요."

"옛!"

군대 자체가 혼란한 상태였던 탓에 적장을 지키는 호위 부대 자체가 얼마 없었다.

안톤은 압도적인 무위를 선보이며 곧장 적장의 턱밑까지 다가갔다.

"항복! 항복하겠소!"

무릎을 꿇으며 소리 지르는 적장. 안톤은 굳이 목을 치지 않은 채 그를 포획했다.

지휘관이 항복하자 병사들은 그대로 와해되기 시작했다.

"응……? 저항이 별로 없는걸."

마치 처음부터 항복을 할 생각이었던 것처럼.

"뭐, 좋은 게 좋은 거지."

가볍게 울린 승전보.

이는 다른 쪽도 마찬가지였다. 약초를 찾으러 들어온 적병들은 기습을 받고 패퇴.

적군은 약초 수색에 투입한 병사를 그대로 잃어야 했다.

연달아 이어진 보고를 테토라는 얼이 빠진 채 듣고 있었다.

6천의 병사를 투입했음에도 가지고 온 케플리트 풀은 10개뿐. 거기에 모든 방향에서 기습을 받아 살아 돌아온 건 3천도 안 된다.

그 쓰레기도 항복을 했다고 한다.

환자, 예비 환자를 제외하면 이제 가용할 수 있는 병력은 5만 3천. 적들보다 적어졌다.

그리고 시간이 갈수록 점점 더 줄어들어 갈 것이다.

"젠장, 구데리안만 있었더라면……!"

삼건장 구데리안. 그와 그의 직속 부대인 수귀(獸鬼)들이 있었더라면 이 상황도 간단히 파훼할 수 있었을 테다.

하지만 구데리안은 민간인 학살에 반대를 하며 이번 작전에서 빠져 자취를 감춘 상태였다.

게다가 그녀 직속의 능력 있는 장교들도 대부분 외부 별동대에 있다. 외부 별동대의 지휘력을 높이기 위해서였다.

그 탓에 오히려 본대에는 능력 있는 장교가 부족한 상황이었다.

괜히 제크 월터 같은 항장에게 지휘를 맡겼던 것이 아니다.

그땐 그게 문제가 될 거라곤 생각하지 않았다.

그만큼의 유리함이 있었다.

그것이 이 상황이다.

지금 당장 포위망을 뚫고 빠져나가야 한다.

그녀의 이성이 경종을 울리고 있었다.

그러나 감정은 그걸 허락하지 않았다.

패배? 자신이 패배한다고? 그 유리했던 상황에서? 처참하게?

자신을 도발한 가증스러운 놈을 상대로?

"있을 수 없어. 있을 수 없다고! 무슨 방법이 있을 거야. 이 상황을 돌파할 수 있는 방법이……!"

혹은 연락을 받은 외부 별동대가 지원을 오고 있는 중일 수도 있다.

그렇게 테토라는 상황을 낙관하며 하루를 더 지켜보기로 했다.

이는 테토라의 큰 실책이었다.

그녀는 마로린병에 대해 잘 알지 못했다. 여타 다른 전염병과 같다고 생각했다. 그 병에 대해 자세히 진언을 할 수 있는 병의 전문가조차 없었다.

마로린병은 기관지에 작용하고 기관지를 통해 전염되는 병. 더구나 지금은 대기의 순환이 느려지고, 먼지로 인해 기침이 유발되는 상황이다.

그 전염 속도는 그녀의 예상을 훨씬 상회하고 있었다.

전염을 막기엔 너무 밀집해 있었다는 게 문제였다.

하루를 지체한 것뿐임에도 병에 걸려 전투 불능이 된 병사가 1천을 넘어간 것이다.

거기에 더불어 밤을 타고 탈영하여 발라스에 넘어간 병사들도 있었다.

적들에게 약을 받고자 항복을 한 것이다.

이 보고를 받은 테토라는 눈앞이 깜깜해지는 것 같았다.

내부에서 무너지기 시작한 군대.

이젠 외부에서 지원이 온다고 해도 포위망을 뚫을 수 있을지 없을지 확신할 수 없는 상황이 됐다.

남아 있는 방법은 일점 돌파뿐.

하지만 상대는 고산지대에 목책을 구축하고 기다리고 있

다.

'이 내가, 테토라 아니스트리가 똑같이 되돌려 받다니……!'

테토라는 요새를 지어 두고 어디 공격해 들어와 보라는 듯 상대를 자극했었다.

자고로 전쟁에서 수비하는 입장이 훨씬 유리한 법. 테토라는 그 병법의 기본을 철저하게 지켰다.

그리고 그건 알스도 똑같았다. 알스의 작전도 상대가 공격하게 만드는 것이었다.

다만 테토라가 만든 상황과는 본질적으로 다르다.

발라스군은 그래도 공격을 하지 않는다는 선택지가 있었으니까.

민간인 학살에 대해선 외면한 채 그냥 자리만 지키고 있을 수도 있었다.

하지만 지금 서방의 군대는 다르다. 치고 나가지 않으면 다 죽는다.

상대가 공격하게끔 만든다. 그 책략을 더 확실하게 수행한 쪽은 다름 아닌 알스였던 것이다.

"저, 전군 출진 준비. 적의 포위망을 돌파해 나가겠다……."

테토라는 혼이 빠진 얼굴로 명령을 내렸다.

준동하는 서방의 군대.

"오는군. 전투준비의 호령을 울려라!"

"옛!"

부우우우!!

산지를 울리는 뿔피리 소리.

그와 동시에 동서남북의 포위망에서 우리 군은 전투준비에 들어갔다.

'일점 돌파를 하려 들겠지.'

유력한 방위는 그나마 지대가 낮은 북쪽, 혹은 서쪽이다.

나는 남쪽의 흙벽 위로 올라가 적 전체의 움직임을 관조했다.

"역시 북쪽이군. 전군! 예정했던 대로 대응해라!"

북쪽으로 전력을 집중하는 적군.

우리 군은 그에 맞추어 무게중심을 북쪽으로 기울였다.

그 기민함은 여느 정예부대 못지않았다.

이건 지휘하는 장교들의 능력치가 출중함도 있었지만 무엇보다 병사들이 지난 며칠간의 작전을 통해 긴장감을 떨쳐냈던 덕도 있다.

전쟁에 대한 두려움이 사라졌다고 할까.

그래도 뚜렷하게 사기가 높은 건 아니었다.

적이 전염병에 시달리고 있다는 사실에 대해선 병사들도 아직 자세히는 모르는 상태였다.

괜히 널리 알려졌다간 정보가 외부로 새어 나갈 수 있기 때문이다.

외부의 별동대는 자신들의 본대가 철옹성같이 버티고 있다고 착각하고 있다. 쥬라스의 특무 부대를 이용해 전서구를 끊고, 그걸 대신해 거짓 정보를 흘려 놨기 때문이다.

그러니 외부의 별동대는 본대가 이런 상황에 처해 있다는 건 꿈에도 모르고 있겠지.

"뚫어 내라! 뚫고 나가 진형을 갖추면 충분히 이겨 낼 수 있다!"

적군은 포위망으로 세워진 목책을 뚫어 내려 했지만 시간이 걸리고 말았다.

그 와중 동쪽, 서쪽에서 지원 병력이 도착한다.

"쏴라!"

피피핑!

양 측면에서 쏟아지는 화살. 아직 산지 안으로 진입하지 못한 적군은 화살에 고스란히 노출되었다.

북부의 목책을 뚫어 내 탈출을 하려던 적의 병력은 발이 묶이며 피해가 누적되고 있었다.

게다가 목책조차 제대로 뚫어 내지 못했다.

"무슨 놈의 목책이 이렇게 견고해……!"

"크아악!"

북부를 지휘하고 있던 올라프와 유겐트 부자는 훌륭한 지휘력으로 목책을 사수하며 적을 밀어내고 있었다.

그렇게 2시간여를 공격하던 적군은 부랴부랴 후퇴하기 시작했다. 괜히 시간을 더 끌렸다간 동, 서에서 접근한 군대에 협공을 당할 거라 판단한 것이다.

그런 그들의 병력의 숫자는 어느새 4만 5천까지 줄어들어 있었다.

"끝이군."

이걸 막아 낸 건 컸다.

상대에겐 더 이상 뚫고 나올 여력이 없어졌으니까.

절망적인 전황.

테토라는 패닉 상태에 빠져 있었다.

"대체 왜 이렇게 된 거야!"

테토라는 어디서 잘못을 했는지 알지 못했다. 대체 뭣 때문에 전황이 이렇게 되어 버린 것인가.

그녀의 실수는 크게 둘이었다.

첫 번째는 알스가 너무 자기 마음대로 하게끔 놔둔 것이다.

테토라는 뭐가 됐든 자신이 지은 요새는 공략할 수 없다고 자만하며 알스가 무슨 짓을 하든 내버려 뒀다.

만약 알스의 무서움을 익히 알고 있는 소피아나 쥬라스였다면 절대 그렇게 하지 않았을 테다.

두 번째는 외부 별동대와의 연계다.

이것도 자만심과 관련이 있다.

테토라는 본대는 절대 무너지지 않을 거라 확답하며 적의 지원 병력이 오지 않는 한 본대는 신경 쓰지 말라고 못을 박았다.

괜한 거짓 정보에 휘둘리지 않게끔 한 조치였으나 지금 상황에선 그 조치가 발목을 잡고 말았다.

"처, 천모님."

"왜!"

신경질적인 반응을 보이는 테토라에게 병사는 침을 꼴깍 삼키며 말했다.

"적진에서 포로가 도착했습니다. 포로에게는 적장이 보낸 것으로 보이는 서찰이 매어져 있다고 합니다."

"뭐……!?"

알스가 보낸 편지.

분노로 찬 테토라는 편지를 읽고 싶지 않았으나 그 한편 알스가 자신에게 무슨 얘기를 전하려는지 무척 궁금하기도 했다.

그녀는 부들부들 떨리는 손으로 편지를 펼쳐 보았다.

그 내용은 그녀의 예상에서 크게 빗나가지 않았다.

우장에게 고한다.

그렇게 시작한 편지는 상대를 빡치게 하는 교묘한 문장과 노골적인 조롱이 어려운 말로 포장되어 있었다.

내용을 요약하면 이러했다.

> 넌 민간인 학살 말고 할 줄 아는 게 대체 뭐냐? 이게 도적이야, 장군이야. 아, 그러고 보니 너 크라우스 포크너라고, 도적 놈의 스승이라고 했지. 아하, 이제야 납득이 가네ㅋㅋ

마지막엔 포장조차 하지 않고 아예 이렇게 쓰여 있었다.

> 너는 나한테 안 돼. 내 발밑에 있다고, 쓰레기 자식아.

쓰레기. 쓰레기라니.

제크 월터를 무시하며 조롱하기 위해 사용했던 그 호칭을 자신에게 사용하다니!

"으아아아아아––!"

테토라는 절규하며 편지를 갈기갈기 찢어 버렸다.

"웨이드! 웨이드––!!"

감히 자신에게 이런 굴욕을 안겨 주다니.

승자의 길만 걸어가던 자신에게!

"죽여 버리겠어! 반드시 찢어 죽이겠다!"

테토라는 이번 전쟁에 자신이 전력을 다하지 않았다는 걸 알고 있었다. 은연중에 상대를 경시하고, 자만했다.

그녀는 다음부터는 절대 이런 일은 없을 거라 맹세했다.

전력을 다해 쳐부수고 알스를 죽인다. 그녀는 복수심에 불타올랐다.

그래도 이번 전투가 돌이킬 수 없어졌다는 건 인정을 했다.

이대론 전염병으로 인해 전투 불능 인원이 계속 늘어나게 된다. 그 숫자가 더 많아지면 적이 도리어 이 요새로 공격해 들어와 자신을 사로잡겠지.

사로잡히면 참수는 확정이었다. 그것만큼은 피해야 했다.

어떻게든 탈출하여 알스에게 복수를 해야만 했다.

그리고 그 탈출 가능성이 가장 높은 시점은 지금이었다. 병력이 적어질수록 탈출 확률은 낮아질 테니까.

테토라는 빠르게 판단을 내렸다.

고개를 푹 숙인 그녀는 원념에 찬 목소리로 말했다.

"전군 탈출 준비를 해라."

전투가 아닌 탈출 준비.

그녀는 밤을 통해 이곳을 빠져나가기로 결심한다.

"일라인!"

소피아가 다급히 내 막사를 젖히고 들어왔다. 에오의 무릎을 베고 침대에 누워 있던 나는 한숨 쉬며 몸을 일으켰다.

"적이 탈출하려고 하고 있다는 거죠?"

"어떻게⋯⋯!"

"지금은 그것밖에 할 수 없으니까요. 소피아, 당신이 남부를 지휘해 줘요."

"알겠어요!"

적장도 나름대로 이성을 회복했다는 걸까.

계속 버티고 있었다면 우리 군대에 어느 정도 피해를 줄수는 있어도 적군은 반드시 괴멸한다.

그 경우 적장인 테토라 아니스트리도 살아나가기 힘들어진다.

우리는 사방에서 포위를 하고 있으니까.

하지만 야전을 통해 탈출을 시도한다면 전멸은 면할 수 있다. 잘만 하면 1만 명 정도는 빠져나갈 수도 있겠지. 테토라 아니스트리도 살아나갈 확률이 높아진다.

산지의 밤은 그만큼 깊으니까.

"동료들의 표식을 잘 확인해라! 그것이 야전에서의 빛을 밝혀 줄 것이다! 그럼 간다! 적들을 모조리 섬멸해라! 수많은 민간인을 학살한 저들을 용서하지 마라!"

"우와아아!!"

일제히 진군하는 동서남북의 군대. 목표는 동쪽 산지를 타고 빠져나가려 하는 적의 병력이다.

"목책을 뚫어 내라! 퇴로를 만들어야 한다!"

적 장교들은 목청이 찢어져라 소리를 지르고 있다.

낮의 전투와 똑같다. 목책을 뚫어 내야만 포위를 당하지 않는다. 반대로 말하면 제때 목책을 부수지 못한다면 포위를 당해 섬멸당한다는 뜻이다.

그래도 낮에 비하면 상황이 괜찮았다. 어두운 관계로 몇몇 곳에 구멍이 뚫리고 만 것이다.

그 구멍이 뚫리자 적은 그 구멍을 통해 무질서하게 도주하기 시작했다.

엎친 데 덮친 격으로 우리 병력이 함성을 지르며 다가오자, 적은 금방 그 규율을 잃어버렸다.

어차피 한 치 앞도 잘 보이지 않는 밤이다. 이 야심한 밤을 이용한 탈영병이 급격하게 늘어난 것이다.

그 후부터는 전투라고 할 것도 없었다. 뿔뿔이 흩어지는 적들을 쫓는 것뿐.

항복을 하는 적 병사들이 속출했고 병장기를 버리고 전속력으로 도망치는 병사들도 많았다.

4만 5천에 달하는 병력이 아무것도 하지 못하고 패퇴하고 있었다.

우리 군이 받은 피해는 낮에 벌어졌던 전투를 포함해도 고작 6천. 우리는 6천의 피해로 적 6만의 병사를 패퇴시킨 것이다.

"이 전투, 우리 군의 승리다! 전군, 함성을 드높여라!"

"우오오오!!"

승리를 확정 지은 다음에는 적장 테토라 아니스트리를 찾아 나섰지만, 이 야심한 밤에 그녀를 찾기는 힘들었기에 나는 일단 군을 추스르기로 했다.

산지를 빠져나가고 있는 테토라와 측근 장교들.

"있을 수 없어, 있을 수 없어……!"

테토라는 연신 그렇게 중얼거리고 있었다.

패배를 받아들이긴 했지만 그 충격은 쉽게 사그라지지 않았다.

6만과 6만의 동수 대결에서 압도적으로 패했다.

하지만 그건 어쩔 수 없다고 생각했다.

지형을 조작해서 풍토병을 퍼트린다니. 그걸 어떻게 예상이나 하겠나.

눈뜨고 코를 베인다는 게 이런 걸까.

테토라는 귀신에라도 홀린 기분이었다.

그리고 테토라는 자신의 눈앞에 나타난 존재에 정말로 귀신이 나타났다는 착각을 할 수밖에 없었다.

"안녕?"

대검을 등에 메고 있는 순혈 수인. 가스파르였다. 그 곁엔 애거트와 열 명의 병사가 함께하고 있다.

"어, 어떻게 여기를……!"

테토라는 입을 떡 벌렸다.

말도 안 된다. 상식을 벗어나는 일이 연달아 벌어지고 있었다.

저 수인은 도주하는 자신을 추격해 왔다. 거기까진 그렇다 치자, 그럴 수도 있다.

하지만 여긴 군사들이 대거 탈출한 동쪽 산지가 아니다. 북쪽 산지였다.

테토라는 확실한 도주를 위해 병사들을 모두 동쪽으로 진군시킨 채 상대가 거기에 시선이 쏠린 사이 소수의 정예 장교만을 데리고 북쪽으로 도주를 한 것이다.

그것이 읽혔다.

이에 대한 가스파르의 답은 간단했다.

"직감이야. 너 같은 교활한 놈은 반드시 미끼를 던지리라 생각했거든. 설마 전 병력이 미끼일 줄은 몰랐지만 말이지. 크하하핫!"

"크윽!"

"단념해라. 네놈의 목숨은 여기서 끝날 테니까!"

"큭, 뭐 하고 있어! 쳐! 상대는 얼마 없어!"

스무 명의 장교들이 무기를 뽑아 들고 가스파르에게 달려들었다.

가스파르는 맞서서 돌격을 해 왔다.

20 대 10의 전투. 테토라의 장교들도 무예에 있어선 일반

병사들보다 월등히 강하다.

그런데도 박빙의 싸움이 펼쳐졌다.

"으라라라랏!"

애거트가 검을 휘두르며 시간을 버는 사이 가스파르는 테토라에게 파고들었다.

테토라의 생존 본능은 탁월했다.

그녀는 기지를 발휘했다.

애거트가 가스파르의 최측근이라는 걸 눈치채고는 소리친 것이다.

"저 꼬맹이를 집중적으로 노려!"

그렇게 하면 가스파르가 자신을 노리지 않고 애거트를 도우러 갈 거라고.

그러나 가스파르는 냉정했다.

"내가 그 정도로 어수룩할 것 같냐! 죽으면 어쩔 수 없는 거야!"

가스파르에게 있어 유미르나 알스 이외에는 지켜야 할 대상이 아니었다. 자신을 스승이라 믿고 따르는 애거트도 예외는 아니었다.

"으라앗!"

"큭······!"

테토라가 검을 들어 공격을 막았으나 중과부적이었다.

그녀의 무력치는 기껏해야 80. 낮은 편은 아니었으나 실전 경험이 턱없이 부족했다. 가스파르를 당해 낼 정도는 아니었다.

가스파르의 공격을 막아 내긴 했지만 말에서 떨어져 바닥을 뒹굴어 나무에 처박히고 말았다.

"흥, 이 상태라면 죽일 필요도 없겠군."

가스파르는 테토라를 포로로 잡아 알스에게 데려가려 했다.

그러나 그 직전이었다.

"……!?"

쿵! 쿵쿵!

가스파르는 돌연 코를 쿵쿵거리며 냄새를 맡기 시작했다.

그러고는 부랴부랴 뒤로 물러나며 거리를 두었다.

그러기 무섭게 그가 나타났다.

왼손에 검, 오른손엔 창을 든 수인.

"구데리안……!!"

"미안하군, 가스파르. 여기서 물러나 주지 않겠나?"

"큭! 네놈이 왜 이곳에 있는 거냐!"

삼건장 구데리안의 난입.

가스파르는 털이 곤두섬을 느꼈다. 그는 서둘러 구데리안의 사정거리에서 물러났다. 애거트를 비롯한 다른 동료들도 물러나게 만들었다.

구데리안이 마음만 먹으면 자기들의 목숨은 순식간에 없어질 걸 알았으니까.

구데리안은 그 모습을 보며 말한다.

"이 전쟁을 쭉 지켜보고 있었네."

민간인을 학살하는 테토라에게 실망을 느낀 구데리안은 군을 이탈해 테토라와 알스의 대결을 지켜보았다.

그의 입장은 복잡했다.

테토라는 우군이고 알스는 제자의 제자이다.

상황을 지켜보기로 했지만 만약 둘 중 하나가 큰 위험에 처한다면 은밀하게 도움을 줄 생각이었다. 지금 테토라를 도운 것처럼 알스가 목숨을 잃을 위기에 처한다면 도와줄 생각이었던 것이다.

"그런 것이니 지금은 물러나 주지 않겠나."

"쳇! 어쩔 수 없군."

구데리안이 난입한 이상 승산은 없었다. 가스파르는 얌전히 물러나기로 했다.

그렇게 테토라는 목숨을 부지한 채 구데리안의 호위를 받으며 전장을 이탈하게 된다.

8장

서부와 동부에서 전투가 벌어지고 있는 와중.

남부에선 쿠데타에 대한 준비가 이뤄지고 있었다.

발라스 독립파의 수장인 레지날드 공작은 빌랑에서 은밀히 병력을 공수받으며 군대를 조직하고 있었다.

군의 총대장이 될 것은 빌랑의 소속을 등지고 은밀하게 투신해 온 카시우스 로이드.

계획의 수립은 대부분 카시우스가 맡아 주었다.

카시우스는 쿠데타를 성공시키기 위해선 정규군의 시선을 분산시킬 필요가 있다고 역설하며 알바드와 서방 민족을 끌어들였다.

그들에 대해선 발라스의 정권을 무너뜨리고 일정 영토를

떼어 주는 걸로 합의를 보기로 했다. 어차피 발라스는 영토 대비 인구수가 많지 않은 국가였다.

대부분의 인구가 중앙 수도, 그리고 수도에 인접한 플라톤에 밀집해서 살고 있었기 때문에 땅을 조금 떼어 준다고 해도 그 땅에 해당하는 인구를 다른 지역으로 이주시킨다면 국력을 유지할 수 있다는 계산이다.

땅이야 발라스가 중립국의 지위를 벗은 뒤 스벤너와 연계하여 에우로페나 알바드를 공략할 생각이었으니 그때 뺏으면 된다.

그러니 레지날드 공작에게 있어서 그 소식은 말도 안 되는 것이었다.

"뭐, 뭐라고? 다시 말해 보거라."

"예, 서방의 군대로 추정되는 병사들이 서부의 영지들을 약탈하며 남녀노소 가리지 않고 우리 국민을 학살하고 있다고 합니다!"

"대체 어떻게 그런 일이 벌어진다는 거냐!"

머리끝까지 분노한 레지날드는 진위 확인을 위해 카시우스가 있는 곳으로 향했다.

카시우스의 곁엔 조언자 역할로 합류한 엘드릭 왕자도 있었다.

성녀 알리시아도 카시우스의 곁에 딱 달라붙어 있었다. 카시우스를 바라보는 그녀의 눈에선 꿀이 떨어지는 것 같다.

그들은 레지날드 공작의 항의에 제각각의 표정을 지었다.

알리시아는 무슨 헛소리냐며 즉답한다.

"레지날드 공작님, 그럴 리 없습니다. 우리를 도우러 온 서방의 군대가 민간인을 학살하고 있다뇨."

"저도 믿고 싶지 않습니다. 하지만 분명 그런 정보가 들어왔습니다!"

"그럴 리가……."

그녀는 믿기지 않는다며 고개를 흔들고는 카시우스를 바라보았다.

카시우스는 안심하라며 웃는다.

"공작님, 뭔가 착오가 있는 겁니다. 미뤄 보건대 웨이드 그놈의 거짓 정보가 분명합니다."

"거짓 정보……?"

"서방은 수개월 전 빌랑을 침공했었습니다. 기억나십니까?"

"그, 그야 기억나지."

"그 당시에도 서방이 빌랑의 민간인 20만 명을 학살했다는 뜬소문이 있었습니다만 실상은 그렇지 않았습니다. 거짓 정보에 불과했어요."

"그건 금시초문이군."

"서방의 사람들은 현재 대륙의 사람들에게 야만인이라 불리며 그 행적이 안 좋은 쪽으로 부풀려진 상태예요. 눈이 세 개에 팔이 네 개가 달려 있다든지, 시체를 파먹고 그 안에 알을 낳는다든지. 터무니없는 이야기들이 아무렇지 않게 퍼져 있죠. 웨이드는……. 크로싱은 그런 정보를 퍼뜨려 우리를 흔들려 하는 겁니다. 그러니 흔들려서 안 됩니다, 공작님!"

"그, 그런가. 쥬라스 파밀리온과 웨이드가 작당하고 우리를 혼란시키려 하는 건가!"

"바로 그겁니다."

카시우스의 거짓부렁에 알리시아는 입술을 꽉 깨물었다.

"역시, 웨이드 그자는 악랄해요. 우리를 흔들기 위해서라곤 해도 이런 악의적인 소문을 퍼뜨리다니!"

"걱정 마, 알리시아. 웨이드와 크로싱은 일이 정리된 후 내가 모조리 쫓아내 버릴 테니까."

"카시우스……. 예, 믿고 있어요."

사랑에 빠진 알리시아는 카시우스의 말을 철석같이 믿고 있었지만 레지날드 공작은 달랐다.

그는 그렇게 어수룩한 인간이 아니었다.

겉으론 맞장구를 치고 있지만 속으론 다른 생각을 하고 있다.

'뭔가를 숨기고 있군. 지금 이 자리에선 적당히 맞장구를 쳐 줘야겠어.'

현재 전쟁의 첩보에 대해선 카시우스에게 맡겨 두고 있는 상황이었다. 쿠데타 세력인 그들은 정규 첩보부를 운용할 수 없었고, 그나마 있는 첩보 인력도 수도에 집중시키고 있는 상황이었기에 다른 부분은 카시우스와 엘드릭 왕자에게 맡기는 수밖에 없었다.

그는 떠보듯, 잠자코 있던 엘드릭 왕자를 바라보았다.

"왕자님께선 어찌 생각하십니까."

"……."

"왕자님?"

엘드릭 왕자는 이를 악물고 있었다.

'테토라 아니스트리……!!'

대를 위한 소의 희생을 혐오하는 엘드릭에게 있어 테토라의 방식은 절대 해선 안 되는 것이었다.

그는 테토라를 경멸했다. 나아가 협력 관계를 맺고 있던 서방에 대해서도 생각을 바꿔 먹은 상태였다.

이번 일에 대해서도 다른 꿍꿍이가 있었다.

그러나 지금은 테토라를 변호하며 둘러대야 한다.

테토라의 군대가 수십만에 달하는 민간인을 학살했다는 게 알려지면 이 쿠데타 세력에 분열이 생기고 만다. 그것만은 피해야 했다.

그럼에도 그는 개인적인 신념 탓에 둘러대는 말을 하지 못했다.

그가 부들부들 떨고 있자 레지날드 공작의 표정이 급변했다.

다급히 카시우스가 끼어든다.

"왕자님께서 과로를 하신 모양입니다. 공작님, 그 이야기는 나중에 하시죠."

"어, 어쩔 수 없군. 그렇게 하겠네."

레지날드는 몸을 돌려 떠나갔다.

그의 발걸음은 점차 빨라졌다. 마치 도망이라도 가듯이. 마지막엔 거의 뛰어가는 듯한 발걸음이었다.

이를 보고 있던 카시우스의 눈빛이 스산해졌다.

그는 자리를 벗어나 수행원에게 지시를 내린다.

"만약 레지날드 공작이 불온한 움직임을 보이면 제거해."

"괜찮겠습니까? 레지날드 공작은 정변에 필요한 존재가 아닙니까."

"그런 건 성녀 하나면 충분해."

이미 이곳은 카시우스의 세력이 장악하고 있었다.

뷜랑에서 받아 왔다는 군대도 전부 엘드릭 왕자의 병력. 다시 말해 서방의 끄나풀들이었으니까.

"엘드릭 왕자님에 대해선 어쩌시겠습니까. 그는 줄곧 우리의 방식에 회의감을 느끼고 있었습니다."

"그보단 테토라에 대해서 불만이 있는 거겠지."

"여차할 땐 그도 제거를 해야 하지 않겠습니까? 이대로 두다간 천모님과 대립할지도 모릅니다."

"할지도 모른다가 아니라 무조건 그렇게 될 거다. 엘드릭 왕자는 이번 일이 끝나면, 혹은 이번 일을 통해 그녀를 제거하려 들 거야."

"구풍…… 설마해서 묻는 거지만, 당신은 엘드릭 왕자의 편을 들 생각입니까?"

"……."

카시우스가 침묵하자 수행원은 으르렁거리듯 말한다.

"네놈, 삼건장으로서 네게 주어진 역할이 무엇인지 잊었는가……!"

"잊지 않았다. 엘드릭 왕자님에 관한 건은 다른 우두머리들과도 상담을 해 보도록 하지. 그러니 지금은 레지날드 공작에 대해서나 신경 쓰도록."

수행원은 한숨을 쉬었다.

이런 상황이니 일이 끝난 후 테토라와 엘드릭 왕자가 마주하게 될 때 어떤 일이 벌어질지 눈에 선했기 때문이다.

무엇보다 전후 처리에 대한 관점이 달랐다.

테토라를 비롯한 서방의 우두머리들은 발라스를 그대로 집어삼켜 서방의 대륙 진출을 위한 영토로 삼으려 했으나 엘드릭 왕자는 발라스를 유지시키든가, 혹은 카시우스를 왕으로 하는 새로운 독립 국가의 건국을 원했다.

그러니 일이 끝난 뒤엔 내부 다툼이 일어날 수밖에 없다.

그러나 다행인지 불행인지, 그런 생각은 할 필요가 없었다.

그들은 테토라가 승전할 것을 전제로 생각하고 있었다. 혹은 승전하지 못한다 하더라도 패전은 하지 않을 거라 생각했다.

그렇기에 이어진 첩보에 눈을 휘둥그렇게 뜰 수밖에 없었다.

웨이드에 의한 테토라의 대패 소식.

그로 인해 쿠데타 세력에게도 비상이 떨어질 수밖에 없었다.

사드반 산지의 적을 물리친 나는 재빨리 유격대를 조직하기 시작했다.

적의 본대를 괴멸시킨 이상 외부의 별동대도 사냥할 수 있게 됐으니까.

"모든 병력을 투입하겠습니다! 그 극악무도한 놈들을 용서하지 마십시오!"

내 말에 장교들이 독기에 차 고개를 끄덕였다.

전쟁에 선악이 어디 있겠냐만 아무리 그래도 이건 아니었다.

상대는 전쟁을 이길 다른 방법이 있었음에도 민간인 학살을 선택했다. 그러니 그건 개인의, 그 군대의 업보라고 봐도 무방했다.

나는 각각 1만씩 네 개의 부대로 나눠 적의 별동대를 사냥하는 작업에 들어갔다.

탈출한 병력에 의해 본대 괴멸에 대한 소식을 접했는지 적의 별동대도 다급히 후퇴하며 스벤너의 영토로 도주하고 있었다.

그 작업이 완료될 즈음 소피아가 찾아와 말한다.

"일라인. 적 병력의 대부분을 몰아냈어요. 내일 정오쯤엔 모든 작업이 완료될 거예요."

"역시 능력 있는 장교가 많아서 그런지 일 처리가 빠릿빠릿하네요."

덕분에 나도 피곤하지 않았다.

소피아도 그 부분은 동감인지 고개를 끄덕인다.

나는 농담 삼아 말했다.

"기왕 이렇게 된 거. 소피아 선생님이 계속 내 부관으로 있어 주면 좋겠네요. 대우는 충분히 해 줄 테니 내 밑으로 오시죠?"

소피아는 내 말에 진담이 섞여 있는 걸 알고는 미간을 찌푸린다.

"헛소리는 정도껏 해요. 그보다 이제 어떡할 거예요? 우리가 대승을 거둔 바람에 쿠데타 세력에게도 영향이 갔을 텐데요."

이번 전쟁은 쿠데타 세력을 위한 미끼.

그건 양쪽 다 해당하는 말이었다.

우리가 서방이 수도로 접근하지 못하게 발을 묶는 역할이었다면 적 또한 마찬가지다. 발라스의 정규군이 수도를 지키고 있지 못하게끔 붙잡아 주는 역할을 맡고 있었다.

그것이 서방의 군대가 너무 큰 패배를 당하며 상황이 바뀌었다.

만약 내가 수도로 회군하기라도 한다면 쿠데타는 물 건너가 버리게 될 테니까.

그걸 알고서 왕가에선 돌아와 달라는 요청을 하고 있었다.

"어쩔 거예요?"

"지금 당장은 약탈로 피해를 입은 민간인들을 수습하는 게 먼저예요."

"그 조치를 하면서도 병력이 남잖아요?"

그렇긴 했다. 지금 상황에선 1만의 병력만 회군시켜도 적에겐 치명적인 상황이 된다.

그렇기에 남부에 있던 적 쿠데타 병력이 급하게 북진하기 시작한 것이다.

소피아는 대체 왜 그렇게 하지 않는 거냐며 의문을 표했다. 내가 1만의 병력만 보내면 모든 상황이 끝나는데.

나는 망설이고 있었다.

그도 그럴 게 이건 쥬라스가 짜 놓은 연극의 일부였으니까.

쥬라스 녀석의 뜻대로 일을 진행시켜도 되느냐에 대한 망설임이 있었다.

'뭐, 이번 일은 녀석의 생각대로 하기로 했으니까.'

녀석과는 상호 협력 관계에 있다. 아무리 녀석이 싫어도 비협조적으로 행동해서는 안 된다.

나는 결단을 내리고 2만의 병력을 회군시키는 작업에 들어갔다.

이 병력은 발라스의 중진 중 하나인 페더린 후작이 회군 지점 중간에서 합류해 지휘봉을 잡았다.

그리고 그 페더린 후작이라고 하면 크로싱에게 매수가 된 자였다.

레지날드 공작과 성녀가 서방과 스벤너에게 매수됐다면 그 반대 세력도 있는 법. 페더린 후작은 그중 하나였다.

페더린 후작은 내게 받은 병력을 수도로 이동시켰다.

남부의 쿠데타군이 북진을 하면서 수도를 지키고 있던 병사들의 시선이 남부로 집중될 수밖에 없는 상황이었던 만큼 서부에서 회군해 온 병력에 대해선 경계가 약할 수밖에 없었다.

왕가에선 당장 적이 진군하고 있는 남부로 가라는 서신을 보냈지만 페더린 후작은 '병사들이 피로하니 하루만 휴식을 취하고 가겠습니다.'라며 답변.

그렇게 수도에 들어온 페더린 후작은 순식간에 왕궁을 점거하게 된다.

처음부터 이게 목적이었다.

쿠데타 병력이 움직이고 있을 때 서부에서 병력을 회군시켜 왕궁을 점거하는 것.

어부지리를 취하며 역으로 쿠데타를 성공시키는 작전이다.

그러니 서부의 군대는 승전을 하지 않아도 상관없었다. 그대로 자리를 지키고 있다가 제때 회군만 하면 됐으니까.

오히려 내가 큰 승전을 한 탓에 왕가는 더욱 방심하고 말았다.

설마 그렇게 열심히 싸워 준 내가 쿠데타를 꾀할 거라곤 생각하지 못한 것이다.

일종의 메소드 연기가 된 셈.

내가 회군시킨 2만의 병력 중 대부분이 크로싱에 매수된 귀족들의 사병들이었기에 쿠데타 과정에서 잡음은 일어나지 않았다.

이걸로 발라스는 크로싱의 관리하에 들어오게 된다.

스벤너도 서방도. 손가락을 빨며 지켜보는 수밖에 없다.

왜냐면 이미 크로싱과 캘리퍼가 알바드의 동부를 공격 중이기 때문이다.

스벤너와 서방이 이 일에 분노하여 크로싱에 대한 선전포고를 할 경우 대전쟁으로 이어질 거다.

하지만 스벤너는 이미 튠카이&에우로페와 전쟁을 벌이는 중이다.

서방의 군대도 나에 의해 커다란 피해를 받았다.

그런 상황에서 크로싱과 캘리퍼를 적으로 돌리게 되면 스벤너는 궁지에 몰리게 된다.

발라스의 전쟁을 대륙 전쟁으로 비화시키기엔 상황이 여의치 않았던 것.

그러니 지켜보는 것 외엔 방법이 없다.

'체크메이트.'

발라스를 집어삼킨 건 빌랑도, 스벤너도, 서방도 아니라 크로싱.

쥬라스 녀석이었다.

모든 것은 녀석이 짠 연극.

결말도 그 시나리오대로 됐어야 했다.

그러나.

"알스 님!"

안톤이 다급히 막사를 제치고 나타났다.

그의 표정엔 당혹감이 서려 있었다.

"무슨 일이죠? 그렇게 급하게."

"그것이……!"

안톤은 급히 전달받은 쿠데타의 상황을 내게 전했다.

"왕궁에 국왕은 존재하지 않았다고 합니다! 이미 어디론가 도피한 뒤였다고 합니다!"

"무슨……!?"

홀연히 사라진 발라스의 국왕.

그것은 시나리오대로 진행되던 연극이 즉흥극으로 변경됐음을 알리는 소식이었다.

왕궁에서 자취를 감춰 버린 발라스의 국왕.

그로 인해 쥬라스의 시나리오에 균열이 생기고 말았다.

제법 당황을 했는지 발라스 내의 크로싱 세력은 허둥지둥 갈피를 잡지 못하고 있었다.

나도 병력을 회군시키며 쿠데타에 간접적으로 가담한 상황이었으니 남 일은 아니었다.

혹여 공격을 받을 수도 있는 상황이었기에 남아 있던 군대의 지휘권을 마인츠 람스트롱 장군에게 넘겨준 뒤, 베카비아를 경유하여 복귀하기로 했다.

가신들은 일단 레인폴에 돌려보내 휴가를 준 뒤, 안톤과 올라프만 대동하여 쥬라스가 다스리는 지역인 카르텐에 향했다.

쥬라스 녀석은 경황이 없는지 자리를 비운 상태다.

나는 그곳에 머무르며 속속 들어오는 첩보들을 종합하고 있었다.

'과연, 그렇게 된 거였나.'

나는 이번 일에 대해 줄곧 이상하게 여기던 것이 있었다.

크로싱과 캘리퍼의 병력이 발라스에 당도하지 못하도록 방파제 역할을 맡은 알바드. 그들은 크로싱과 캘리퍼의 군대에 의해 동부 영토에 커다란 타격을 받고 말았다.

미리 지어 놓은 농성 요새 덕분에 피해를 최소화할 수 있었지만 그럼에도 피해는 막심했다.

문제는 알바드가 그런 손해를 감수하고서 발라스 지역에서 얻어 갈 수 있는 게 뭐냐는 거다.

계획대로라면 아마 카시우스가 발라스의 왕좌를 이어받고 스벤너&서방과 연계를 한다.

여기서 알바드는 계획에 없다. 왜냐하면 스벤너와 서방의 입장에서도 알바드는 결국 방해물이기 때문이다.

당장은 손을 잡긴 했지만 공식적인 동맹 관계인 건 아니다.

'알바드가 그걸 모를 리 없었겠지.'

그렇기에 그들도 물밑에서 손을 쓴 것이다.

발라스의 국왕을 미리 빼돌리고, 빌랑을 물밑에서 개입시키는 것이다.

"빌랑의 개입⋯⋯입니까?"

안톤이 고개를 갸웃했다. 그야 빌랑은 이미 개입을 하고 있었으니까. 엘드릭 왕자의 존재다.

"그렇담 빌랑 내의 다른 세력이 개입한 것일까요. 가령 1왕자파라든지, 2왕자파라든지."

"아뇨. 그런 요란한 움직임은 반드시 첩보에 걸리게 돼 있어요. 그걸 스벤너나 크로싱이 모를 리 없죠."

"하, 하지만 그렇담 알바드와 손을 잡은 빌랑의 세력이라고 하면⋯⋯."

"하나밖에 없죠. 맞습니다. 엘드릭 왕자예요."

"⋯⋯!?"

다시 말해 그런 거다.

엘드릭 왕자가 서방을 배신하고 알바드와 손을 잡았다.

무슨 이유인지는 모르겠지만 서방과 트러블이 있었던 거겠지.

나는 그 이유가 짐작이 갔다.

'지난번 뷜랑에서 자행된 민간인 학살. 거기서 엘드릭 왕자가 마음을 돌렸던 거군!'

게다가 이번에 발라스에서 벌어진 민간인 학살을 보고 마음을 굳혔을 것이다. 서방과는 함께 갈 수 없겠다고.

그래서 서방과 스벤너를 등지고 알바드와 손을 잡아 버린 거다.

"상황이 묘하게 됐는걸."

올라프가 마른침을 삼키며 말한다.

"이렇게 되면 국왕은 결국 남부 쿠데타 세력의 손아귀에 들어간 거잖아."

"맞아요. 알바드 측은 국왕을 협박해 왕위를 선양하게 만들겠죠. 혹은 그에 준하는 권한을 카시우스에게 주든가."

"형태적인 측면에선 후자가 낫겠군. 갑작스러운 왕위 선양은 모양새가 이상하게 보일 테니까."

"……."

"체크메이트로군. 이번엔 알바드가 한 수 위였어."

이번 일은 서방&스벤너와 크로싱의 대립이라 생각했지만 복병이 있었던 셈.

알바드는 어부지리를 취하며 발라스를 집어삼키기에 이른다.

내 예측은 정확히 들어맞았다.

알바드는 쿠데타 세력과 연계하여 수도로 밀고 올라왔다.

그 과정에서 카시우스 로이드는 전면에 나섰다. 황제의 핏줄을 자처하며 정통성을 주장했다.

이와 동시에 발라스 국왕에게서 전권을 위임받은 국왕 대리인이라는 신분을 내세웠다.

그렇게 되자 발라스의 정규군은 저항할 수가 없었다.

그야 국왕이 상대편에 있으니 저항을 했다간 역적이 돼 버리니까.

그렇게 카시우스의 세력은 크로싱에게 점거당한 수도를 수복하고 쿠데타를 일으킨 페더린 후작을 비롯한 귀족들을 대거 처형하기에 이른다.

상황이 정리된 후에는 본격적으로 외교전에 들어가게 되었다.

졸지에 뒤통수를 맞게 된 스벤너는 분노하여 알바드를 비난했고, 크로싱도 뷜랑의 개입은 조약을 어긴 것이라며 맹비난을 가했다.

다른 국가들도 이번 일에 대한 정리를 원했다.

이에 카시우스는 입장 표명을 위한 대륙 회의를 소집했다.

나는 크로싱이 아니라 캘리퍼 소속으로 회의에 참가하기로 했다. 애초에 공식적인 소속은 캘리퍼이기도 하고.

가레스 국왕에게 외교 전권을 위임받은 나는 헬리안 공작과 함께 플라톤으로 향했다.

그 도중 헬리안 공작이 말한다.

"상황이 묘하게 돌아가는군. 발라스가 알바드에 종속된다고 하면……. 정세가 또 한번 요동치겠어."

"아마 그렇겠죠."

알바드는 에우로페, 툰카이와 손을 잡고 줄곧 우려하던 중부 동맹을 성사시킬 가능성이 높다. 그나마 중부 동맹에 있어 가장 위협이 되는 뷜랑이 빠져 있긴 하지만 그렇다 해도 위협적이다.

"사략의 카이엔……. 그자가 짠 설계임이 틀림없어."

알바드의 대장군 카이엔. 그는 발라스를 집어삼킴으로써 천하삼분지계를 실현시킨 것이다.

스벤너&서방.

에우로페&툰카이&알바드.

크로싱&캘리퍼&베카비아.

서부, 중부, 동부로 나뉜 세 개의 세력. 이 판도에서 대륙의 패권을 정해 보자는 것이다.

'이렇게 되면 쥬라스의 천하이분지계는 수포로 돌아가는 건가?'

뭐, 뷜랑에 대해선 여전히 정복의 여지가 남아 있다.

내가 남부에서 시작해 뷜랑을 정복한다면 힘의 균형이 깨지면서 결국엔 쥬라스가 그린 큰 그림이 실현될 수도 있긴 했다.

다만 뭐가 됐든 그 계획의 장애물이 나타난 건 분명했다.

예를 들어 내가 빌랑을 정복하려는 상황에서 알바드가 은밀히 빌랑에 지원 병력을 보낸다든가. 그런 일이 생길 수도 있는 셈.

"복잡하군. 그렇기에 이번 외교전이 무엇보다 중요하겠어."

헬리안 공작의 말대로였다.

핵심은 에우로페와 툰카이의 의향. 그리고 카시우스의 진의였다.

'카시우스가 이렇게 간단히 서방을 등져 버린다고?'

그렇담 카시우스는 어디까지나 엘드릭 왕자의 부하였다는 게 된다. 서방과의 관계는 단순히 엘드릭 왕자를 경유해서 맺었던 것일 뿐.

하지만 정말 그것뿐일까? 주인공은 단순히 엘드릭 왕자의 부하이고 서방과는 큰 관계가 없었던 건가?

나는 직감했다.

이번 외교전에서 모든 이야기가 밝혀질 것이라고.

플라톤에 도착한 나는 마찬가지로 외교전을 준비 중이던 소피아 베론과 간단히 식사 자리를 같이했다.

외교전에 대한 서로의 의견은 비슷했기에 곧장 다른 화제로 넘어갔다.

아카데미에 관한 화제였다.

"어떤 결과가 나오든 아카데미는 유지할 수 없게 될 거예요."

나름대로 아카데미에 정이 들었는지 소피아는 씁쓸한 표
정을 짓는다.

그녀의 말대로, 이렇게 된 이상 펜실론 아카데미는 유지할
수 없게 된다. 아마 학생들은 본국으로 돌아가 자국의 고등
아카데미에서 학업을 이어 나가게 되겠지.

"참 아쉬워요. 이제 막 교사 일에 대해 재미를 붙이고 있
었는데."

"뭐, 당신은 학생으로서도 이곳에 다녔으니까 그런 느낌
이 강할지도 모르겠네요."

나라고 하면 딱히 정이 들거나 하진 않았다.

그나마 미련이 있다면 생각만큼 인재를 영입하지 못했다
는 것 정도.

영입이 확정된 건 메이센 외에는 없었을 정도다.

후보군도 얼마 없다. 애쉬, 귄터, 소피아 정도.

나는 이참에 소피아에게 한 번 더 권유를 해 보기로 했다.

"저기요, 소피아 선생님."

"당신…… 줄곧 생각했는데 그 선생님이란 호칭. 저를 놀
리려고 사용하는 거죠?"

"어? 그걸 이제 알았어요?"

"하여간. 그래서요, 무슨 얘기를 하려는 건데요?"

"별거 아닙니다. 그저……. 내 밑에서 일해 볼 생각 없냐고 물어보려 했죠."

"또 그 소리……."

"당신에게도 나쁜 제안은 아니잖아요. 어차피 본국에 돌아가 봤자 왕위 계승 다툼 때문에 마땅한 중임을 맡지 못할 테고. 그때까진 내 밑에서 일해 보는 것도 나쁘지 않잖아요?"

"일라인, 내 입장이라는 것도 조금 생각해 봐요."

"생각했는데요? 생각해 보고서 당신에게도 이득이 있다고 판단하고 제안한 거예요."

소피아는 잠시 침묵했다. 그녀가 생각하기에도 이득이 있다고 봤겠지.

그러나 곧 고개를 흔든다.

"거절할게요. 당신과 일하는 건 분명 매력적인 일이 될 테지만……. 제게는 더 중요한 일이 있으니까요."

"어휴, 알겠습니다. 이 이상 물고 늘어져 봤자 소용없겠네요."

그녀에 대해선 베카비아가 멸망한 뒤에나 다시 얘기해 보기로 했다.

이번 외교전에 국왕들은 참석하지 않았다. 각국의 중진들이 굳은 얼굴로 앉아 있을 뿐이었다.

헬리안 공작과 함께 회의장에 입장한 나는 의미심장한 시선들을 마주했다.

감탄이 섞인 눈으로 나를 보는 이가 있는가 하면 두려워하거나 분노하는 자들도 있었다.

"지형 조작을 통한 역병 창궐이라니……. 놀라운 지략이로다……."

"용병 웨이드……. 십걸에 맞먹는다는 그 실력은 허언이 아니었군."

사실 이번 작전은 도로시와 메이센, 그리고 람스트롱 장군이 없었다면 수립이 불가능했을 것이다.

지형, 건축에 능한 도로시는 남부의 흙벽과 포위망의 목책 건설에 큰 도움을 주었고.

병리학과 공중보건에 능한 메이센은 마로린병에 대한 심도 있는 조언을. 람스트롱 장군도 마로린병에 대한 조언과 건축 작업 도중 병사들의 사기 유지를 담당해 주었다.

셋 중 하나만 빠졌어도 이 작전은 실패했을지도 모른다.

지금 이 상황은 나 혼자 공적을 가져간 것 같았기에 마음이 편치 않았다.

"그럼 모두 자리한 것 같으니 본격적으로 회의를 시작하겠소."

발라스의 재상 디알루는 침통한 기색으로 회의를 개시했다. 그도 그럴 게 그는 쿠데타 세력에 의해 허수아비로 전락한 상태였다.

언제 제거당할지 모르는 상태라고 할까.

그래도 상징성이 있어 이번 회의의 사회자를 맡은 것 같다.

회의가 시작되자 기다렸다는 듯 각자를 향해 거친 언사가 오고 갔다.

그중에서도 크로싱은 비난과 조롱을 한 몸에 받고 있었다.

"흥, 크로싱의 쥐새끼가 잘도 얼굴을 내밀었군."

알바드의 장군인 길리아스 멜번이었다. 그는 대놓고 쥬라스를 조롱했다.

"발라스를 도와주는 척하더니 뒤에선 그런 더러운 계획을 짜고 있었을 줄이야. 네놈에게 면목이라는 게 있다면 당장 십걸의 지위를 반납해라. 네놈이 있으면 다른 십걸들이 수치스러워할 테니까."

"네놈……! 감히 그따위 망발을……!"

쥬라스는 분노를 여과 없이 드러냈다.

어지간히 허를 찔렸던 걸까. 녀석은 평정을 잃은 것 같았다.

그 모습에 엘드릭 왕자는 10년 묵은 체증이 풀린 것 같았다.

일단은 빌랑 측에 앉아 있던 그도 쥬라스를 조롱해 왔다.

"쥬라스, 네놈이 언제나 그랬지. 결과야말로 모든 것이라고. 보아라. 이게 결과다! 네놈은 결국 소인배에 지나지 않았던 거야!"

"큭! 닥쳐라! 이 이상 날 조롱했다간 가만있지 않겠다!"

"하하하하! 할 수 있다면 어디 한번 해 봐라!"

격앙한 쥬라스와 호탕하게 웃는 엘드릭 왕자.

회의장의 모든 이들이 쥬라스를 비웃었다. 결국엔 실패했으니까. 심지어 소인배 짓거리를 하다 멍청하게 실패했다.

결과가 전부라고 한다면 쥬라스는 조롱받아 마땅했다.

"네 이놈들ㅡㅡ! 나를 능멸한 대가는 반드시 치르게 될 거다! 기억하고 있어라!"

쥬라스가 으르렁거리자 어디서 개가 짖냐며 다들 웃고 있다. 그 조롱의 시선은 쥬라스로선 처음 받아 보는 거겠지.

사실 조롱의 대상이라고 하면 나도 포함되는 거긴 했다.

나도 병력을 회군시켜 그 소인배 짓을 도왔으니까.

다만 누구도 조롱하지 못했다. 그걸 덮어 버릴 만한 말도 안 되는 전과가 있었기 때문이다.

오히려 크로싱의 진정한 실세는 쥬라스가 아니라 내가 아니냐는 듯한 견해도 있는 모양이었다.

다음 권으로 이어집니다

One for all
원포올

일라잇 스포츠 장편소설

**작렬하는 슛, 대지를 가르는 패스
한계를 모르는 도전이 시작된다!**

축구 선수의 꿈을 품은 이강연
냉혹한 현실에 부딪혀 방황하던 중
운명과도 같은 소리가 귓가에 들어오는데……

당신의 재능을 발굴하겠습니다!
세계로 뻗어 나갈 최고의 축구 선수를 키우는
'One For All' 프로젝트에, 지금 바로 참가하세요!

단 한 번의 기회를 잡기 위해
피지컬 만렙, 넘치는 재능을 가진 경쟁자들과
최고의 자리를 두고 한판 승부를 벌인다!

**실력만이 모든 것을 증명하는
거친 그라운드에서 당당히 살아남아라!**